北京宣传文化引导基金
BEIJING CULTURE GUIDING FUND
北京宣传文化引导基金资助项目

逍遥仙儿

石一枫 著

北 京 出 版 集 团
北京十月文艺出版社

我落人中然自在，本是天上逍遥的仙儿。

——二手玫瑰《仙儿》

1

现在想来，我早就见过王大莲和苏雅纹。当时我女儿芽芽才两岁。

那个年纪的孩子，正处于从四足动物向两足动物进化的过渡阶段，能用自己的鼻涕吹泡泡就算不错。而我媳妇小张却像很多妈一样，生怕错过一个天才，但又不知道孩子到底有什么过人之长，于是一股脑地给她报了很多的班。再往前追溯，这种班芽芽其实在出生之前就已经上过，比较典型的形式，是一群即将瓜熟蒂落的孕妇躺在木地板上，由一位音乐学院的老师给她们播放马勒、肖斯塔科维奇和斯特拉文斯基的交响曲。不能有莫扎特，莫扎特都俗了。按照老师的理论，音乐是在语言之前产生的，所以有灵性的孩子能听懂："感受一下，他有没有踢你？"

地上的大肚子们纷纷呼应："踢了踢了。"

这给我媳妇小张造成了一些压力。她偷偷对我说，怎么她的肚子里没动静呀？不仅孩子没动静，连她都快睡着了。我只好安慰她，先别管孩子，医生不是让你多睡吗？正好补补觉。小张只好怏怏睡去。而事实证明，动静太大了也不好，一天有位孕妇正在被踢，突然就提前破水了，流了一地。大家还得七手八脚地把她送到医院去。

一路上，她喊道："我不去公立医院，我订好了和睦家的——"

而等芽芽问世，那些班就得由她亲自参加了。班也不止于隔腹听音，还有游泳、美术、英语、编程，不一而足。确实让人不明白，两岁的孩子要怎么才能学会编程；更不明白的是，我们那片的爸爸们有很多都是吃互联网这碗饭的，才过三十就不可逆转地谢顶了，难道他们希望孩子们再受二茬罪吗？但小张二话不说，钱都交了。与之相应，带芽芽"上班"的任务，则从小张移交给了我——那段时间她比我忙，抓着好几个项目，动不动还要跑趟横店，连补觉都变得越来越奢侈了。对于小张的动机，我还有个猜测，那就是不能让我们父女俩闲着，我们忙起来，她也能平衡点儿。当然，对此我也没什么怨言。反正已经在家养了很久的浩然正气，再不出去看看人，我都担心自己会跟生活决裂。

况且别人家带着孩子“上班”的尽是些年轻的妈妈，其中几位还挺有风韵的。

至于“上班”的情况，倒没必要多说。我想讲的是芽芽辛劳历程中的一个小插曲：一天刚上完美术正在学英语，忽然听说她的游泳班“爆”掉了。

此类事件，也不稀奇，我们都经历过一两次了。无非摊子铺得太大，导致资金链断裂之类，最坏的可能则是老板卷款跑路。班开班灭，万物守恒，财来财去，日子照过。当时我看到商场顶层的“水娃娃”门口攒聚了一群人，便也啃着汉堡溜达过去。怀着对我媳妇的幸灾乐祸，我还用手机取了个景，采用了李沧东风格的长镜头，将现场那种庸常而又苍凉的气氛呈现给她。我对她说：“你看，又黄一个。”

小张倒也每临大事有静气，回复我说：“能退多少是多少吧。”

根据她的指示，我在人堆儿外面排队，以观其变。盘算一下，我们的课程已经上了大半，剩下额度不多，作废自然可惜，但也犯不着为那点儿钱跟谁拼命。估摸着不少家长也是这么一个心态。普遍鸡肋，所以这次爆雷爆得相当和谐，连赶来维持秩序的俩保安都无所事事；工作人员按部就班，把各家需要退款的数目登记在册——至于到底能不能退、什么时候退，那就不关他们的事儿了。站在我前面的是几位体态娉婷的妈妈，大家早混得眼熟，正在有一搭没一搭地聊天，内容无非是哪儿开了家不错的馆子、谁家孩子能背一千个英语单词、所谓北欧标准的环保装修是否名副其实之类。时值初夏，她们中的某些人换上了皱巴巴的“三宅一生”连衣裙，由此可知这个牌子最近很流行。我还暗自庆幸小张没来，否则发现跟人撞衫，不久以前那趟日本采购也就白费了。

不过未几，稳定的局面被打破了，因为一只鸭子。

率先发现情况的是位妆容精致、扮相还有几分书卷气的妈妈，她正含笑听人说话，忽然瞪大了眼，望向“水娃娃”的玻璃大门。我也循迹望去，就看见鸭子从一排更衣柜后面晃晃悠悠地飘出来了。当然，它不是一只真的鸭子，而是塑料充气的小黄鸭，平时就浮在游泳班那五彩缤纷的水池子里；现在脱水而出，才发现个头儿还真不小，足有半人来高。记得观摩芽芽被教练摆弄来摆弄去的时候，我听见过它发出悦耳的叫声：嘎嘎，嘎嘎。现在它又叫了：嘎嘎，嘎嘎。这声响让游泳班的工作人员也回头，“咦”了一声，从前台跑向更衣柜，围堵住了鸭子，或云举着鸭子的人。那是个三十上下的女人，穿身商场保洁员的深褐色制服，和衣服相匹配的，是一张糙红的圆脸和两膀子鼓鼓囊囊的肉。也许正是她的身份给她的行为提供了便利，刚才溜进游泳班教室的时候，众人竟未察觉。而她的劳动工具，也即一只拖把就靠在玻璃门上，将瓷砖地面小小地洇湿了一片。

那么她是要做什么呢？随即，工作人员也问出了这个问题。只不过问之前先“呔”了一声，然后道：“干吗干吗——你干吗？”

年轻女人被迫站定，似有些发怔，片刻说：“把它拿回家呀。”

“我是说，你凭什么把它拿走，谁让你拿了？”工作人员继续呵斥。

年轻女人说："你们不退钱，我还不能拿点儿东西？"

"交费报班的才退钱，难道你也交了吗？"

"当然交了，而且我早就来了，可半天也没人搭理我。"

三言两语，大致听清原委：这女人的确是在游泳班消费过的，但却不是正常的购课储值，而是定价几十块钱的"单次体验"。为了招徕客户，很多机构都会推出类似的优惠。现在班都爆掉了，体验券自然也就失效，因此这女人前来退款，可人家对她又很敷衍，只让她"一边儿候着去"。候了许久，无人问津，她就急了，决定拿走一些实物作为补偿，正好这只鸭子就是现成的了。试想要是没有鸭子，她的诉求还真难以实现——游泳班的主要财产就是水池子，总不能把池子里的水给舀走吧。

而在掰扯的过程中，我听见这女人一嘴京腔，却和通常的北京人不同，不仅极其响亮，并且有种大开大合的气势。在印象中，只有自幼身处旷野的人，才会说话有如叫阵。

她的大嗓门果然招致了不满，工作人员屡次提醒她“小点儿声”。

女人却无辜地说，她也没想吵，她就想“讲个理”。

工作人员便又说，讲理可以，那现在就讲清楚——你想退款，这当然是你的权利，可目前正式学员还没办妥，哪儿有工夫顾及你这“限时特价折上折”？再说到你私自拿走教学用具，这个问题就严重了，定性成盗窃也不为过。游泳班前台是个学生样的小姑娘，伶牙俐齿。她在邀请你办卡的时候，哥啊姐啊叫得亲热极了，但对付起另一种人就是另一种嘴脸了。现在她烦躁地皱着眉头，凌空抢过鸭子，又用两根手指一扒拉，就把那女人扒拉到了前台一侧。女人壮实的身形亦步亦趋，表情木讷，让人联想到某种大型食草动物。不过她的脑子一定还在缓慢地转动，半晌又开口，仍是大嗓门：

“我不是偷，我就是等不了了……我还有活儿呢。”

前台小姑娘铁面无私，干脆地把她噎了回去：“不要找理由，偷就是偷。”

至此，完成了一场审判。女人被晾起来示众，听候发落。她的神色又现出了两分愤懑与茫然，仿佛受了委屈却不知委屈在哪儿。在这个过程中，我的手机录像仍然开着，有意无意地锁定了她。我的镜头语言也从李沧东变成了阿巴斯，包含着一种“克制而疏离的痛感”。队伍往前挪了两步，又往前挪了两步。

而随即，左近悠悠地飘出一个声音：“何必呢？人家也不容易。”

说话的还是刚才那个文静的妈妈。她进而指出，不管怎么说，这个“保洁工大姐”也是交了费的，既然交了费，不在钱多钱少，排队时理应有个先来后到；再说到所谓“偷”，不正是因为游泳班对人家的权益置若罔闻，才逼得人家出此下策吗？

此言一出，立刻得到了几位妈妈的响应，她们跟着说，本来就是因为我们才把人家挤出去的，要是让人家丢了工作，我们情何以堪呀。还有人说，有错也是游泳班错在前面，他们要是不“爆”，又哪儿有这档子事？

七嘴八舌，反把前台小姑娘说愣了。但她很懂得看人下菜碟，立刻又多一事不如少一事地挥挥手：“算了算了，走吧你。”

看到女人还想说什么，她又催：“赶紧的，要不是这几位‘姐’——”

那女人真就迈开步子，往玻璃门外走去。她的情绪好像要比动作来得慢半拍，等走出人群，才回身道：“谢谢你们。”

仍是大嗓门。众人笑了，都说不用谢。一时间，气氛充满了友爱，也不知我感动了没有，反正那位文静的妈妈脸上泛出光来，圆润的嘴唇鲜嫩欲滴。她也许还想到了另一些事情：比如几十块钱的体验费对于大家都不算什么，但对保洁工而言，没准儿就是从牙缝里省出来的了；再比如这位保洁工想必也有孩子，而她的孩子却注定不能在城市的空中游泳……根据这个思路，我又想到了伊朗电影《小鞋子》和意大利电影《偷自行车的人》。希望将来对芽芽讲起这些作品的时候，我能够问心无愧。感谢女保洁工，感谢妈妈们，让我的拍摄有了现实指向与人文关怀。我继续对准女人，给了那张饼状红脸一个特写。

但就在这时，手机里记录下了极具爆发力的一幕：本来那女人僵立片刻，如在思索，突然却低头弯腰，

“哞”一声喊，直朝人群撞了过来；大家没料到还有这一出，纷纷散开，所到之处，无不披靡；女人冲回前台附近，一把从地上又抱起了那只黄鸭子，将它高高举起，再往电梯口跑去。到了儿，她也没放弃那只鸭子。

前台小姑娘满脸苍白，半晌才反应过来：“有没有人管管呀。”

镜头里又多了俩保安。六只手在取景框里撕扯、纠缠，黄鸭子也在半空中翻滚、腾跃。而这时，我忽略了打斗中的人们，只是追踪着那只鸭子。它从这只手上传到那只手上，从这个头顶跳到那个头顶，终于歪歪斜斜地滑出了电梯左近的护栏。商场的结构是这样的：高达六层，每层四周是店铺，中间则是一个挑空天井，从上面看去有如深渊。当鸭子飞入天井，便获得了自由翱翔的空间，它的下坠速度也变慢了，从容地掠过水晶吊饰和塑料招牌，化作一盏闪闪发亮的橘色明灯，隐没在一楼大厅的光海之中。为了保持跟拍，我移步换景，推拉摇移，恨不得半个身子也探到栏杆外面去了。这个镜头的结尾则有如天问，我将手机的角度迅速反转，最后定格在了商场那璀璨的玻璃穹顶。

好在热闹不在我身上，也就没人留意我的这个怪癖。而等我按灭摄像头，回过身来，女保洁工已经不见了。连拖把都不见了。她来得凶猛，走得彻底，转眼之间消失了踪迹。围观者们惊魂甫定，大家还在议论：多险呀，幸亏掉下去的只是一只鸭子。

我又听见了那位文静的妈妈的声音，仍然是悠悠的，但其意味就要比刚才复杂多了："唉，他们这些人哪——"

2

以上所述，是我与王大莲以及苏雅纹初次相见的情形。那时我还不知道她们叫王大莲和苏雅纹。等到我们正式认识，我女儿都六岁多了。这时芽芽从一家私立幼儿园毕业，又从不胜枚举的班上拿到了诸多证书，终于可以接受法定教育了。

很惭愧，送芽芽报到仍然是我去的，别人家大多还是妈妈。又很惭愧，尽管为了让芽芽上学的二十分钟路途舒适一些，我们专门换了一台原装进口的奥迪旅行车，但顺着水泄不通的街面蹭到小学附近，才发现很多家长根本不必亲自开车——他们的标配是硕大无比的“丰田”保姆车或者“奔驰”商务车，那种车子的标配则是专职司机，有些还戴着白手套呢。说到这里，就要介绍一下我们所在的那个住宅区了：它位于“上风上水”的北五环外，因为毗邻中关村地区和几所高校，更兼之兴建了一所规格很高的小学，所以一跃成为北京声名赫赫的学区房。总听说谁谁的儿子和谁谁的孙子在此就读，这招致了更多神通广大的人士趋之若鹜，我们也目睹着身边的房价打着滚儿地往上翻。那真是一个如梦似幻的历程，在此定居，大约也是在我媳妇小张口中，我所干过的唯一有远见的事儿了。而记得最早买下这套小两居，只是因为它离我供职的视频网站比较近。

现在房子又发挥了作用，让我女儿得以和那些非富即贵的优秀儿童同窗共读。也可以换个角度理解，芽芽正在享受“互联网大潮”留给我们家的唯一正向资产。在开学体验课上，我们参观了篮球馆、网球场和堪比专业摄影棚的多媒体教室；因为外教老师拒绝用汉语和孩子们打招呼，我也不得不钦佩小张的先见之明——经过此前的训练，芽芽好歹能用英语介绍她的另一个名字“贾斯敏”。而他们班上的“斯坦利”都已经会完整地演唱甲壳虫乐队的*Hey Jude*了。

“你可得好好学习。”我欢欣鼓舞地勉励芽芽，“瞧你们条件多好呀。爸爸上小学的时候，课外活动就是去臭水沟里捞蛤蟆骨朵儿。”

这个岁数的孩子已经挺有虚荣心了，我的忆苦思甜让芽芽觉得跌了份儿。她立刻对一旁的“斯坦利”说：“我爸爸是导演，拍的片子网上就有。”

我想接口说，瞧你爸这副鸟样子，就别提当年勇了。然而为了孩子的教育大计，这种话最好还是算了。我只是讪笑着，尽心地用一台DV对芽芽进行拍摄，为她的开学第一天留下纪念。没承想，这个行为引起了“斯坦利”的兴趣。他是个清秀的男孩儿，个头不高，留着一丝不苟的小分头，眼神里有种同龄孩子少见的沉稳，仿佛时时都在深思。他问我是不是电影学院毕业的，我说我是半路出家；他又问我认不认识张艺谋，我说我哪儿配啊；他居然还讲到了“构图”，请我有时间指导一下他的美术作品。我被说得一愣一愣的，心想这孩子迟早能在少先队里混上一官半职。

而“斯坦利”又不遑多让地对芽芽介绍起了他妈：“我妈妈是编辑部副主任，她编的书还是学校的指定读物呢。”

我向一侧颔首，看见了那张精致、文静的脸。离游泳班的“爆”掉已经过去了几年，而给我的印象，这位妈妈竟然没有见老。对于这个年龄的女人来说，这种成果殊为不易。当然，我们这片的家长长期都在各种班上穿梭，因此重逢也不能算是多么大的巧合。保持着本地居民固有的体面与矜持，我们浅浅点了下头。

我说：“你们家‘斯坦利’懂得真多，我们这个就不行……”

芽芽撇嘴。那位妈妈对孩子倒是熟得快，替芽芽整了整马尾辫说：“可是我们漂亮呀，漂亮不就够了嘛。”

那声音还是悠悠的，我不确定是否暗含了某种敷衍，甚而讽刺。住得久了就能知道，这也是我们这片居民们惯常的语调，近几年尤甚。他们非常善于在轻描淡写之中表现出优越感，而跟着他们的言外之意三跳两跳，你心里也会不禁惴惴的，不知道自己到底是听懂了还是想多了。总之令人疲惫，哪怕你刚刚受到了恭维。

我也只好又笑了笑，用DV给“斯坦利”示范了一个取景。

就在这时，身后突然荡来一声喊：“嘿，真是你们呀——等会儿等会儿。”

那声音倒不至于响如炸雷，不过从秩序井然的校园里席卷而来，着实显得突兀。不光“斯坦利”的妈妈，周围的家长们也骤然回首，锁定了大嗓门的源头。我首先看见了一张皴红的脸，既扁且圆，让人想起放了过多番茄酱的煎蛋。脸旁飞扬着钢丝般奓起的乱发，还是棕黄色的，就像煎蛋被摊在了一盘薯条上。那女人的手上，还拖着一枚圆滚滚的肉丸子——也是个小男孩，鼓胀得没脖子没腰，新发的大号校服都快撑爆了。这对欧式早餐般的母子步履如风地奔到我们面前，站定先喘，热气腾腾。

“远远儿就看见你们啦，我半天都没敢认。”那女人吆喝着，揪住领口，大幅度地呼扇，胸部在巨大的“LV”商标下面跳动着。说时迟，那时快，她又抡起一只“爱马仕”坤包，如同女牧人甩出了套马杆，从一队大约三四年级的小学生中套住了另一个胖男孩，连骂带踹地拉了过来。两个肉丸子背着如出一辙的“巴宝莉”书包，形状也完全一致，只是体量有所差异，他们滴溜溜地滚动着，撞击着，久久不能平息。

“这是我们家大的，这是我们家二的。”她介绍道。当她说“二”的时候，前面缀了个“n”的发音，我反应过来，这是京郊某些地方居民的口吻，比如“贴饼子熬小鱼”到了他们嘴里，就成了“贴饼子闹小鱼”。

可我和那位文静的妈妈仍然懵懂着：“您是——”

女人就“咳”，一拍巴掌：“你们不记得我，这不稀奇，但不妨碍我记得你们。当初在游泳班，要不是你们替我说过话……”

我和文静的妈妈面面相觑，片刻似乎明白了：“哦，您就是那个——”

“对呀。大莲子，王大莲。”她自报姓名，好像以前就告诉过我们似的。

“眼拙了眼拙了。您那时候不是商场的……”我扫了眼对面母子三人浑身披挂的logo。包，鞋，衣服，几乎把商场里的奢侈品牌凑全了。

那女人又补充道：“保洁员？早辞了。谁他妈干那个呀。”

文静的妈妈下意识地捂住了“斯坦利”的耳朵。而既是故人相见，那位王大莲不免说起了黄鸭子，“为个破逼玩意儿，差点儿让孙子们把我从楼上掀下去”；并且说鸭子也不光是说鸭子，继而又给了俩肉丸子一人一个“搂脖儿”，“还不谢谢你叔你婶儿”。俩肉丸子那一瞬间不再轱辘着厮打，齐声说“谢谢叔，谢谢婶儿”。面对两位贤侄的如此大礼，我很想指出，作为“叔”我倒没什么意见，关键是“婶儿”是否乐意。果不其然，叔可忍婶儿不可忍，文静的妈妈粉底下面泛出轻红，撇清道：

“平白扯上我做什么，要谢就谢他吧。”

但继而，她的话又让我想起了一个小小的谜团：当初那只鸭子飞下顶楼，保安也下去找过，它却居然消失不见了。也把一楼的保洁员叫来询问，可都一问三不知，就好像鸭子自己长了脚，跑掉了。而那场混乱的始作俑者——王大莲——也跑了，这便让前台小姑娘叫苦不迭。她说她也是打工的，现在丢了东西，只能由她个人赔偿；她还说她都俩月没发工资了，老板没准儿还会以此为由赖账；她又说你们倒是怜贫惜弱，怎么不考虑一下她的苦衷呀。一说二说哭起了鼻子，令诸位妈妈都很尴尬。也是合该嘴欠，我看了看周围的脂粉圈，索性说，得了，算我的吧。顺手就扫了码。钱倒不多，也就一两百，只不过我那天明明是去登记退费的，结果不光没能止损，反倒饶进去一笔。

后来我媳妇批评我："又见不得女的抹眼泪儿吧？我还不知道你那点儿劣根性。"

综上所述，也可以这样理解：尽管我与王大莲只有一面之缘，但却为她的冒失行径买了单。当文静的妈妈用轻巧而不失调侃的口吻说清原委，王大莲的脸便愈涨愈红了，并且不是半遮半掩的红，而是旭日当空的红。她立刻掏出手机，提出要把那只鸭子的钱扫给我，还让我"尽管说个数儿"。我说算了，她硬不依，还扯住我的胳膊摇来摇去的。前保洁员的手劲儿真够大的，险些把我的DV也摇到地上去。

我就有点儿烦了，甩开她的手："让人看了笑话——"

诚如我所言，正当拉扯之时，旁边又有几位家长看向我们。那场面也变了味儿，好像王大莲正在勇斗偷拍犯。在我的提醒下，王大莲如同被蜇了一下，往后一跳，没拿手机的那只手捏住LV外衣的前襟，来回来去地搓动着。但随后，她又扬起壳儿上镶满碎钻的新款折叠屏手机，啪地往大腿上一拍，怨道：

“都赖这个破玩意儿，要带着现钱不就方便了嘛。”

那架势让我想起我去世多年的奶奶，一个喜欢在夏天挥舞着蒲扇骂街的老太太。我不禁扑哧一笑，王大莲也咧嘴对我笑，露出一嘴硕大的牙。后来还是文静的妈妈打圆场，说孩子都在一个学校，来日方长嘛。大家便又拉起小朋友们，拖拖拉拉往学校外面走去。出了正门再过两条街，就是王大莲以前干活儿的那个商场，遥遥望去有如玻璃碉堡，顶端还竖着个尖儿，直插云端。四下孩子飞跑，车辆蠕动，愈发堵得水泄不通了。有学校的地方都是这样，拥堵程度也和学校的名气成正比。因为在附近找不到停车位，我和文静的妈妈都把车放在了商场，这时便结伴穿街过去，王大莲和她的两个胖儿子也跟在我们后面。

而这一路上，她又让我们刮目相看了两次。

第一次刮目相看，是在刚刚走出学校所在那条街时。我们听见胖儿子之一嚷嚷：“妈，到家啦，该拐弯儿啦。”

王大莲呵斥他："我还不认识家？我是送送你叔你婶儿。"

我们便不得不站定："到家就回呗……我们认识路。"

这么说着，文静的妈妈却往街口一侧瞟了一眼。顺着胖儿子们挣扎着企图奔去的方向，我看到了一片密度极低的小区，楼宇簇新，高不过五六层，一望可知都是夸张的大户型。在这片地方，甩着个"爱马仕"上街算不得奢侈，住在紧邻学校的高档社区里就是真正的奢侈了。又对于送孩子而言，自己开车的羡慕有司机的，但金字塔的塔尖反而是"腿儿着"的，因为一出家门就能进学校。记得我和小张也曾考虑过搬到更方便一点的地方，但即使是对自己的经济状况最乐观的时期，我们也没敢打听过这个小区的房价。

不知文静的妈妈做何感想，反正她的目光悠悠的，又变得复杂起来了。

而王大莲则说："我陪你们到商场，顺便跟他们说句话。"

也不知她所指的"他们"是谁。反正换成了由她带路，引领着我们继续前进，于是也就有了另一个刮目相看。未多时，大家一起来到商场的停车场，各自找到了车，文静的妈妈开的是辆小巧的“沃尔沃”。我们依次把车开到收费处的栏杆前面，就见王大莲正靠着岗亭，跟窗口里的老头呱呱唧唧地说话，她的胖儿子们在栏杆底下钻进钻出，吓得排队待出的车子直按喇叭。岗亭里那老头呢，长相是黄面鼠须，穿身油脂麻花的制服，嘴上斜叼着烟屁，和一般的停车收费员也没什么区别。

看到我们来，王大莲一指：“三大爷，就他们。”

“三大爷”在烟雾腾腾中一摆手，示意我们直接过。王大莲又说：“您看清楚点儿，这可是我朋友，以后也不能收钱。”

“三大爷”作色，盯了眼我们的车牌：“怎么着，嫌我眼神儿不好？”

俩人一里一外哈哈笑。王大莲又说：“那不能够，牌桌上见过您的本事。”

听这意思，我和那位文静的妈妈不仅此次停车不必缴费，以后也获得了“自己人”的特权。如果这就是王大莲对我们的回礼，那么长此以往，这可比区区一只黄鸭子贵重得多。脑子里飞快地算了笔账，我就感到必须得再对王大莲说点儿什么了，于是把车停在路边，让芽芽坐好别乱动，自己开门出来。文静的妈妈也下了“沃尔沃”，向我走来，想必她也听见了刚才那番对话。但她的反应与我不同——我只是不想欠人情，她却微蹙着眉，低声说：“怎么能这样？这不是走后门吗？”

那一刻，我倒想提醒她，大家都不是海外赤子，倒也不必大惊小怪。而文静的妈妈又嘀咕：“我是担心孩子……习惯了这一套，以后到国外怎么融入人家的社会呀。”

她的思路的确比我长远。但当我们走到王大莲面前，嗫嚅几秒，王大莲却先开腔了：“千万甭客气，客气就是驳了三大爷的面儿了。”

岗亭里，“三大爷”又点上一根烟，目如鹰隼地扫我一眼。我想起了某项街头原则：对于“老泡儿”的美意，切不可给脸不要脸，那会把事情搞得很严重。而王大莲却转瞬忘掉了上个话题，又向我们抛出了新的话题。她罕见地压低了大嗓门，使得她的面目都有些扭曲了：“对了，再跟你们商量个事儿……你们俩的孩子是在一个班上吧？”

我只好接着她说：“是呀。”文静的妈妈也说“是呀”。

王大莲又说：“可我们家‘二’跟他们不是一个班。你说这样行不行，让‘二’也转到你们那个班去，大家有个伴儿，不是正好吗？”

我们就晕了。片刻，文静的妈妈说：“但学校……不都把班分好了吗？”

“定是定下来了，可谁也没说定下来就不能改呀。”这时王大莲全没了征询人家意见的拘束，更与她曾经露出的窘态判若两人。她抡起她的“爱马仕”，让金光闪闪的西洋马车在空中驶过一道闪亮的弧线，“我跟他们说去。等转班过去，你们只要让孩子跟别人说，早就认识我们家‘二’就行啦。”

我们就更晕了。提到孩子，我又看了眼街边的车。只见芽芽从“奥迪”旅行车里往外招手笑，而王大莲家的“大”和“二”正扒着窗户，争先恐后地朝她做着鬼脸。我眨了眨眼，转回头来对王大莲说：“孩子们不都认识了吗？”

王大莲的脸上又喷出喜悦的红光："他叔，有你这话就行。"

等她揪着俩胖儿子离去，留下我和文静的妈妈站在街上发愣。这时不用提醒，我都咂巴出了刚才那番话的震撼性：要知道，芽芽所上的小学光是进去就很难，如果不是早年间侥幸落了户，你或者要买下天价的房子，或者就要有通天的手段；也总听家长们抱怨，他们在别处都是有头有脸的人物，可被小学老师训起来就像训孙子一样，"比自家孩子还低了一辈儿"——而这个王大莲呢，能说转班就转班，班主任随便挑，这又得是多大的面儿？比之于此，"三大爷"那边的停车费简直不值一提了。

也正因此，文静的妈妈感慨如下："这……是个什么人呀。"

3

对于王大莲“是什么人”，其实倒也不太难猜。她的口音、衣着以及举止风格，都在清晰地表明她是“什么人”。在北京，尤其在北京曾经是郊区后来才并入城区的地方居住，你也免不了会遇到她“这种人”。

但通常的情况是，遇到了也就遇到了，如果你不是“他们的人”，实在很难和他们熟起来。可听王大莲的意思，我们的孩子马上就要变成同班同学了。记得那天回家，威逼利诱地把芽芽按在小书桌前读英语，我忽然动了个念头，翻箱倒柜地找出几年前的旧手机，把当初在商场里拍摄的那段视频拷贝出来，捧着平板反复观看。

此时重温旧作，那时的镜头运用就显得幼稚了，主要是对大师们的模仿痕迹太重。但最后那段对黄鸭子的跟拍却堪称神来之笔——忽略了“人”而聚焦于

“物”，一切尽在不言中。我不免有些自得，认为这个表现手法和《阿甘正传》里那根著名的羽毛异曲同工。我瘫在沙发上抚摸着肚子，咯咯笑出声来。

恰好小张回来，翻着白眼问我：“又打着试镜的名义看女演员去了？”

我把视频划到王大莲举着鸭子奔跑那段：“你也看看。”

小张更深地翻了我一眼：“哟，口味变了？”

“人家的形象也变了……咳，这都哪儿跟哪儿啊。”我让她别打岔，先给她展示了当初之王大莲，又描述了今日之王大莲，进而还把芽芽叫来做证，“今天碰见的阿姨——气宇轩昂那个，是不是挺有意思？”

芽芽捂着眼睛，相当惊悚地“哇”了一声。

我又笑了，引用了一句孩子难以领会的名言：“张爱玲说过，别致就行。”

小张却没兴趣和我进行美学层面的讨论，顺势又开始数落我、勉励我。内容和以前差不多：作为一名导演，我不能光在家里瞎琢磨，成天到街上漫无目的地东拍西拍也不是个事儿，毕竟作品要变成商品才算完成了它自身，对不对？此外还有个实质性的问题，因为闲得太久，我早年间的两部片子正在被人遗忘，网上点播和海外发行的收益大幅度下降，新作也就迫在眉睫了。但她又给我带来了一个好消息：有部纪录片已经完成了前期拍摄，不过结构和立意都让制片方很不满意，所以他们决定临阵换将，找个老手接盘——想来想去，我正合适，小张还替我谈了个不错的价钱，只等我点头了。

我想起来，那部片子在筹备之初就找过我，没谈拢正是因为制片方比较“事儿逼”，此外我对题材也不感兴趣。但小张又对我打鸡血兼赶着鸭子上架：目前相当于菜都切好了，没人掌勺，也容不得那些家伙叽叽歪歪了；所以还是丢掉幻想，先让工作的齿轮转动起来再说。再不转就彻底锈掉了。她说得固然有理，我愣了半晌，懵懂地点了点头。我还这样自我安慰：答应的是媳妇，养活的是女儿，这就好像比直接做“鸡”做“鸭”更容易让人接受一些。

小张抚了抚我的手背，承认我做出了悲壮的牺牲。她还主动请缨接替我照料芽芽，反正她手头的项目已经接近杀青，不用到外地跟组了。

此后几个月，我都在捏着鼻子连轴转。前面那个导演素材倒是拍了很多，但都是人物对着镜头背书，不像接受采访，倒像被“留置”了，正在交代问题。实在用不了只得补拍，这又涉及了追加预算和延期杀青，于是我还得分身出来和制片方试探、扯皮、互相敲诈。时而在老少边穷地区采景，时而在会所里被人拎着脖子灌酒，我的脸时而黑，时而红，同时复发了脚气和慢性胃炎。令我欣慰的是，芽芽长势良好，当我与她视频通话，看到的不仅是个茁壮的小学生，而且眉眼愈发明艳，都有一丝她妈年轻时的影子了。我又不免担心，现在的孩子营养是不是太好了，发育得是不是太快了。

我也问她：“在学校交到什么新朋友了吗？”

芽芽说：“还是那一个……哦不，三个。一个是‘斯坦利’，另外两个是‘大’和‘二’。‘斯坦利’和我最好，帮我做作业，‘大’和‘二’就有点怪怪的了……”

女孩儿的表述欲强，叨叨起来不给我插话的机会。而从她的话里，我得知了两个信息：第一，王大莲言出必践，他们家的“二”果然转了班，和芽芽与“斯坦利”做了同学；第二，那俩肉丸子在学校里仍以数字为代号，而不像其他孩子那样除了学名以外还有英文名。难道在外教课上，老师也要称他们为“one”和“two”吗？

我又接着问：“他们怪在哪儿呀？难道欺负你了吗？”

芽芽嘟嘴皱眉：“那倒没有，不过……哎呀不跟你说了，我得弹钢琴去了。”

女儿很忙，比我还忙，只好留着一个悬念。等从外地回来，又在机房里熬了半个月，我终于完成了可供送审的样片，被释放回家。走时还是夏末，现在都已经快入冬了，北京北部的街道上流淌着银杏叶子，在车灯的照耀下熠熠闪光，仿佛寓意着这地方的寸土寸金。也是贱，过去送芽芽“上班”时，我还会痛感家里乾纲不振，现在却怀念起那种生活来了。于是甫一进门，就急着跟小张进行交接。

温习完芽芽的课表和教材，我又关怀小张：“你怎么样，对家庭妇女的角色还习惯吗？”

小张不忿儿：“谁家庭妇女了，那些当妈的哪个不比你学历高。”

看来她很快就融进了新圈子——这也是一个制片人

的特长，毕竟吃的就是关系饭。我说："嚯，听着都混得很熟了。有没有互相探讨御夫心得？很可惜你们影视界都是些畸形婚姻，不足与常人论。"

小张又"嘁"，继而兴致高涨地介绍起了芽芽班上的妈妈们。诚如她所言，那些女眷都不是泛泛之辈，混迹其间，让她很有认同感。试举一例，别处的女人听说她的工作性质，都会兴致勃勃地打听明星八卦，无外乎谁把谁"绿"了谁跟谁"劈"了，还尽有托她要签名的；而在新环境里，大家就对花边新闻不那么感兴趣了，或者说感兴趣也不好意思当众谈论，"苏雅纹最瞧不上这种话题了"——于是也给小张省去了不少口舌。那么妈妈们都聊些什么呢？当然要以孩子为主，这是题中应有之义，此外极少涉及老公，"你以为你们很重要吗，不过是桌上添双筷子罢了"；正相反，她们非常热衷于探讨"如何平衡家庭与事业之间的关系"，而这可是一门大学问，其烦琐程度不亚于独自扮演一支乐队吹拉弹唱。在这个议题上，小张意外地获得了话语权，她在剧组里按下葫芦起了瓢的状态被称作一项"系统工程"，演职人员精确到分钟的排班表也被认为"大有借鉴意义”。

“就连苏雅纹都说，她可做不到像我这样成天出差……”明明刚回家的是我，小张却劳苦功高起来了。

而我没法不留意到苏雅纹这个名字：“这又是谁？”

小张便描述了苏雅纹：在出版社工作，很会化妆，和自己一样爱穿“三宅一生”与“川久保玲”，开辆混合动力的“沃尔沃”。小张又说：“你不是早就和人家搭上话了吗？肯定把自己塑造成一个不被大众理解的艺术家了吧？”

我便“咳”：“哪儿跟哪儿啊。”

这才知道，那位文静的妈妈名叫苏雅纹。又从小张言必称苏雅纹可以推测，苏雅纹是那群妈妈里的妈妈头。这当然有着“母以子贵”的因素：苏雅纹的儿子“斯坦利”不仅成绩优异，而且多才多艺，尤其擅长绘画，好几部“作品”都在外面获过奖呢。但如果苏雅纹仅仅是一位“填鸭”能手，这也没什么好佩服的，反正那也是我们这片妈妈们的常态——关键在于，苏雅纹本人也是那么有态度，有风格，有腔调。说到这里，小张又试举一例：小学班上不是都有妈妈群吗？妈妈们的群昵称不都是“××妈”吗？但苏雅纹却提出，该称谓很有问题，将妈妈降格为孩子的附庸，这就和解放前的“张王氏”“赵刘氏”差不多，无异于否定了“女性独立存在的价值”。

我插嘴：“她还引用了波伏娃吧，‘第二性’什么的？”

小张说：“你怎么知道的？”

我甩了个低俗包袱：“你不知道的多着呢，波伏娃还和萨特签订过一个互不干涉的‘乱搞协议’……我也很好奇，苏雅纹和她家先生的关系有这么开通吗？”

不得不承认，小张的热情让我稍感嫉妒。凭什么她总是将我的理念斥为“没有商业价值”，却把一个外人的只言片语奉为圭臬？而对我的挑衅嘴脸，小张又翻了个白眼。她继续把事情讲完：苏雅纹的意见得到了班主任的由衷拥护。这里还得补充一下，那位老师虽然刚刚分配到小学，教学经验不是很丰富，可却是一所985高校的博士，这个头衔也让妈妈们感到满意。在苏雅纹与博士班主任的倡导下，她们纷纷把群昵称改成了如下模式：本人姓名（孩子姓名）。比如苏雅纹就是“苏雅纹（斯坦利）”。不要小看这个变化，它不亚于一种姿态，一个宣言，它还形成了一场运动——随着外班的妈妈们跟进效仿，有个著名的育儿公众号专就此事刊登了一篇文章，题目如下：《我不是××妈——优质女性的自我回归》。

听到这里，我不禁又问："你们还挺会宣传，公众号是你联系的吗？"

小张说："用不着我帮忙，苏雅纹他们出版社和很多知名博主都有合作，她还是特约撰稿人呢。"

原来如此。苏雅纹的身份又多了一重，除了编辑，还是新媒体从业者。当然，这个"斜杠"也属于常规动作，要是哪天多了个"美妆博主"，那才算跨了界了。而听了半天苏雅纹，我不由得感到了疲惫。不知为什么，那种"用力活着"的人总是会把疲惫传染给我。哪怕为了放松，我也需要一个新的话题，一个"我们这种人"以外的话题。当小张从沙发上起身，去卫生间洗漱，我跟过去问：

"对了，还有个王大莲呢，你也认识她了吗？"

小张回身，嘴巴半张，手里的电动牙刷嗡嗡响着。

她瞪大眼睛，露出奇异的表情："你说哪个？'二'他妈妈吗？"

如果将这一称谓放在苏雅纹奠定的语境之中考量，也显得颇为奇异。我还想起了小时候听过的一段相声，高英培说："'二'他妈妈，拿大木盆来，这拨儿全是咸带鱼。"而在接下来的夜晚，我也为自己的多嘴付出了代价。小张变得愈发亢奋，甚而忘掉了我们夫妻小别重逢后的例行公事，又召开了一场澎湃的、喋喋不休的吐槽大会。一边吐，她还一边敷了张草莓面膜，让自己的脸也变得红彤彤的，同时绘声绘色地模仿起了王大莲。这儿再插一句，我媳妇在剧组待久了，也具备了颇为深厚的表演功底，很多行内人都半真半假地恭维，她的"戏"可比那些光靠表情包混饭吃的流量明星强多了。因此她全方位地再现了王大莲。王大莲随风潜入夜，盘踞在了我们的卧室里。

但很矛盾，小张谈起王大莲，是这么开头的："你提她干吗？"

她又说："我们都不稀的说她。"

她使用的第一人称代词不是"我"，而是"我们"。

4

据我媳妇描述，王大莲刚一“入班”，就暴露出了自绝于妈妈们，甚而自绝于老师的倾向。这一倾向当然是极其危险的。

该倾向又层层加码，最初只在网上，在微信里体现。王大莲家的“二”是后来转到班上来的，甭管怎么转的，反正总归是转了，于是她也被拉进了“班级交流群”。顾名思义，这个群的功能就是让老师和家长们畅所欲言，互通有无。博士班主任还强调，希望大家营造一个积极、和谐的氛围，除了帮助孩子进步，老师和家长也要进步，从而实现教学相长。有她这话，一时间群内交流十分踊跃，譬如苏雅纹就对妈妈们的称谓提出过改进方案，赢得了大家的一致拥护。再往后的讨论便要具体多了：从给孩子们报什么社团、如何调整孩子们课外辅导的方案，到老师打算有针对性地提升孩子们哪方面的能力，不一而足。就连英国还是日本的双肩书包更有利于孩子们的脊柱健康，都有人图文并茂地加以论述。

但没过多久，麻烦来了。麻烦的名字叫作“王大莲（二）”。那是一天晚上，学校发布了音乐社团的报名方案。再多说一句，这所学校在音乐方面也是久负盛名的，每每有毕业生被特招进了重点中学的“金帆”乐团。老师要求有基础的孩子家长说明，孩子已经学到了何种程度，尤其是学弦乐的要提前报备。

为什么单把弦乐拎出来呢？在群里，苏雅纹替老师解释，弦乐的难度更高，需要特殊培养。她还普及了一个知识：在美国很多“藤校”的招生指南里，被认可的“音乐特长”首先指的就是弦乐，其他诸如管乐和键盘乐则等而次之了。对于她的补充，老师深以为然。而苏雅纹他们家的“斯坦利”果然是学小提琴的。说到这里，小张便又焦虑起来，问我当初给芽芽选了钢琴是不是一个战略失误。

我嘴硬：“你又不懂了吧，钢琴本质上也是弦乐。”

小张说："你不要抬杠好不好？人家明明给算进了键盘乐。"

我说："你不要跑题好不好，不是在说王大莲吗？"

于是暂时撇开钢琴的构造不提，说回王大莲。而说到王大莲，仍然涉及了"弦乐"这一定义。这时王大莲就在群里发言了。她发言的方式也与别人不同，不是输入文字而是直接说话。大家便看到"王大莲（二）"甩进来一条语音。

点开仍是大嗓门，小张用手机播放都吓了一跳。王大莲仿佛怒气冲冲："等会儿等会儿——什么叫弦乐呀？"

如此追根溯源，问得大家一愣。紧接着，便有人往群里发了个链接，是网上百科对于"弦乐"的详细说明。一般是指西洋管弦乐团中的弦乐组，根据发音方式，又可分为擦弦乐器、拨弦乐器与击弦乐器。这么做非常方便，简直是信手而为。想当年，钱锺书因为能背词典而被誉为神人，而现在，随便一个孩儿他娘也等于钱锺书。

但事情没有过去，王大莲又说话了，还是语音：

“我看不懂哇。”

大家便又一愣。片刻，有人直接回答了她，并且这次就要通俗多了：弦乐弦乐，不就是有弦的乐器嘛。木头上面拉线儿，明白了吧？

而王大莲又说：“你们能不能再说清楚点儿，究竟哪些家伙什儿算弦乐？”

大家便接龙，向她举例。有说小提琴、中提琴和大提琴的，还有说低音贝斯和竖琴的，当然也包括吉他。推而广之，还有胡琴、阮和扬琴。继而有人说：弹棉花算不算？这明显就是开玩笑了，或许是看出“二”他妈妈有点儿不对劲儿，不经意间露出了揶揄的口吻。大家哈哈哈，放出形态各异的表情包。

但王大莲并未感受到轻松的气氛，她的大嗓门里包含了真切的不满：“这么点儿的小孩儿，哪有让他学弹棉花的？这不是扯淡吗？”

她还说：“你们弹过棉花吗？絮子糊嗓子眼儿，干一天咳嗽半个月。”

她先带偏话题，反说人家扯淡，妈妈们就静默了。那静默里也有不满。又过了片刻，还是苏雅纹头脑清晰，紧扣主题，她说：您的问题很好解决，您总知道自己的孩子学了什么乐器吧？说出来，大家告诉你该去哪组不就行了嘛。

王大莲说："那倒不用麻烦，我们没学。"

苏雅纹不可置信："没学？什么都没学？"

王大莲用不雅词汇表示强调："对呀，屁都没学。"

既然屁都没学，何必多此一举？那您矫情这么半天，又是图什么呀？顺便再补充一下，如果屁也算一种乐器，大概可以被归入管乐。诸位妈妈延续着不满的静默，仿佛真有人在群里放了个屁，而那个屁是能被真实闻到的。

王大莲还纳闷："怎么没人说话了？都掉线了吗？"

还是苏雅纹提醒了她。用的还是我们这片居民的惯常口吻，礼貌而克制，说话绕弯儿："这位妈妈，大家都忙……"

又有人帮腔："请不要将简单的问题复杂化。"

而王大莲冤枉地说："我可不复杂，我就是不明白。不明白还不能问吗？"

讲到这里，小张摊了摊手。她对我说，被王大莲这么一搅和，那天线上会议的气氛就黯淡了下去。大家再没了各抒己见的激情，没了对他山之石的期待，嗯啊两句，草草收场。但这还不算什么，更过分的是，此后的几乎每一次群内讨论，王大莲都会唱上这么一出。她总是揪住一些常人意想不到的问题，时而刨根问底，时而旁逸斜出。再试举两例，比如有一次还是讨论学琴，大家说着说着，就说到了“铃木教学法”。这是一种在音乐教育方面影响巨大的方法论，而苏雅纹表示，铃木教学法虽然见效很快，但过于注重实用，有着后劲儿不足的隐忧，因此她给他们家“斯坦利”选择的是欧洲正宗的“柯达伊教学法”。众人深有同感，还有说立刻要请音乐家教调整方案的。但这时，王大莲又插进来了，她抛出了一串驴唇不对马嘴的天问：“什么是铃木教学法？”“铃木我听说过，不就是摩托车嘛，它还教音乐？”“那有没有本田教学法、丰田教学法和雅马哈教学法？”围绕她的提问，话题又被带偏，后来变成了“日本车没档次，咱们可不能给孩子坐那‘铁包肉’”，间接得罪了几位日本车主妈妈。再比如有一次谈到数学补习班，王大莲居然表示，她连“勾股定理”

都搞不清楚，还一个劲儿地追问“谁的沟子，谁的屁股”，在群里激起了一片大红脸。

此时我想，如果再说到国学课，那句“渔阳鼙鼓动地来”一定又是一个坑。而我也劝小张：“反正你们也是群里聊，装没听见不就得了嘛。”

“我们后来就是干脆忽略她。”小张控诉，“不过这也很难，越不理她她越来劲儿，语音跟轰炸似的，不点开都难受。”

这就是网络强迫症了，怪不得别人，我想替王大莲辩解一句。毕竟沾了她的光，停车费足足免了几个月，这一点小张也不能否认。但小张进而又说，只在群里和妈妈们闹一闹还不算什么，更要命的是，王大莲对班主任老师都敢发作——面对面。

谈起那次冲突，就要说到开学以后的第一次家长会了。博士班主任深感网上交流缺乏仪式感，所以发起了这个定期例会；而体谅到有些妈妈还要上班，她宁可牺牲休息时间，在晚上召集大家见面。这种全身心扑在工作上的精神，也获得了妈妈们的一致好评。经过班主任推举，大家表决，苏雅纹担任了例会的召集人。

为了履行职责，苏雅纹也许饭都没顾上吃，从东三环的出版社堵了一路回来，再把“斯坦利”送去课外班，然后马不停蹄地赶到学校。也真得佩服人家，饶是如此，妆容一丝不乱。然后开会，因为是第一次，老师格外郑重，不过又因为对孩子的情况尚未摸底，也只能泛泛地讲解她个人的教育理念，听来倒像在做工作报告；又因为用了很多美好的大词儿，不亚于带领争奇斗艳的妈妈们进行了一场心灵瑜伽。而在这一过程中，小张就发现有一个脸红且圆、满身logo的女人频频回看苏雅纹，苏雅纹则也频频看向她，间或对她摆手，做个忍耐的手势。这就好像一个人想要上厕所，另一个人让她再憋会儿。

因为看过我此前拍摄的视频，小张立刻认出了王大莲。又仿佛忍无可忍，王大莲终于无视苏雅纹的劝阻，举起了手。起初王大莲坐得非常端正，腰背挺直，胳膊肘架在对她而言过于窄小的课桌上。但很可惜，班主任并未理会她。后者或许讲得兴发，不情愿中断那一连串儿闪闪发光的人名以及术语，所以故意别过脸去。但王大莲锲而不舍，后面的小张就看到，王大莲的胳膊越举越高，牵动着半个身子也往上探去。我媳妇也很善于换算，她形容道，王大莲腕子上的“伯爵满天星”手表、祖母绿手镯以及一只粗壮的镶钻金手环，都够得上我们那辆奥迪旅行车的价钱了。

当那只手伸到了人体坐姿所能达到的顶点，王大莲的声音也霍然冒出来，在教室里制造了炸裂的音效：“老师老师——”

班主任不得不停下，把头扭回来：“这位家长，您有事吗？”

王大莲说：“当然有事儿，没事儿我够灯泡呢？”

老师又不得不说：“有事请讲。”

王大莲说：“我倒不想讲什么，我是想请您再讲讲。”

老师纳闷：“我这不是正在讲呢吗？”

王大莲说：“可我听不明白呀——谁是苏格拉底？什么叫‘启发式谈话法’？还有洛克、杜威和皮亚杰，这些人又是干吗的？”

老师舔了舔嘴唇：“我说的都是一些历史上的著名教育家。而且我也没光举国外的例子，还有叶圣陶呢，你可以类比……”

王大莲说：“那个叶什么陶，我也不知道。”

“孟母三迁呢？”

“好像听说过，但也记不清楚了。”

说到这里，王大莲拿起一个小学生用的田格本，哗啦哗啦地扬了扬。原来她一直都在记笔记，只不过听写能力有限。这时，妈妈们之间掠过了一片若有若无的窃笑。也许她们早就料到会有这么一出了。是呀，“二”他妈妈怎么能消停呢？

而班主任终于沉下了脸。她又舔了舔薄嘴唇，嘴角僵硬。班主任也是在群里的，她见识过王大莲的威力，不过或许为了保持宽容的气氛，所以并未对那些浅薄得令人发指的提问多加干涉。但现在情况变了，这可是家长会，是她这个博士首次宣讲教育理念的场合，况且还有一条，宽容归宽容，但师道尊严还是要讲的——试想第一次发言就被人肆意打断，以后说话还有人听吗？老师的威严可不只是针对孩子，这年头更要针对家长。又况且，谁知道这个王大莲是无心的还是故意的呢？

对，班主任也许以为王大莲正在捣乱，尽管她也不知道王大莲捣乱的目的是什么。总之她的声音冷了下来：

“您自己不知道，这怪不得别人。请您不要影响别人。”

此言一出，教室里的窃笑几乎变成明笑。被王大莲折磨已久的妈妈们感到大快人心，她们赞成老师行使权力。但众人没想到，王大莲居然对老师也敢回嘴，而且不打磕巴，张嘴就来：“可你要跟我都说不清楚，又哪儿能跟孩子说清楚呢？”

这就近乎挑衅了，简直是在质疑对方的教育能力。而那可是名牌学校毕业的博士老师啊。教室里的氛围忽然之间不再轻松，取而代之的是某种惊悚的气息。连苏雅纹都一改她那清冷的悠然，急着向王大莲摆手。

但为时已晚，班主任已经在话赶话了：“你这又是什么意思？你把孩子送来，难道还不信任我们吗？”

王大莲立刻接上：“哦，不懂的不让问，这就叫信任你们啦？”

班主任的声音也高了上去。要比嗓门，老师不遑多让，这是人家的基本功。但又像一切不习惯和人争论的女性一样，她情绪一激动就嗓子打战：“这位家长，你当然可以问，希望你们家孩子也有和你一样蓬勃的求知欲。学校呢，说到底是个教育人的地方，对于孩子要教育，对于个别欠教育——哦不，需要教育的大人——也可以教育。但既然是教育，总得有个规矩吧？没有规矩，不成方圆。我看您最该上的一课，首先就是规矩。说得具体一点，要懂得不能肆无忌惮地影响别人；说得广泛一点，这还涉及了人与人之间的尊重；说得再本质一点，这就不是知识了，而是家教。”

逻辑严密，软中带硬，绵里藏针。不愧是博士，将对方置于被教育的位置上并扑灭了对方的气焰，堪称一场经典的降维攻击。妈妈们也无声地、同仇敌忾地看着王大莲。在众人目光的聚焦下，王大莲重现了我的镜头当初所捕捉到的窘态：她的表情变得木讷，像一只大型食草动物。这副样子被我媳妇小张形容为“服服帖帖的”，如同一块被熨平了的抹布，只不过抹布上绣满了LV、古驰和爱马仕商标。她一动不动，喘气粗长。

既然胜负已分，苏雅纹也有必要履行她召集人的责任了。对于失败者，苏雅纹向来不缺乏同情的姿态。

她起身，走近王大莲，像抚慰孩子一样拍了拍王大莲的背：“先冷静一下，有什么事情回头再说，好吗？”

王大莲却站了起来，不看别人，慢慢走出了教室。于是，王大莲变成了开学以来第一个被轰出教室的学生。

班主任又说：“您走呀？不接着问了？”

苏雅纹也对班主任摆了摆手，委婉地制止了那没必要的追击。

也幸亏苏雅纹又对脚步一顿的王大莲使了个眼色，示意她此处多留无益，从而在某种意义上挽救了这次家长会——这就要说到王大莲此后的行为了。可想而知，那行为是被怎样一种澎湃的愤怒所催生出来的。当教室里重又恢复了团结、开明与共识，当课桌间那个缺了一颗牙似的位置不再显得扎眼，当老师清了清嗓子准备继续开讲，教学楼的窗外忽然传来了稀里哗啦、噼里啪啦的声响。小张坐得比较靠边，从二楼探头，就望见了塑胶操场外的那棵小小的银杏树。它也许刚被移栽过来不久，树干约莫只有大人的胳膊粗细，根基也未扎牢，因此当一个壮硕、沉重的黑影踮脚挂在树枝上，前后上下大幅度地摇动，树就像遭了台风，岌岌可危地来回晃悠起来。落叶飘零一地，而那黑影执拗地持续着这场体力劳动，恨不得非要把树拦腰撅断方能后快。

那无疑是王大莲，王大莲正在以树泄愤。她表达不满的方式，或许还来自某种流传甚广的健身习惯：在公园里，总能看见有些大妈大婶儿抓着树枝打摽悠。明明有那么多健身器材，天知道她们为什么要跟树过不去，难道她们一把年纪了倒想认祖归宗，逆向退化成长臂猿吗？而老师站在讲台上，当然也看见了那一景，但她无动于衷，只是嘴角抽了抽。这就不是她的事儿了，自会有人管。

果不其然，操场上又多了几条人影。现在学校里负责保卫的早不是传达室老头儿了，而是身高体壮的职业保安，还穿着制服，戴着钢盔，手持棍棒和钢化玻璃盾牌——仿佛若不如此，不足以震慑新闻里丧心病狂的暴力犯罪分子。但或许恰恰因为上下披挂，这些重装步兵跑得呼哧带喘的，移动缓慢。

“干吗呢，干吗呢，你吃饱了撑的呀？”他们边跑边喊。

话音未落，那黑影便闻声而逃了。她在花坛、橱窗和健身器材之间穿梭的姿态异常敏捷，全看不出臃肿，仿佛农民在田埂上驾轻就熟地跳跃。比起当初在商场里的那次逃跑，王大莲此番撤退就要有声势得多，来到校门口亮如白昼的灯下，她猝然站定，回身叉腰，面向操场喊道：

“你们有什么了不起的？”

5

虽然没有目睹，但经我媳妇讲述，我的脑中完成了王大莲的定格画面：她立马横刀，面向学校，面向全副武装的保安发出了怒斥。又相对于小张将妈妈们分成了“我们”和“她”，王大莲则在质问“你们”——“有什么了不起的？”

试想这一幕，孤独而豪壮。如果由我进行实地拍摄，那么镜头语言将遵循近，中，远的顺序，还要使用摇臂，有条件的话最好上航拍，让王大莲成为屏幕上的一个黑点直至消失，唯有如此，方能同时蕴含“宏大”与“渺小”的双重意象。而关于那场冲突，我和小张还进行过一些讨论。讨论时先说的却不是王大莲。

我问：“对了，老师说的那些东西，你听懂了没有？”

小张说："苏格拉底、叶圣陶和孟子他妈当然明白，但别的，诸如洛克呀皮亚杰呀，那就没听说过了。不过我想苏雅纹是知道的，后来继续开会的时候，她一直在点头，和老师眼神交流最多的也是她。"

我说："不要说别人，你自己还不是一知半解。那么问题来了——既然你不懂，别的妈多半也不懂，那为什么你们不问呢？为什么人家一问，你们倒有意见了呢？"

对于我的问题，小张警惕起来："你什么意思？你是站在哪头的？"

我又说："不要急着逼人站队，如今中国人的一大毛病就是凡事都要站队，为这坏了多少交情啊。我不过是想到了，问一问嘛。"

仿佛念及我们在一张床上睡了些年头的交情，小张便半仰着脸，想了想，然后说："我们当然听不大懂老师在说什么，但老师呢，想必也不大指望我们能听懂。上过几天学的人都知道，那些人名啊，理论啊，往往是从书本到书本，并没什么实际用处，或者说，唯一的用处就是显得高深。你别笑，你自己何尝不是如此——有时候听你忽悠投资商的话，我作为共犯都浑身起鸡皮疙瘩。可话说回来，既然孩子进了那么一所学校，赶上那么一位老师，总得给个面子，对不对？你看得起老师，老师才会看得起你。如果互相看不起，那么芽芽这学上的又和‘渣小’有什么区别？道理其实就是这样。”

见我媳妇如此通透，我颔首称赞：“你的认识水平又提高了。”

还援引了《红楼梦》：“世事洞明皆学问，人情练达即文章。”

小张翻了我一个白眼。她又说：“那个王大莲的问题，就在于看不明白这里面的道理。潜规则也是规则，她坏了规则。”

但我不禁又问：“可你想没想过，有的时候坏坏规则……也挺有意思的？”

小张却斩钉截铁地说：“不，那就是情商低。”

至此，话题转回王大莲。小张指出，我所谓那个“挺有意思”，无非隔岸观火罢了，说白了就是看热闹不嫌事儿大。现在正好，我重新接手了芽芽，以后就会知道王大莲有多烦。小张还提醒我，我们之所以窝在这套价格畸高的斗室里，没有像当年设想的那样到远处买栋别墅兼作工作室，这又是为了什么？还不是为了孩子吗？她可不希望任何因素影响到孩子的教育。而有什么样的家长就有什么样的孩子，出身于以王大莲为妈的原生家庭，她的儿子也无异于危险因素。想想芽芽和王大莲的儿子同班，小张就会无端紧张；再想想芽芽的朋友不光包括“斯坦利”，还包括“大”和“二”，她又觉得荒唐。

对于和“大”、和“二”混得很熟，芽芽也曾跟我提过。我的眼前浮现了俩肉丸子，他们滴溜乱转，相互撞击。我说：“你这又扯到哪儿去了，我倒觉得胖子老实。”

小张就“哼”了一声。她的态度也让我的心提了提：“这俩胖子怎么样？”

此时小张却累了，面露烦躁：“忘了看表了，这都几点啦？”

语言交流结束，还有其他方面的交流在等着我们。但忙活完了，我的脑子却没停下，又陷进了方才的话题。我也想提醒小张，在关于王大莲和他们家“大”和

“二”的问题上，最好不可戴着有色眼镜看人。当然，这么想也不是多么在乎王大莲的感受——饶我对女性同情心泛滥，也泛滥不到一张名牌璀璨的大饼脸上去。我考虑的还是女儿。她才多大，我可不希望她沾染上动辄拉圈子划地盘的恶习。那些成人的游戏已经让我们疲倦不堪，就别连累孩子了。而不得不承认，苏雅纹在这方面的确表现得比我媳妇好一点儿。尽管对那套傻白甜的“政治正确”也感到乏味，但我想，还是应该建议小张向她学习。

可惜小张已经睡了，我的感想无从出口。而后来才知道，我对苏雅纹也想简单了。

我又成了妈妈堆儿里屈指可数的爸爸，也顺理成章地被拉进了微信群。并且不是一个群，而是两个群。这是因为妈妈们专门建了一个将王大莲排除在外的群。王大莲也是家长，谁也无权把她踢出去，但惹不起总躲得起吧？对于这一举措，班主任老师毫无异议，欣然入局，老师的那些教育理念，便换到了新群里继续抒发。

“对的话，只能说给对的人听。”转发完几篇美国哥伦比亚大学教育学院的最新研究成果后，老师感慨道。

妈妈们便在群里献上了一串玫瑰，第一朵是来自苏雅纹的。

原来那个群呢，倒还维持着形式上的功能，只做发布通知用。什么时候领课本，什么时候交餐费，什么时候让孩子穿西装校服迎接上级检查，老师简明地说一句，后面人便扼要地答一句“收到”，此外再无他话。就连王大莲也无话。白纸黑字，一眼到底，再看不懂就是纯粹的文盲了。而我想，或许经过了那次和班主任的“正面杠”，王大莲也有些后悔了，懂得了沉默是金。老群就这么荒芜了下去。

接送芽芽上下学的时候，我倒几乎天天见到王大莲。她还是一身名牌，最新款，只是有时鞋来不及搭配，踩个“趿拉板儿”就出来了。傍晚时分，芽芽与“斯坦利”和“二”结伴而出，“二”的后面还跟着个“大”。“大”已经四年级了，却不与他的同学为伍，好像舍不得弟弟。虽然镇日打闹，但稍加观察，又能发现那对兄弟如同打了个颠倒，“大”对“二”言听计从——当玩儿累了，“二”说句什么，“大”就接过“斯坦利”和芽芽的书包，小山似的扛在肩上；“二”

又使个眼色，“大”就从兜里变出几张塑料贴纸，“皮卡丘”给“斯坦利”，“Hello Kitty”给芽芽。还有时不用“二”来提醒，“大”会气喘吁吁地扎进门口小店，再举着几串糖葫芦，有时是山楂的，有时是山药的，气喘吁吁跑出来。

芽芽眼睛一亮，但仍拿腔作势：“我妈说不让我吃糖，牙疼。”

她说不要，“大”和“二”就愣塞给她，不要都不行。我想起她说过俩胖子“奇怪”，大概这也是“奇怪”的表现之一。还是苏雅纹讲究界限，她走向王大莲，要把钱扫给对方。此时王大莲惯常站在人群外，和妈妈们保持着距离，看着孩子脸上挂笑，身影又有几分寂寥。对于苏雅纹的客气，她一个劲儿摆手：

“别价别价，没多少——”

苏雅纹正色：“你要老这样，反而没意思了。”

但王大莲推托几下，掉头就走，倒像逃跑。当俩肉球也追上去，苏雅纹便清冷地低头，瞥一眼“斯坦利”。“斯坦利”正想舔一口糖葫芦，立刻战战兢兢地缩回舌头。这种路边零食，小张一般也不让芽芽吃，但我们家的政策没有苏雅纹执行得那么坚决，芽芽也没有“斯坦利”那么训练有素。等到王大莲母子走远了，那串糖葫芦多半是要被扔到垃圾桶里去吧。可怜孩子还得百爪挠心地举上一会儿。

诸如以上，就是我与王大莲在很长时间里的交集了。基本倒算相安无事。

因此我还教育小张：“世间本无事，妇女自扰之。”

小张翻白眼，懒得搭理我。她闲不住，又接了新项目，开始马不停蹄地谈演员、抓投资。我们就是这样，前夜不忙后夜忙，这个不忙那个忙，这么多年也习惯了。然而没过多久，学校里又出事了。那场风波可比家长会刺激多了。

一天我去接芽芽，见她没和朋友们在一起，自己拖着书包走出来。路上也不叽喳了，兀自耷拉着小脸。开始我没当回事，以为她被老师批评了；女孩儿受宠，脸皮子薄，谁说一句都会往心里去，而我倒觉得有人说说也好。我故意装看不见，回家弄饭吃了，接着就催芽芽到楼下练跳绳。学校里要达标的。

芽芽却说：“手疼，练不了。”

我还以为她想逃避训练，威胁道："那就抄单词了啊。"

芽芽的眼泪便下来了。问怎么了，她也不说，波浪般甩着两条马尾辫。这让我烦躁起来，同时还有点儿哭笑不得。我联想到，自己这半辈子都在猜女人心思——过去小张就这样，动辄嗔怨，无迹可寻，令我们明明风和日丽的关系看起来却波浪滔天——现在当妈的可算从林黛玉变成了王熙凤，女儿又接上了班。

难道她们觉得这一套很有劲儿吗？我对芽芽说出了对她妈不敢说的话："用这副嘴脸博取重视——无聊。"

而芽芽还没进一步哭，电话就响了，是班主任。班主任问了句"孩子怎么样"，然后嗫嗫嚅嚅，说话绕圈儿，半天不知所以。她还说，本该早点儿和我联系的。我便生疑，问到底怎么了。她却反问，芽芽没跟你说吗？而从电话里听到老师的声音，芽芽益发嘎巴嘎巴抽泣起来。我想起什么，拽过她的胳膊，把袖子撸上去，果然看见右手腕子上有一圈牙印。虽然没有见血，但那印迹肿了起来，好像给我女儿戴了块手表。

我脑子嗡一声，问芽芽："谁咬的？属狗的呀他？"

芽芽说：“‘二’咬的。他属羊。”

我说：“为什么不跟爸爸说？”

芽芽说：“太丑了，我也怕你难过。”

说得我的眼泪也快下来了，又质问老师：“您怎么现在才告诉我？”

老师继续嗫嚅：“我们还在研究应急预案。”

我脑子又嗡一声：“这事儿还要预案？什么预案，怎么搪塞我们的预案吗？”

我口气一冲，班主任就有点儿慌，她赶紧说：“您想到哪儿去了。也请您理解，现在的家长维权意识很强，出点儿什么事都要追究学校的责任，尤其是咱们这片，谁都认识几个律师和媒体，动不动还要打官司、曝光……所以学校建立了应急管理机制，各类情况必须报备……像您女儿这件事，我先得向年级主任汇报，年级主任再向副校长反映，等上面研究完再把意见传达下来，已经这么晚了。我现在还水米没打牙呢。”

“那也……辛苦您了。”我追问，“不过你们研究出什么结果了吗？”

班主任咳了咳：“至于处理方法，您看这样行不行——第一，我们会迅速给您女儿进行消毒治疗，当然医务室已经这么做了；第二，我们会对咬人的孩子加强批评教育，杜绝此类现象发生；第三，也是我个人的建议，如果需要的话，可以由学校专设的心理咨询小组介入，以防您女儿出现PTSD，也就是创伤后应激障碍……”

也许见我口吻稍有缓和，这位博士又开始分条列项，并且说出了专业术语。对于那个词语，我倒略知一二，据说空降到阿富汗的美国大兵经常患有该类心理疾病。区区小学，上出了反恐战争的效果，这又让我哑然。

但这时，屋里却出现了另一个声音：“不行，光这样就完事儿了？”

那声音来自另一个电子设备。原来芽芽用iPad拨通小张的视频，找她妈诉起了苦。而小张正在一场剧本审读会上，看见眼泪汪汪的女儿和肉手表，立刻慌乱了。小张这边心如走马，与会的几位演员还在继续对台词。大概由于编剧的本子写得不错，演员们都很在状态，也相当于从他们各自的角度声援了小张——

比如有位怨妇专业户说："我心里的伤口有五十米，那是爱琴海的深度。"

还有位偶像明星插嘴："折翼的天使如何飞翔？"

相形之下，倒是一位功夫硬汉简洁得多："虽，远，必，诛！"

班主任半天没回过神来："你们家在排春节晚会吗？"

小张却把矛头指向我："你哭着喊着要带闺女，就带成这样？"

又有一位善演家庭剧的老艺术家劝慰道："两口子先别急——咱老百姓过日子，讲究的不就是个和和气气吗？"

小张则采纳了功夫硬汉的建议，勒令我："到他们家去，找他们家长。"

我不免犹豫："真去呀？上门骂街？"

小张说："不去也行，那你就趁早告诉你闺女，你不想保护她。"

"去就去。"我说着，又转向班主任，"他们家住哪儿？"

事后想来，博士班主任大约是脑袋被搅乱了，又可能刚从教不久，还没什么经验，总之犯了个当老师的大忌——她把王大莲家的地址告诉了我。她嘴一秃噜，这才后悔，又急着劝我三思："那家人可不好打交道，在学校都有名了。她不还有个大儿子吗？为了孩子的事，几年来一直跟人冲突不断，上几届的家长都怕她。"

又诉苦："也不知她怎么想的，干吗非要把二儿子转到我班上来呢？"

还后怕："当初在家长会上，我是想试着压一压她的锐气，现在看来还是草率了……这不，大人倒是震慑住了，孩子却咬上人了。"

而我呢，此时也被我媳妇给"将"住了，我又扫了一眼芽芽的肉手表，想一想自己方才对芽芽的态度，心里又愧又疼。诚如小张所言，我们家可是闺女呀，闺女怎么能让人欺负；我可是爹呀，爹要不能替闺女出头，那不枉称爹了吗？

脑袋又嗡一下，我拉起芽芽，向两个电子设备宣布："走，出门。"

还发誓："跟他们没完。"

小张给我鼓劲儿，并表示她一会儿就到。我对iPad说，你忙你的，哥们儿当年也混过剧组，黑道白道都见过，还怕一个北京妇女不成。班主任仍劝我冷静，我又转回手机："放心，我不会告诉她是您告诉了我他们家的地址。"

班主任居然长舒一口气："那就行。"

晚上不堵车，没一会儿，我一手插兜，一手拖着女儿，走在了征讨王大莲一家的路上。风萧萧兮，吹动得背后商场的广告横幅猎猎飘扬，也吹得我的一头乱发犹如彗星，仿佛即将引发一场天地大冲撞。对于冲撞的后果，我不免开始展望，迷惑，心里打鼓。

打个寒战，我还走了神儿，想：又到吃涮羊肉的季节了。

6

那记感天动地的大嘴巴，真把我给惊着了。

不过说到大嘴巴之前，还要先说说怎么去的王大莲家。当天晚上停好车出来，我却在商场门口望见一个熟悉的丽影，穿件经典款的米黄色英式风衣，原来正是苏雅纹。她还带着“斯坦利”，大约刚在顶楼上过什么班。早就听说，苏雅纹家的课外辅导一周七天不歇，就差昼夜连轴转了。她唤了芽芽一声，又问我：

“你们也准备报个夜间班吗？书法还是奥数？”

我说这点儿的不报，睡觉比较重要。苏雅纹就说我们太“佛”了，又问我们那来干吗。我便把芽芽被咬的事情说了。说起这事儿，也是为了重鼓我那“虽远必诛”的斗志，避免自己因为倦怠而立地成佛。

我还说：“哪儿有这样的家长，孩子惹了祸，也不在群里表示一下……”

苏雅纹讶异地瞪大眼睛，鲜红的嘴唇形成一个小“O”。她先感叹一句“亏得我们当初……”，又问“斯坦利”：“有这样的事情？”

“斯坦利”低眉不语。这孩子总是过分沉静，不像他的年纪。

没想到，苏雅纹又主动说：“那好，我陪你们去。”

这就让人不好意思了，我赶紧摆手：“不必不必，跟你们没关系。”

苏雅纹却说：“孩子都是一个班上的，也好有个见证。”

不得不承认，苏雅纹想得周到。恰如《水浒传》里的武松要杀潘金莲，须把街坊四邻叫来做个见证，我远征王大莲，也要有个见证——但这似乎预示着前面有场恶战在等着我，而见证的很可能是我铩羽而归。总之，身边多了个苏雅纹，并没有让我心里有底；我们的队伍壮大起来，倒让我有种被人看戏的感觉。

来到豪宅院外，去叩人家的朱门。早已知道王大莲家住这片黄金地段上最幽静也是最戒备森严的小区，我向穿得犹如民国大元帅的保安通报了王大莲家的门牌号，并自报姓名："我叫庄博益，她儿子同学的爸爸。他们认识我。"

大元帅用步话机讲了几句，俄而立正敬礼："先生请。"

一个敬礼一个"请"，更加让我惴惴起来。我和苏雅纹一前一后，如在茂密的、遮天蔽日的森林里穿梭，同时盘算着在北方维持如此壮阔的绿植将要耗费多么巨大的成本。曲径通幽，我们居然迷路了，幸亏又碰上一队园林工人，这才问清方向。最后来到小区中央人工湖畔的一座矮楼前。这是一栋"楼王"位置的洋房，每层都有错落的露台，一楼门外还围出了若干个宽敞的院子；楼体高约五六层，并排三四个单元，配有私家车库，有些敞着门，露出"奔驰"G系越野车或"阿斯顿·马丁"跑车的前脸。

四下静谧，头上窗户幽幽闪光，唯有把角边户的一个院子灯火通明。那院子同样植被繁茂，天棚鱼缸石榴树，花木间支了张八仙桌，一个魁伟的老头儿端坐桌前。他披件古装片里“贝勒”以上级别才穿的黄马褂，光头锃亮，宛如一枚蛋形的钟乳石；他面前摆了好大一桌子菜，却不动筷子，直到有人摆上一个紫铜火锅来。

老头儿用珐琅壶给自己倒了杯酒，滋儿咂儿一口，然后抡起胳膊，划了半个圆圈，竖起一个绿油油的大拇哥：“地道。”

也是大嗓门，震得头上扑棱棱，飞鸟振翅。我既惊讶于这老头儿寒夜里露天开涮的雅兴，也狐疑于他为什么吃个火锅都要吃出那么强的形式感。这时却见八仙桌的对面还蹲着一人——也是个老头儿，穿件商场停车收费员的制服，正举着一台手机，专心致志地对光头老头儿进行拍摄。哦，原来如此。咦，怎么还有几分面熟似的。面熟的不只穿制服那位，居然还包括光头吃火锅那位。在哪儿见过他呢？

正在纳闷，光头老头儿也看见了我们：“哎哎——你们干吗的？”

听来倒像我们进了村，而他则是村长。我重复，我找人，找王大莲。

光头老头儿立刻对制服老头儿挥手，示意“停”，然后扯着脖子往楼上喊："大莲子，有人找大莲子——"

二楼便开了扇窗，露出来的却非王大莲，而是一个男人，剃个小寸头，挂着大金链子，大冷天的只穿一件背心。这样一条硬汉，自然少不得遍体文身，黑压压附着在盘根错节的肌肉上。他也扯着脖子往上喊："大莲子，大莲子，见客啦——"

经过这般一传二传，三楼窗户开了，这才露出了王大莲。王大莲向楼下呵斥："吵他妈什么吵，孩子写作业哪——"

四下人家的狗吠叫起来，还有砰砰关窗户的声音。

王大莲却一眼看见了我和苏雅纹，惊喜地说："这不他叔他婶儿吗？"

未几，噼里啪啦"趿拉板儿"响，王大莲跑下楼来，将我们迎上弧形的观景电梯。又未几，我们站在了王大莲家那宽阔、高耸、满是红木家私的客厅里——的确是"红"木，不仅桌子柜子沙发，连门框垭口都漆成了一种沉甸甸的暗红色，如同刷了几层猪血，观之令人心惊。而在刚才这一路上，我的气势已然全消，取而代之的是一片惶然。当苏雅纹四处望着屋里的装饰，我便直不棱登地看着王大莲。

王大莲忙不迭地沏茶："茉莉花你们喝得惯吗？"

我这才想起自己所为何来，说不用了。然后拉过芽芽，撸起袖子，向王大莲展示了尚未消退的肉手表。我努力保持着客观而冷静的口吻，向她表示，我不是来兴师问罪的，只不过有必要把事情说清楚。

王大莲一愣，脸也沉了。她的鼻翼翕动，喘粗气的声音像拉风箱。

然后她低喝一声："'二'，你给我出来。"

"二"便从一侧的门里出来，警惕地看着芽芽。那么这是要让孩子们对质吗？我抚了抚芽芽的肩膀，既像给芽芽又像给自己打气："有什么就说。"

"二"却先开口："我本来没想——"

芽芽又抽泣："那你干吗——"

孩子还没说完，王大莲那个嘴巴就上去了。打的是"二"。如果不是亲眼所见，我实在难以想象会有妈这么打儿子——她助跑两步，腰上发力，带动整条胳膊，既厚又硬的手掌呼在肉球般的脸上。一般嘴巴都是清脆的"啪"，这个嘴巴却是沉闷的"砰"。遭此重击，

"二"像陀螺一样转了个圈儿，一屁股坐到地上。

他懵然，嘴巴嚅动，吐出一颗白亮的斑点。居然是牙。

王大莲却像没看见一样，指着"二"的鼻子骂了起来："丢不丢人呀你，跟小姑娘动粗，还上嘴咬。你还是个带'把'的吗你？"

还说："要让你姥爷知道，把你屎给踩出来。"

又说："别人也就算了，可这是你叔你婶儿，当初要不是人家——"

抽嘴巴时，我被吓得噤声，与苏雅纹一起捂住了芽芽和"斯坦利"的眼睛。此时反应过来，不得不劝道："有什么好好说，别动手。"

王大莲一甩膀子，挣脱了臆想中拉架的人，几步跑出了客厅。转眼回来，手上却拎着一根周身通红的擀面杖——大约他们家的木器都是红木的。不劝则已，一劝还动了兵刃了。按照她的打法，这玩意儿抡上去可不是闹着玩儿的，于是形势就变成了老鹰捉小鸡——"二"在地上翻滚，我挡在"二"的身前，王大莲则伺机绕过我进行空袭。而往返了几个回合，屋里又多了一个孩子，原来是“大”。这个大号肉丸子从另一间屋里奔出来，一头抵在他妈的肚子上，边钻边喊：

“别打我弟，别打我弟——”

挣扎之中，王大莲又顺手给了“大”两下。红木擀面杖擂在背上，好像敲响了一面鼓。“大”却还不放手，仍说“别打我弟”。

这时苏雅纹便开口了。此前的她面色苍白，固然是被吓蒙了，又好像与眼前这暴烈的场面保持着谨慎的距离。现在暴烈程度超出了她的底线，她终于喊了一句，同时肩膀颤抖，拖出了哭腔：“你怎么能这样对待孩子——怎么能够？”

声音不大，但却比我有效，王大莲总算停了手。我们一起望向这位文静的妈妈，仿佛担心她真的掉下眼泪，又仿佛惨遭戕害的其实是她。我甚而担心苏雅纹会打电话，按照国外的规矩，以“虐童”为由把警察叫来。

好在她只是静立不动。“斯坦利”挂着忧郁的表情，在苏雅纹身后躲着。

而另一边，芽芽却和“二”聊起来了。她在帮

“二”满地找牙。找着之后，对着灯照来照去。芽芽问“二”疼吗，“二”瓮声瓮气说没事儿，他正换牙呢，早该掉了。芽芽又说，你要再咬人，手表上就该缺一块啦。

不知为何，我“扑哧”笑了一声。我的笑声唤醒了王大莲，她结束了发愣，说：“他叔，对不起。”

不用他妈勒令，“二”也对芽芽说：“对不起。”

芽芽倒瞥了眼“斯坦利”，有些得意似的。“斯坦利”又垂下了眼睛。再看苏雅纹，眼神也活泛起来了，接着打量起了这套南北通透的复式四居室。

我自惭地回答王大莲：“多大点儿事呀……早知道我就不该来。”

至此，气氛缓和下来，但也包含着几分尴尬和荒诞。好歹化干戈为玉帛，这当然是因为孩子们重归于好，但王大莲那个嘴巴也功不可没。“二”的牙都被打掉了，肉球脸肿起老高，足可见那一巴掌是实打实的，绝非做做样子。我不禁又想，我是否以王大莲惩罚孩子的凶狠程度，来判断她道歉的真挚程度了呢？倘若如此，我又该有多么卑劣啊。

只不过回家之后几天，小张说起这事儿还气哼哼的。我便劝她：“人家高姿态在先，咱们要再没完没了，那就显得度量小了。”

小张却很鄙夷：“也就是他们家，才对孩子下得去手。”

话到她嘴里，又变成了不打也不是，打也不是。我破天荒地横了我媳妇一眼：“这不两头堵吗？那你让……我怎么办？”

小张嘟囔：“这又不是我说的，是苏雅纹说的。”

然而关于咬人事件，我却还有个疑问：上门闹也闹了，孩子打也打了，可整桩事情的发端却一直没搞清楚。不仅没搞清楚，而且忘了调查。由此可以推断，王大莲脑袋里的回路和我不在一条线上：她只为“二”咬了芽芽而理亏，为“小子”咬了“姑娘”而愤怒，但却全不在意咬的原因。反正甭管为什么，嘴巴一定是要抽的。那么我呢？我在路上倒是问过芽芽，可她也稀里糊涂地说不明白，只说当时“斯坦利”正在和“二”聊天，聊着聊着，“二”就抓起她的手，吭叽一口。而从那记大嘴巴制造的惊愕中缓过劲儿来，我却又被另一段插曲牵扯了精神，居然一时也没想起这个茬儿。

这就要再回溯到王大莲家的那个夜晚了。当时我讪讪站着，想找话却没话可说，苏雅纹则骤然发扬了人道主义精神，催着王大莲开冰箱、找药盒。两个女人忙上忙下，用冰袋给“二”敷脸，又在芽芽的手上贴了两块创可贴。在这个过程中，王大莲的兴致高涨起来，她端出了红颜草莓、巴西松子和智利车厘子，又邀请我和苏雅纹参观一下她家。

“来都来了，来了就是客。”王大莲说。

我们推却不过，当孩子们开始了游戏，由“斯坦利”给芽芽和“大”和“二”讲解儿童绘本，只好随王大莲转了一圈儿。这一圈儿转得耗时漫长，因为这栋楼里的整整两个单元，从底层到顶层，都属于王大莲的“家”。王大莲谈起房子，论的不是“平方米”，也不是论“套”，而是像屠宰场里肢解生猪一样论“扇”：“就这半扇，俩门洞。”

她还抱怨：“本想把上下左右都打通了，可惜物业不让，怕楼塌了。”

她腰间别着好大一串钥匙，环佩叮当，一一打开门来介绍：这是她带着孩子住的，这是她家那口子练肌肉的地方；把边一楼那套归她爸，老爷子住了一辈子平房，必须得接地气，否则睡觉像在腾云驾雾……我们上下穿梭，足足进了十几道门，只见每道门里的装潢色调都像泼了猪血一般，这也宣告着那些分门别户的三居室、四居室属于一个整体，都是王大莲家不可分割的一部分。而一边介绍，王大莲自然也说起了这半“扇”楼是怎么来的——当然也在预料之中，并且涉及我们这片地方的前世今生。

此处方圆数十里，本是北京近郊的一个乡，再往前还叫“大队”，以种植蔬菜闻名。后来菜也不种了，全种上了楼。又因为城市的扩张是循序渐进的，这就造成了原住民改变身份的过程并不同步：有些村子拆得早，先住进了回迁小区，还有些拆得晚，就要在高楼环伺的城中村里再窝一些年头。而王大莲家更为特殊，他们那个村子地处边缘，都快接着西山的余脉了，本来不在动迁范围之内，政府也任其凋零——然而凋零了一大半，转机来了，有个中央钦定的研究院选址，正选在了那块地方。于是火速做工作，条件随便谈，钱不够房来凑，还给附近的房地产项目特批了多建几栋楼的指标，为的就是安置村民。

王大莲还说：“原来以为不拆迁，我们村里有路子的人都把户口迁走了，或者招工进了厂子，或者落到亲戚家。可我们家不能走呀，我爸当过村长，村里那些老的小的还指望他照应呢，只能站好最后一班岗……站着站着，站出半扇楼来。不只这半扇楼，外面还有半面墙呢——那几个底商也是我们家的，已经租给饭馆和健身房了。”

又说：“因为搬家，也就牵扯到孩子上学。这边的学校原先不接纳我们，说什么学位满了，后搬进来的没法儿收。这不是看不起人吗？我爸在率先表态、动员群众这些方面可是立过功的，有这么对待功臣的吗？我们就又去找上面。还是领导水平高，把教委的头头儿叫过去谈话，一个脏字儿没说，那孙子立刻跟孙子似的，不光让我们入了学，连班都随便挑——那我可不客气了，我就让‘二’进了你们这个班。”

我们叹为观止。我说：“老爷子有远见。”

王大莲却“嘘”：“可别让我爸听见，他就怕人这么说。”

还是苏雅纹讲话艺术，她悠悠道：“这多像一则寓言……简直是童话。”

按照上述说法，我又大致捋了一下：初见王大莲之时，她家想必还没拆迁，所以她住在村里，只能从事城市边缘农民们的典型营生，或者种菜，或者干些杂活儿，不是保姆就是保洁。当时她家的“二”才两岁，她也想让孩子去游泳，领略一番她小时候在河沟里戏水的快乐，但故乡已然面目全非，那个愿望带来的只有屈辱。而等一纸批文下来，平地一声雷，陡然富家翁，豪宅里有了她家的产业，而且还是学区房，还是半扇楼——在我们这个时代，最美好的事情莫过于改变命运，最难的事情也是改变命运，但对有的人来说，命运改变的速度却连他们自己都始料未及。因而王大莲也感叹：

“在这儿住着，好像不是自己家似的。早上睁眼不知道哪儿是哪儿，还觉得躺在原来的土炕上呢……我就叫‘二’咬我一口，咬一口才琢磨过来。”

又检讨：“说来都怪我，我把‘二’给教坏了。”

听着她忆往昔峥嵘岁月稠，我们上转下转，到底遛了几套房子也糊涂了。但好在不需谁来咬一口，总算转回了地面。苏雅纹有些发冷似的拢了拢米黄色英式风衣的衣领，又从底下抬望眼，审视着这栋幽静、巍然、贴满托斯卡纳风格石砖的楼宇。我则表示该告辞了。而王大莲意犹未尽，又提醒我们，“来了总得见见人呀”。哦对，他们家还有别的人呢。王大莲家的那口子倒不必见，“丫上不了台面儿”，但须得给前任村长请个安。

“爸，您看哪——”带着我们从弧形电梯兜回那套边户小院儿外面，王大莲深吸一口气，紧着往前走两步，推开栅栏，随即回身挥手，让我和苏雅纹闪亮登场：“这就是我跟您提过的那两位——她是编辑，他是……什么来着？”

我接口：“我导点儿片子。”

“对，编辑和导演。”王大莲红光满面，将那两个词拖着长音，末了儿嘴里还吧唧，仿佛能品出甜味儿似的。

葡萄架下，八仙桌旁，先前见过的那个光头老头儿刚往嘴里塞了一筷子羊肉，才把胳膊抡了半圈儿，正要竖起一根绿油油的大拇哥。半截被王大莲打断，他不禁嘬了下牙花子，懊丧地把手一摊："大莲子，你又打断我——我这一晚上都吃了几盘'鲜切'了？"

对面，那个身穿停车收费员制服的老头儿说："回回断，找不着状态。"

光头老头儿反指他："也怪'三儿'，你拍得不好。"

我插嘴道："断倒不怕，把镜头剪到一块儿就行。"

俩老头儿转过头来盯着我。光头老头儿满脸疑惑地发问："还有这个技术？"

我说可不嘛，除了有特殊的艺术追求，拍摄中极少采用"一镜到底"的；至于像《鸟人》和《一九一七》那种拍法，其实导演炫技的成分很大，并无太大必要。看到光头老头儿那"不明觉厉"的表情，我还顺口说："我看过您的一些作品，内容非常精彩，情绪也很饱满……但实不相瞒，缺乏基本的剪辑处理。"

光头老头儿的光头像灯泡一样闪烁："这小伙子，你也认识我？"

“谁不认识您呀。”我恭维道，“‘京城道爷’嘛。”

这么说着，我和光头老头儿遥相呼应，共同亮了个相：右手凌空画个半圆，竖起大拇哥，口称“地道”。当然，“道爷”的“地道”就要比我地道多了，不仅半圆格外饱满，大拇哥还是绿油油的，贼光四溢。我留意到，那是一枚粗壮的翡翠扳指。我还留意到，翡翠扳指有如流萤，在“道爷”的头顶掠过，蹭到了葡萄架上一坨黄灿灿的东西。它是一只塑料吹气小黄鸭，时隔多年，居然能叫：嘎嘎，嘎嘎。

7

说来不好意思，认出王大莲她爸“道爷”，还与我的职业有关。赋闲在家的日子里，我实在不知道往下应该拍些什么，反复观摩国外大师的经典名作又越看越绝望，恰好做网站的朋友推给我一个App，让我了解一下市场上的新动向。

当初把我签下的那个网站正是因为要“进军短视频赛道”，才把我这种专拍长片的导演打入冷宫，进而又买断合同让我们回家。从某种意义上说，恰恰是“道爷”之流抢了我的饭碗。但闲来一看，我居然陷进去了——那些短视频是如此琐碎，拍摄技法是如此拙劣，但又如此具有冲击力；而我们生活中的无聊恰恰是凌乱的、片段的，正好可以用那些东西来填充。经过最初的鄙夷和抗拒，我也变得像自己在公共场所里侧目而视的那些人一样，随时点开手机沉浸其中，全然不觉地制造着噪声。

还得小张提醒我："你节制点儿行不行，不要低级得那么肆无忌惮。"

作为一名"作者型导演"，我自然免不了又找借口："你看不出来吗，这些作品充满了戏谑、反讽、解构……什么是后现代？这就是后现代。"

这一套对我媳妇惯常是很灵的，当然，我的说法也给她同样的癖好找到了借口。但她仍然担忧："可孩子不懂呀，万一芽芽也上了瘾，那可怎么办？"

经过协商，那些视频我们只能躲在厕所或者厨房里看，与此同时，我女儿则在钢琴前面聆听巴赫的"十二平均律"。而再说回"道爷"，他在网上被冠以此名，固然是因为那记标志性的"地道"。看腻了"连干五瓶白酒"、"生吞活蚂蚱"和"现场造小孩"，短视频里更能吸引我的不再是光怪陆离的奇观，反而是"道爷"这种对生活的点滴记录。在"播客"的分类中，他属于最常见的"吃播"，也即把吃饭的过程拍摄下来，展示给网上众人看；又不同于那些专走高大上路线的"贩卖生活方式”，他所展示的都是些最寻常的北京吃食——炒肝、灌肠、烧饼夹肉、门钉肉饼和烙饼卷带鱼……他吃得投入、专注，实打实地洋溢着“对食物的尊重”；他的粉丝并不很多，但却自得其乐，自成一“范儿”。说得再玄点儿，每当看见“道爷”，我似乎都意识到，生活仍然是真实的。

一则典型的“道爷”式的吃播，程序如下：开场先是一句“您猜怎么着，老北京今儿个就来这一出”，然后就吃，一镜到底地吃完整盘子整碗，然后抡胳膊画半圆，竖起大拇哥，赞道“那叫一个地道”。黑下。

对此我点评：“简洁，有力，直给，符合互联网审美。”

“道爷”附议：“我这人就这样，不爱玩儿虚的。”

我又说：“可这黄马褂和绿扳指略显浮夸。”

“道爷”便叹道：“让小丫挺们撺掇着迷过一阵子文玩，没少骗我钱——这些东西都是假的，又舍不得扔，索性当个道具。”

我还问：“对了，您是怎么玩儿上吃播的？”

“道爷”便对制服老头儿，也即王大莲所谓“三大爷”一努嘴：“北京的爷就是爷，成天除了吃就是喝。后来还是‘三儿’跟我说，您别光自个儿‘闷得儿蜜’呀，也上网让大伙儿长长见识……你别看‘三儿’这个操性，时兴玩意儿从没落下过。吃饭还有人叫好？早先我都不信，后来我吃他拍，还真有点儿意思……”

对于“道爷”的表扬，“三儿”斜叼着一枚烟屁，体贴地说：“这不是想着给我哥哥找点儿乐儿嘛。他前些年忙，这些年闲，老闲着心里也不痛快。”

而“道爷”毕竟是当过村长的，懂得高屋建瓴：“我主要还是为了弘扬传统文化。”

说到这里，小院儿里的局面就变成了众人围坐在八仙桌旁，“道爷”和“三儿”将我夹在中间，王大莲凑着苏雅纹问东问西。紫铜火锅兀自烧着，水汽蒸腾上升，围绕在那只小黄鸭周围，使得它如在烟波浩渺中游弋。对于这只鸭子，我也捋清了头绪：想必它一直都在王大莲家。当初它晃晃悠悠地飞下顶楼，王大莲立刻跑下去追上了它；或许都不用王大莲亲自动手，早有其他楼层的勤杂工、保洁员替她收好了——和坐镇停车场的“三儿”一样，那个商场到处都是王大莲家的亲朋好友，他们自成体系，不过外人看不出来罢了。而现在，王大莲都已变成了新人，这只鸭子也许是她家中唯一的旧物了吧。

察觉我看向鸭子，王大莲冲我嘿嘿一声，脸上蒙着暗影，也不知是得意还是不好意思。她随即又被苏雅纹吸引了过去。

两下谈得热络。苏雅纹正在就孩子的教育对王大莲进行讲解，比如为什么一定要报课外班，什么又叫作“海淀六小强”，当然也包括了何谓弦乐、何谓管乐之类的基础问题；而我呢，则要围绕短视频这一艺术形式，与两位播客团队的成员展开业务探讨。因为“三儿”不具备拍摄与剪辑的常识，导致“道爷”在吃播事业上没少受苦——就拿鲜切羊肉来说，拍一条不满意，就要重新吃一盘子，循环往复，已经撑得老头儿腰都弯不下去了，估摸着明天还要满嘴起大泡。我介绍了如何把断开的镜头接在一起，还告诉他们，现在的手机功能都很强大，下个软件就能完成这种操作。我又拿出自己的手机，请“道爷”摆个架势，向他们展示了如何切换机位，如何调光，如何将镜头处理得更活泼，更有表现力。

听不多时，“三儿”自惭形秽：“怪我不懂，害得我哥哥吃了多少冤枉肉。”

“道爷”沉吟，握住我的手：“小庄，今儿我可算遇上真佛了。”

弄得我都挺感动，反捧“道爷”：“这都是雕虫小技，最可贵的还是您那种敬业精神……比我们圈儿里的好多人强多了，他们就知道扎钱和‘戏果儿’。”

“那可不。”“道爷”用珐琅杯给我倒酒——这才发现酒也不是道具，而是保真的“飞天”茅台——碰了一杯后，他语调雄浑地说，“北京人讲究个有里有面儿，不光是对人，对事儿也一样。当年种菜，好多人都爱狠用化肥农药，为的自然是提高产量，我说我们村不能这样。为什么？大伙儿都不瞎，你这么种出的菜，你敢吃吗？最后怎么着，我们村的菜反而打出了名气，专供部委食堂，价钱高了好几倍。现在菜是不种了，可表演吃饭是同样的道理，我要是自个儿都吃得不香，人家看的人能过瘾？”

我说：“这就叫入戏，戏比天大。”

“道爷”引申：“戏的精髓，在于戏不是戏。”

复又碰杯，俨然引为知音。不觉多拖了一些时辰，等想起孩子上楼一看，芽芽和“斯坦利”和“二”已经各自占据一张红木沙发睡着了，“大”则抱出毯子给他们盖上。我和苏雅纹叫醒孩子要走，“道爷”和王大莲又执意送我们，还让“三儿”举出了一只硕大的红灯笼，单位门口经常写着“欢度佳节”那种，为我们前头带路。一行人在森林里穿梭，大嗓门咋咋呼呼，吵得邻居开灯，南腔北调地抗议。

“道爷”做了个拿弹弓崩人家玻璃的架势：“甭理这帮外地人。”

我也有点儿高了，嘿嘿两声，却见苏雅纹的脸僵了一僵。

来到小区门口，互相又加微信。这时王大莲又变出一堆吃食来，和“大”和“二”追着芽芽和“斯坦利”，一个劲儿地往兜里塞。在我面前晃过，她忽然眨了眨眼，红着脸搓手，大嗓门低下去一些：“你们能来，我真高兴。”

我正想说，我们也不是有意来的，王大莲又转向苏雅纹："那咱们可说好了啊。"

在一旁，"道爷"也对我说："那咱们可说好了啊。"

至此，我去王大莲家的征讨、拜访、欢聚才算告终。而又可知，事情仍不算完，静水微澜一般荡漾着余波。关于王大莲和苏雅纹"说好了"什么，姑且按下不表，先得说说我和"道爷"。此后不久，"道爷"果然联系了我。

那是在微信上。当时芽芽上学，小张出去开会，我又在家发呆、自怨、百爪挠心。前不久完成的那部片子播出了，各路头目都很满意，却让我陷入了窘迫的境地——网上骂声一片，主要是来自文化圈的，他们批评我手法陈旧，自我重复，更有诛心论者指出我正急不可待地渴望"收编"。但当初，苦口婆心地劝我向商业化"适当地倾斜"，劝我不妨增加一些"正能量元素"的，不是同一拨儿人吗？我觉得自己就像一条两面煎的鱼，还觉得自己拿到的那点儿酬劳不是工钱，而是精神损失费。我都不敢点开手机查阅评论了。

因此"咕隆"一声电子拟音，相当于把我从困闷中打捞了上来。此前我已将大多数好友消息调成静音，只留下家人和与工作不相干的熟人。跳出来的却是“道爷”，他给我发来一串视频，说都是这阵子拍的“毛坯”，请我“过过眼”。

一一看下去，还是那些食物：白水羊头、麻豆腐，比较罕见的是一种“压肉”——京西山里才有，将带皮瘦肉经过长期熬煮，再压制成晶莹的胶体蘸着蒜泥吃。拍摄地点则不局限于“道爷”的小院儿，还包括了许多街边路旁的小饭馆。那些主打“北京风味”的小买卖以前云集在二环路里，后来随着老居民的迁徙散落到郊外，有一些恨不得都奔了密云水库了。身处棚屋陋巷，“道爷”还穿着他的黄马褂，戴着他绿油油的翡翠扳指，俨然一位锦衣夜行的皇亲国戚，“地道”之声不绝于耳。

间或还有新词儿：“这真是，路易斯的妹妹——够意思。”

看到这里，我想起了和“道爷”的杯酒之约。当初在小院儿里，他专门敬我，并坦言了自己的心结：对于他的吃播，有网友大加诟病，诟病的正是制作粗劣。顺便还挤对“三儿”：“他眼神儿不行，上炕不认识娘们儿，下炕不认识鞋。”

“三儿”虚心检讨：“我拖了我哥哥的后腿。”

而我则请“道爷”不必介怀——那些爆款的“播主”背后都有团队，每条短视频都经过了专业水准的后期加工，只不过外行看不出来罢了。我还说：“人家是生意，您就是个爱好，爱好怎么能敌得过生意呢？”

“道爷”却说：“可我就想，不干则已，干就得干出个样儿来。”

还说：“当初在村里种菜的时候……”

说时嘬牙花子，眼神似有几分怅然。如今他又发来了这些四处奔波、用力过猛的视频，让我进一步体悟到，老头儿对这项事业是真上了心了。记得那时我喝着“飞天”茅台，只是含糊了一句“有我呢”，此刻却扑哧一笑，摇了摇头。

我打开工作用的苹果台式机，对视频进行了上色与渲染处理，并且配着一段迪曲，将按部就班的吃饭过程重组成了跳跃感极强的叙述方式。我还抓取最具代表性的几帧画面做成闪回，从而突出“道爷”吃得有多么投入，多么忘我。此类工作对于我是小儿科，半个小时就大功告成了，但也怪了，在这半个小时里，我同样是那么投入，那么忘我，以至于停手之后嘘了口气，只觉得内里一阵发虚。这是一种基于创造的满足，记得早年拍摄“地下”纪录片时，也有这种感觉；还有前辈告诉我，这就是弗洛伊德所谓“力比多的宣泄”。

当然，对着一个灯泡脑袋遥想弗洛伊德，那没准儿才是弗洛伊德病例的中国翻版。做完视频，我没给“道爷”发过去，而是传给了网站的朋友，又逼他立刻就看。那人点开视频，嘟囔了句“撑的吧你”，然后倒抽口凉气：

“一看就是你的手笔——这次致敬的是盖·里奇吧？”

我要求他把视频上线，并适当做下“导流”。对方答应了，“等好儿吧”。没过两天，“好儿”就来了。“道爷”给我打了语音通话，激动得大嗓门都在发颤。此时他说话就不像个村长了，倒像个一贯调皮，却突然受到老师表扬的小学生；他也不管我叫“小庄”了，而是称我为“庄导”。

“当年传达上级通知，举着大喇叭满村喊，也就百十号人听我说话。现在这么多人给我叫好儿……这真他妈的让人受不了。”前村长说。

我猜他想表达的不是“真他妈的受不了”，而是受宠若惊。在自己的圈子混了那么久，我从未见过有谁能在突如其来的万众瞩目之下保持常态的，甭管那些家伙平日里自诩多么风轻云淡。而生活如果真是一个舞台，那么幕后的灯光师就像一个精神错乱的酒鬼，谁也无法判断他下一秒钟会把追光聚焦在哪个“死跑龙套的”身上——这也许才是我们时代最别开生面的戏剧性。我一边哼哼哈哈，一边划动手机，到App上查阅了一下那则吃播的点击量。嚯，的确蔚为壮观，已经突破了十万加，并且还在增长。评论也极其踊跃，川流不息的弹幕几乎把“道爷”的灯泡脑袋全遮住了。

“不就是个玩儿嘛，我也陪您玩玩儿……”我尽量淡然地说。

“玩儿大了，这可真玩儿大了。”“道爷”简直语无伦次。

为了表示感谢，他提出要再宴请我一顿“飞天”茅台，“还让大莲子切羊肉，她在饭馆也干过，刀工比外面的可强多了”。他的喜悦冲击着我，几乎让我也不自在了，跟着视频里的那位“道爷”一齐咂巴着嘴。就在这时，一个念头冒了出来。我愈发咂巴着嘴，对自己也刮目相看了起来——还有一丝难以置信。

那念头在我脑袋里盘旋、萦绕，久久不休，就像裹在厚衣服里的痒，因为一时挠不着，所以愈发痒。等到这天晚上，哄完女儿上床睡觉，小张也回来了，我们迎来了忙里偷闲的“红酒时间”。我点燃一支香烟，把想法对她说了，说时还请她不要顾及睡在一张床上的交情，而是要从职业的角度加以评估。

结果小张也挺兴奋，她和我碰杯：“你总算开窍了。”

她的态度反而令我忐忑：“当然，我是想进行跨界艺术实践……”

小张打断我：“得得，反正钱和人我都会替你搞定。不过要快，过了风口，猪可就飞不起来了，只能拿去炖粉条子了。”

随后她又引出了另一个议题——这天的家庭会议内

容真丰富，我给了我媳妇一个意外，我媳妇也给了我一个意外。小张问我，下午接孩子的时候，苏雅纹有没有跟我提到什么？我回忆了一下，当时我们站在校门口，苏雅纹只是说，“天天你来接呀，其实爸爸的陪伴对孩子是很重要的”。说时语调还是悠悠的，嗓音清凉。而我则打个哈哈，“反正我闲着也是闲着”。此外再没说什么。我又问小张，这时候提她干吗？

小张便说，苏雅纹给她打电话，提议让芽芽也报几个夜间辅导班，包括奥数、自然科学和“国学”——这词儿已经热了几十年，但我一直没搞明白它到底算是个什么“学”，现在却轮到我的孩子来领悟它的玄妙——除此之外钢琴也可以加强一下，这样就能把整整一个礼拜的空闲填满了。我还没皱眉，小张又说，苏雅纹的意思，是想让芽芽和“斯坦利”结成课外小组，白天同学，晚上共读，而赶上她自己没时间的时候，希望我能代为照顾一下“斯坦利”。那么对于苏雅纹的要求，小张是怎么回答的呢？知我者莫过媳妇：

“我们家那位一向对报班热情不高——不过他闲着也是闲着。”

听得我“哦”了一声，感慨的却不是我媳妇，而是苏雅纹。这位苏雅纹真是应了那句话，“心比比干多一窍”：她想怂恿芽芽报班，但又不跟我说，因为早看出我们家里管事儿的不是我；而她虽然知道我不管事儿，但又看重我的一个优点就是“闲”，可以帮她接孩子，这大概才是她拉我们入伙的原因吧。

我不免嘀咕：“有什么想法就直说嘛，何必——”

小张还替苏雅纹辩解：“人家就是直说了呀，跟我说了。”

嗯，苏雅纹一定还看出，小张极其看重她的意见，并且做起事来雷厉风行。这也基于我媳妇在工作中养成的脾气：因为成天忙忙叨叨，反倒凡事不过脑子，认准了谁就对谁言听计从。而小张反过来又开导我，说的还是苏雅纹向她灌输的那一套：学校里教的东西都差不多，孩子要想领先一步，必须在课外下功夫。

她还危言耸听：“而且我担心，现在的‘牛小’里，每个孩子都报班，老师在课上反而不会掰开揉碎了讲了，因为他们认为大家都学过。这么一来，不报班的不就完全听不懂了吗？将来不就变成文盲了吗？”

这里存在一个悖论：如果势必培养文盲，那么所谓“牛小”又“牛”在哪儿？仅仅“牛”在能把报得起班又乐于报班的家长们凑在一块儿吗？但这个悖论我也没向小张指出，因为她已经痛快地答应了苏雅纹，而我有求于她在先，这时也就不好驳她的面子了。只是苦了芽芽，从此就要和动画片彻底说拜拜了。想到芽芽又要和我一番好闹，我头疼起来，忽又有些索然。我从餐桌旁起身，想去小卧室看看孩子。

小张却说“慢着”，而后迟疑道：“对了……到时和芽芽一起上班的不只‘斯坦利’，还有王大莲家的‘大’和‘二’。”

我不禁又“哦”，问：“他们也是苏雅纹撺掇来的？”

“哪儿呀。”小张撇嘴，颇为无奈的样子，“她非要参加的，拦都拦不住。苏雅纹这人脸皮子又薄，只好应承下来。”

我却想起在王大莲家的小院儿里，苏雅纹目光灼灼地介绍着那些课程，还伸出纤瘦的手，放在王大莲的膝盖上。对于苏雅纹那种界限感极强的人，这可是个破天荒的举动。不过说到底，这都是人家的事儿，我答道：“来就来呗，一只羊也是赶，两只羊也是放。万一我也有事儿，王大莲还可以替我的班。”

小张却说：“正要提醒你呢，你最好保持全勤，尤其是苏雅纹不在的日子，别把孩子甩给王大莲。还有，课外班上要是分组学习，你就让芽芽和‘斯坦利’一组，让王大莲家的‘大’和‘二’一组，别混了。”

我一愣：“这又是为什么？”

小张说：“苏雅纹担心王大莲给孩子乱吃乱喝，也担心她的某些言论和做派会对孩子造成不良影响，还担心‘大’和‘二’进度跟不上，反而拖累了芽芽和‘斯坦利’……她担心得是有点儿多，不过好像也有道理。”

听到这些讲头，我只好更加敬佩苏雅纹，敬佩她的心细如发。而在敬佩之余，我的心思也不免细了起来，又就着文火烹汤似的烦躁，跟我媳妇矫情了两句：“你们说什么就是什么吧。不过还有件事儿，我那个片子的尾款还没结清，一下报那么多班，手头有点儿紧——要不你就少买俩包吧，拿出点儿钱来周转周转。”

对此，小张一挥手：“这个不急，王大莲已经交过了。”

我说：“你说什么？谁交了？”

小张说：“王大莲呀，她替我们把学费垫上了。”

我又愣了，晃晃杯子，呆看着暗红色的液体形成了小小的漩涡。

8

依照我媳妇的吩咐，当然也是苏雅纹的授意，我在一把年纪当上了孩子王。

芽芽与那个商场真是有缘，她从娘胎里就在此处接受教育，现在仍要在这儿度过一个个哈欠连天的夜晚。

苏雅纹果然常常不在，这也可以理解，现在的出版社都很“卷”，仿佛如果不一场一场地做活动赚吆喝，印出来的书马上就要重新化浆变成手纸似的——赶上这种时候，我便要从学校接上芽芽和“斯坦利”，再与带着“大”和“二”的王大莲会合，一起前往商场。时间紧迫，六点一个班，八点一个班，孩子们只能对付两口快餐，然后火急火燎地上楼。别看王大莲对商场的构造了如指掌，总能提醒我“古驰”旁边有个隐蔽的电梯，或者“迪奥”附近有个员工专用卫生间，但到了顶楼，面对那些名目繁多、花样百出的辅导班，她却全无概念了。正如弦乐与管乐的定义，代数与几何、五言绝句与七言律诗的区别对她来说同样是巨大的谜题。如果赶上老师对家长进行“摸底”——我也搞不懂除了“摸”孩子，他们为什么还热衷于“摸”家长——她只能嗫嚅着搓手，一时重现了当初抱着黄鸭子被人擒获时的窘态。相对于一楼的奢侈品店，商场顶楼是王大莲永远的滑铁卢。

我便对王大莲说：“你去歇会儿吧，我盯着就行。”

我将孩子们带进辅导班，给他们准备好学习用具，然后在门外找个地方坐下，不时探头予以监督。很多班上都是双人课桌，而“大”一定要挨着他的弟弟“二”——他年长几岁，却被判定为“基础薄弱”，所以只能混迹于更小的孩子之中——这倒省了我的麻烦，不必专门执行苏雅纹和小张的部署，把山羊和绵羊分开。私心想来，谁不愿意自己的孩子跟学霸搭伴儿呢？看到“斯坦利”像个小老师一样给芽芽做示范，我倒有种占了便宜的感觉。但稍一自省，这种私心又让我羞惭。

而此时，王大莲正在干什么呢？她远远地站在天井一旁，斜靠栏杆，手里拎着一大包刚买来的鲜榨果汁、酸奶坚果和果冻薯片。“大”和“二”对食物的消耗量是巨大的，因此她给孩子们准备好了加餐。虽然忙上忙下，但只要一闲下来，她的身影就显得孤寂。那不是丰盈的孤寂，而是空洞的孤寂，与苏雅纹的茕茕孑立是两个极端。有时她也与以前的同事聊天，对象不是保洁员就是治安巡逻员，但此类交谈通常貌似热烈，实则短促，对方哼哈几声，随后讪讪走开。即使没有嫉妒，人家也意识到了与王大莲之间那清晰的、遥不可及的分野。王大莲便留在了孤寂里。她会远远地向我投来一瞥，又一瞥，带着大型食草动物的木讷。仿佛在她眼里，我们之间也存在着分界。其实我闲得很，但她不来，我也不招呼她。我有些惊异：原来与单纯而热忱的人打交道，也会令人感到疲累。

相形之下，还是小朋友让人轻松。我总算发现了一个“上班”的好处：芽芽这代孩子都住小区，各家大人也互不相识，因此没了“发小”；而让他们晚上在一处厮混，倒有利于排遣孤寂。我还会惆怅地想，他们以后又能与谁休戚与共地为非作歹呢？

也像所有小团体一样，把孩子们放在一起，各自的脾性就愈发凸显了。芽芽占了女孩儿的便宜，别人总会让着她，这助长了她的骄娇二气。有时她做不好手工，只一噘嘴，“斯坦利”就会过来帮忙。“大”和“二”也来帮忙，但越帮越忙。没准儿再过几年，他们就该争风吃醋了吧……到时我还得绷起另一根弦。而“大”和“二”是俩憨厚的肉球，他们又与“斯坦利”结合成了一套天体结构——“大”是卫星，围绕着“二”转动，“二”是行星，唯“斯坦利”马首是瞻。在这个小小的星系里，“斯坦利”无疑充当着恒星的位置，每当他做出一道习题或者背诵一段课文，都会激起俩肉球热烈鼓掌；他呢，垂着眼睛，兀自发光，倒像天经地义。我曾试图从他的脸上寻找苏雅纹那种看似冷清、内藏倨傲的表情，但没有找到。他遗传了他妈妈的秀气，神色却近乎漠然。

不承想，我与“斯坦利”之间还进行过一次颇为交心的谈话。其深入程度，远远超过了我们这个年龄差的应有状态。

那是入冬后的一个晚上，街上飘着头场雪，商场里却维持着闷热。我从“国学”班上把孩子们接出来，将“大”和“二”交还给王大莲，而后一起往外走去。正下滚梯，电话响了。这次苏雅纹的声音却不是悠悠的了，而是哑着嗓子，还能听出现场乱糟糟的。大致听清原委，原来是出版社的年底盛会出了岔子，原定的宾馆突然有外事任务，只能重新协调场地。苏雅纹问我能不能多带带“斯坦利”，她会尽快来接。

她像电影里的日本人一般，连说了几句“对不起”，仿佛真把给别人添麻烦看作奇耻大辱。而我只说：“都是小事儿。”

说完又看前面的王大莲。王大莲也回头仰望着我。每当这样的夜晚，她总会和我一起等待苏雅纹，两个女人再嘀咕一会儿方才散去。对于现在的王大莲，苏雅纹似乎是她除家人以外唯一能聊到一起的人了。苏雅纹代表了王大莲的“社会关系”。

我正迟疑着是否把苏雅纹的特殊情况也告诉王大莲，不想“斯坦利”下了电梯就对“大”和“二”挥手：“再见。”

王大莲说：“那你呢，你妈是不是——”

“斯坦利”的口吻平和而不容置疑：“我和叔叔等她就好。”

说完拉着我的袖子，甩下王大莲就走。对于这个小大人的安排，我没法表示异议，也对王大莲摆了摆手：“回吧，孩子都困了。”

我又想，“斯坦利”是否也被苏雅纹提醒过“与王大莲保持距离”？但事实证明，他的决定与此无关。这孩子其实是有话想跟我说。商场早已空寂下来，许多店铺都落下了铁门，只有一家二十四小时咖啡馆还亮着灯。我带着芽芽和“斯坦利”进去，找个角落坐下，又给小张发了个微信。喝了杯热巧克力，芽芽就睁不开眼了，蜷在长条椅子上打盹，我脱下外套给她盖上。在此期间，“斯坦利”坐得笔直，一直都在翻看图文并茂的“国学”课本。他眼睛睁得很大，太阳穴上青筋若隐若现；他就跟不用睡觉似的。

我倒想提醒他，对于课本里的内容，应该有所保留地加以吸收，比如“二十四孝”那一章，尽是些割肉、吃屎的暴行，在很多国家给孩子看这些东西是违法的。

而我还没说什么，“斯坦利”却主动开口了：

“叔叔，我想问一下，什么叫作‘四夷来王’？”

这有些深奥，我只能说：“意思是我们很棒，他们服了。”

“斯坦利”又说：“他们为什么服呢？因为我们比他们厉害吗？”

我说：“这倒不一定。很可能是他们觉得，我们的活法儿更高级吧……或者是我们自己觉得自己的活法儿更高级。”

这么说着，我还担心是否需要向他解释“文明”或“文化”这一类概念。而“斯坦利”的进一步发问却让我大开眼界：“我还看过一本讲外国的书，是我妈妈他们出版社出的，里面说欧洲人侵略过北美洲的印第安人和新西兰的毛利人，除了武装侵略，还有文化侵略。那时我看不太懂，现在听您一说，好像明白一点了。但我还有个问题，为什么有人会认为自己比别人低级呢？高级和低级又是谁规定的呢？”

对话从中国史转入了世界史。我反问：“你问过你妈妈吗？她怎么解释的？”

"斯坦利"说："问过。她让我看更多的书。"

我开始打哈哈了："你妈妈说得对，不过要注意劳逸结合——也可以看看动画片嘛，芽芽就很喜欢《巴啦啦小魔仙》。"

"斯坦利"简洁地说："我们家没电视。"

我说："为什么？怕影响你学习吗？"

这话刚问出来，我就后悔了。果不其然，"斯坦利"说："我妈妈告诉我，只有老年人和没文化的人才看电视。"

这也是我们这片居民的代表性观点，只是没想到，苏雅纹家会执行得如此彻底。我无言以对，对话暂时中断。"斯坦利"喝了口热巧克力，我也趁机看了看手机。小张只发来了一条微信，王大莲却发来了五六条，她们都问我孩子困不困，用不用过来帮忙。我回复她们不用了，估摸过不了多久就能回去了。而苏雅纹却杳无音信。穷极无聊，我又点开了短视频软件，欣赏起了自己剪辑的那个"作品"。网友们对"道爷"的评论经历了短暂的高潮，开始逐渐降温，不过更多的人又在"催更"了。他们还说，"道爷"，我想你呀，没你都快吃不下饭了。这种情况与我预料的大差不离儿，我认为，可以推进自己的计划了。事不宜迟，我给“道爷”发去一条微信，内容其实是这几天编辑好的。

发完之后，才意识到时候不对。果然，半天没回复，“道爷”八成已经吃饱喝足，酣然高卧了。我又看了一遍视频，那声“地道”没吵醒芽芽，却让对面的“斯坦利”睫毛一颤。男孩儿方才都在低头沉默，似乎懂得不能影响大人的工作；而这时，他抬头看了我几秒钟，突然说：“叔叔，我想跟您认个错。”

我很诧异：“何错之有啊你？”

“斯坦利”抿了抿嘴：“芽芽被咬，其实是因为我。”

我更加诧异，诧异的除了他的说法，还有他居然一直记着那事儿。距离上次去王大莲家已经多久了？我都快忘了。而我只好顺着他问：“跟你又有什么关系呢？”

“斯坦利”便说了。说到“二”咬芽芽，还得说到“大”。因为年长几岁，“大”原本不在这所学校，还是拆迁以后，特批转学过来的。想来那时他还不是一个满身名牌的肉丸子，而是遗留着乡村的气息，是一个邋里邋遢、满脸鼻涕的肉丸子；再加上他脑子有点儿木，所以总被同学合起伙来挤对。挤对急了自然就动手回击，王大莲也找上门去帮他，仇就越结越深了。他们班的几个男孩儿还发明了一个游戏，在人群中齐声骂他一句，然后四散而逃，让他干没辙，只能愤怒地原地转圈儿。至于骂的内容，过去是“乡巴佬”，现在就是“暴发户”。那天下操又骂，骂完“大”又转圈儿，“二”也看见了，却阴着脸躲回教室。本来也没什么，孩子们照常聊天，不过“斯坦利”发扬研究精神，问“二”：

“为什么管你哥叫‘暴发户’呢，是因为你们过去没钱，现在有钱了吗？”

还说：“你爸你妈换过工作吗？他们都是做什么的？”

还说：“我爸也换过工作，还去外地了呢……”

他刨根问底，却没留意朋友的反应：“二”的脸蛋已经涨得通红，嗓子眼儿吭吭唧唧，如同拉不出屎，又如同一个微缩的王大莲。可见“二”外表憨厚，其实是个敏感的肉球。然而“二”还是一个马虎的肉球，他吭唧片刻，突然发作，六亲不认，抓起课桌上的一只手就咬。那手不是“斯坦利”的，倒听见芽芽像响空袭警报一样哀鸣了起来。我女儿真冤，她压根儿没搞清楚状况，就成了被殃及的池鱼。

“斯坦利”道：“因为我多嘴，连累了芽芽，还害得‘二’被打掉了一颗牙。错都在我，这些天我心里一直都很难过，后悔没说出实情……”

我问：“为什么那时没说呢？被‘二’他妈妈吓着了？”

“斯坦利”的声音更低，鼻翼抽搐：“怕我妈妈对我失望。”

看着这个几乎哭出声来的男孩儿，我叹了口气。我该给他讲讲“华盛顿和樱桃树”的故事，告诉他知错能改，善莫大焉吗？但我猜，以“斯坦利”的阅读量，没准儿会指出，那个故事其实和“华人与狗不得入内”“爱迪生给他妈做手术”一样，都已经被证实是杜撰的了。况且我感到，自己没有资格在他面前“装大个儿的”。我起身去吧台，买了些奶酪起酥面包当明天的早餐，也给“斯坦利”要了一份。看出我在营造满不在乎的气氛，他的神色总算轻松了下来。书也不看了，我们有一搭没一搭地扯了点儿别的。

比如我说：“你爸不在北京？”

“斯坦利”说：“自从我们搬到这里，他就没来过，到深圳创业去了。”

我说：“自己开公司吗？做什么呢？”

“斯坦利”的口气骄傲起来：“物联网，区块链，非对称加密。”

听不太懂，但我做出深受震撼的样子，又问：“你们以前不住这边吗？”

“斯坦利”说：“一开始在昌平，我妈妈说这边的学校好才搬来的。不过那时候我还小，以前的家什么样子都忘了。”

如上种种。又扯了会儿，连“斯坦利”也困了，蜷起臂膀趴到桌上。和平日的沉静相反，他睡得挺热闹，咯吱咯吱磨牙，仿佛只有睡着以后才变回了应有的年纪。咖啡馆里只剩下我们这桌客人，角落里一灯如豆，我看着两个孩子，又想到了小津安二郎的某个镜头。过了不久，门外终于卷进一团凛冽的气息，苏雅纹赶回来了。在这长夜，她面带一丝惊惶，但妆容不乱。我用手势制止了她的进一步道歉与道谢，帮她把“斯坦利”抱上门外的“沃尔沃”，然后才返回头去抱芽芽。好在“奥迪”旅行车带有遥控加热功能，车里已经暖和起来了。收拾停当，我也打了个哈欠，却见苏雅纹还站在车边。

我迎向她走了两步，心里厌倦着寒暄。我想提醒她，她生了个多么早慧，又多么心思细密的孩子。有的孩子就是这样，仿佛把前世的重负带到了今生。当然，苏雅纹一人带着孩子也不易，只不过对于这个临时单身的妈妈，我就不宜表示过分关切了。

来到近前，苏雅纹却恢复了悠悠的语气。她的神情也完全像个干练的文化单位小领导：“时间有点不合适，不过有件事情，我还想和你商量一下……”

原来她也有个计划，并且又涉及了我们家。但听着苏雅纹有条不紊地讲解她的构想，我却有种莫名的疏离感。仿佛她不是在对我说，仿佛我不是在听她说。我又禁不住打断她：“这事儿你跟我家那位说就好了……”

还说：“你们定下的事，我有什么发言权。”

对于我的卖乖，苏雅纹宽厚地笑了：“可是需要你来帮我们协调呀。”

我说：“跟谁协调？”

苏雅纹说：“王大莲那边。”

我说：“王大莲还不是都听你的？”

苏雅纹说：“但这又不是她一个人的事，还有她家人呢。”

我就明白了。八成小张把我的计划也透露给了苏雅纹，苏雅纹便顺势把两个计划合成了一个计划。我媳妇的嘴也够碎的。我还感慨：妇女们一旦联合起来，能量真是不可小觑；妇女们联合的成本又是那么低，效率还是那么高，连顿酒都不用喝，叽喳一阵也就够了。我也记得，当时我打个寒战，敷衍了两句就上车关门，也没让苏雅纹先走，而是打了把方向盘绕开她的车。这个行为无疑有些粗鲁，给我的感觉却像在逃跑一般。

但我没想到，这天的事儿还不算完。因为下雪，我在宽敞的街道上开得很慢，只听得四下静谧，整片社区仿佛都被清空了，和我的脑袋一样。突然之间，放在储物槽里的手机响了起来，还自动连接上了车载多媒体，使得车里的十二只“博士”喇叭齐声合奏。

那阵势像闹鬼了一样，芽芽从后座“腾”地支棱起来，惊惧四望。

我想挂断电话，却手忙脚乱地按了接听键。于是“道爷”的声音传了出来。我能想象，他是在起夜之时看到了我的微信；我还能听见他穿着“趿拉板儿”，正在暗红色的客厅里来回乱转。他的大嗓门从音响里奔涌而出：

“我早有此意。没想到你想到我前面去了。”

一定还画个半圆，竖起大拇哥：“那叫一个地道。”

9

花开两朵，表一表我与苏雅纹各自的计划。这两朵花，又都开在王大莲家。

我的计划如下：由我拉起一支团队，加入“道爷”的吃播。根据上一次的成功经验，如果以“道爷”原有的内容为基础，再经由专业摄像、录音和剪辑的加持，很有可能一跃成为“顶流”。当然这也不算稀奇，许多网红都是这么一个运作模式。而我的真正创意在于，与此同时再成立另一个剧组，将“道爷”的吃播生涯也拍摄下来，形成一部严肃的纪录片。“道爷”表演他的作品，他的作品又进入了我的作品；他在桥上看风景，看风景的人在楼上看他。对于这种套拍的模式，我将其命名为“二重客体的多维呈现”，还有心将它推向欧洲某个小国的影展。国外的文化圈儿很吃这一套。

而说到这里，还有必要回顾一下我的导演生涯。如前所述，我曾经凭借一股冲劲儿拍过两部片子，也误打误撞地干出了点儿名堂，但随着几个巨头瓜分了媒体平台，我这种独立制作人的黄金时代早就过去了。我一度沦为了网站的雇佣兵，靠“行活”混碗饭吃倒是不难，但离自己的期许却越来越远了——想当初，我还雄心勃勃地想在“电影艺术”上有所作为呢。有如温水煮青蛙，每每只在深夜独坐之时，我才会陡然陷入绝望：女儿都上学了，我则激情日减，腰围频增，难道这辈子就这样了吗？既自怜又不甘地反观我的处境，有关“道爷”的那个点子也就越发珍贵了。这年头，渴望表达的人太多，值得表达的人却日渐稀少，表面上是我们双赢，其实是“道爷”帮我找到了久违的灵感。甚至可以这么说，我的价值，我的愿景，此时都寄托在了“道爷”身上。

由此可见，当与“道爷”一拍即合，我是多么欣慰和激动。我几乎想要抱着“道爷”的灯泡脑袋亲上一口。然而这时，偏又插进来一个苏雅纹。

记得在那个初雪飘落的寒夜，苏雅纹对我透露，她从教辅部门的同事那里听说了一个内部消息，我们这片小学生的“培养模式”将要发生重大变化。对于一些学校动辄加码，课外机构煽风点火的现状，“上面”颇看不惯，也频频敲打有关部门，责令整改；再扯远一点儿，所谓“教育公平”和“教育市场化”的博弈一直都在进行，只不过最近民愤日益增长，敲打也就越来越密了。所以苏雅纹担忧，有朝一日，市面上的辅导班都将受到波及，而我们孩子上的那些课程很可能会被停掉。

“对于发通知的人来说，不就是一张纸嘛。”苏雅纹少有地流露出了怨气，似乎以此强调事态的严重性。

我倒觉得，真像她说的也挺好。我唯一担忧的是，如果那种情况发生，又要迎来一轮辅导班的退费、索赔乃至卷款跑路潮。我自然还想到了报班的钱，比之于当初的游泳班，这次就不是小数目了。得知王大莲垫了钱后，我心里总觉得硌着什么，于是一待制片公司结清尾款，就赶紧给她转了过去。转钱时王大莲还一个劲儿地推让，倒像理亏似的：“不急不急，这才多点儿，苏雅纹我也没管她要。”

我引用了苏雅纹的话：“你要这样，反而没意思了。”

同时我纳闷儿，苏雅纹还没把钱还给王大莲吗？怎么一串糖葫芦都算得那么清楚，现在却……不过这就是别人的事儿了。

再说回苏雅纹的计划。看我不答，她一发讲了下去，仿佛认为我也被她的消息“镇”住了似的。但她劝我不必焦虑，她自有安排。苏雅纹说：

“既然如此，课还要不要上？放心，当然要上。不就是停掉外面的班嘛，把班办到家里来不就行了，只不过我们需要未雨绸缪。老师这方面不用担心，资源我有，毕竟教育板块也是出版社的工作重点……但目前看来，还有个棘手的问题，就是场地。我们两家都离学校挺远的，下学赶回去人困马乏，孩子的课也上不好——而我想，王大莲他们家……地方不是现成的吗？上次去她家，发现好多房间都空着呢。关于这件事情，我已经跟王大莲提了，她可以说是非常踊跃；但是问题又来了，听她的意思，他们家里人不太支持。正好我又发现，王大莲的爸爸很看重你，在他心目中，你这个职业是很神圣的……”

不得不承认，苏雅纹具有高度的敏锐性和预判性。也许早在小院儿里喝茅台的时候，她就已经对我和“道爷”之间的默契一瞥之下，心中有数了。她对我的这番动员既运筹帷幄，又循循善诱，旨在调动我的主观能动性。我猜平日里，别说他们家先生了，就连单位的同事也别想对这女人说半个不字。并且苏雅纹做工作的方式还是全方位、立体性的，没过多久，我媳妇也来找我说这事了。

和苏雅纹相比，小张对待我的态度就要轻蔑得多。一天她难得在家吃饭，正在对付一块煎老了的牛排，忽然想起什么，拿出手机来让我听几段语音。那是她和一个经纪人之间的对话，谈论的正是我把“道爷”打造成网红的构想。对于我的“二重客体”理论，经纪人没听懂也懒得听，对于“道爷”本人更是看都不想多看，“看了牙碜”。有眼不识金镶玉，在这位仁兄眼里，大概只有像男人的女人和像女人的男人，才有包装的价值。

但小张开导他：“其实草根比‘腕儿’强，强在哪儿？安全。起码屁股上没屎，有屎也没人凑上去闻，不会动不动就犯了众怒。”

经纪人稍觉有理，又改口说可以考虑尝试一下。当然我明白，这是看我媳妇的面子，对方还指望着她给旗下的艺人安排角色呢。俩人便开始绕来绕去地谈条件，初步定了个预算，让我听了眼前一亮。

我还没从兴奋中走出，小张就说：“说完你的事儿，那就说说我们的事儿吧。”

我立刻猜到她指的是什么事儿，又不禁眼前一黑。而看我态度暧昧，小张翻了个白眼儿：“你得明白，天下没有免费的午餐，也没人有义务宠着你，惯着你，尽管你装得像个艺术家。你更得明白，别人为你做什么，取决于你能为别人做什么。”

这话似曾相识。对，小张上次对我祭出此类言论时，是鼓动我去接拍一个画风香艳的网游广告。而在说服广告的女主演突破“裸露条款”时，我也原样拿这话开导过人家。人生而自由，但无时无刻不在逼迫之中，不是你逼人，就是人逼你。连孩子也未能幸免。更何况小张这次逼我，还有一个天经地义的理由，那恰恰是为了孩子啊。她进而又论述：别以为上了“牛小”就高枕无忧了，后面还有初中呢，初中后面还有高中呢，你去看看那些重点中学的招生名额，照样僧多粥少，都是要看成绩的；如果孩子在任何阶段被落下，学不就白上了吗？

这种论点无疑来自苏雅纹。而我头脑抽搐，居然试图和我媳妇一辩：“成绩也是相对的嘛。如果辅导班真取消了，大家都没得上，不就一碗水端平了吗？既然一碗水端平了，在家补课又有什么意义？”

小张立刻批判了我的幼稚思想：“正因为成绩是相对的，所以才不能闲着。你以为你闲着，别人就会闲着？你不补课，人家就不补？就像我们做项目，你不拿钱砸演员，别人就不砸？还像排档期，你不抢下黄金时段，别人就不抢？还像做宣发，你不制造点儿劲爆话题，别人就不耸人听闻？再推而广之，还像……”

我索性帮她把例子举得更极端一些，突破了日常的蝇营狗苟：“还像冷战的时候造原子弹，你不造，别人就不造？越造越多，地球都能毁灭了。”

“真毁灭了反而轻省，没毁灭就只能陪着人家‘卷’下去。”小张神色一黯，恨恨地咬着嘴唇，旋即又对我掉了个书袋，“这就叫他人即地狱。”

概念使用得不太准确，但道理我懂。总之情况变成了：苏雅纹想征用王大莲家给孩子补课，我有求于我媳妇帮我拉赞助拍片子，所以我就得替她们去做通“道爷”的工作。这样一根链条，把不相干的事情搅成了一锅粥，这锅粥还有个题目，名叫“生活”。我只好表示就范，但又心虚：“不敢保证一说就成啊……”

小张铁面无私：“既要看态度，也要看结果。”

于是乎，当我再度造访王大莲家，就带着不止一个任务了。而再插一句，这次登门，我还受到了非同寻常的礼遇。那天早上，说好要和“道爷”从长计议一番，“道爷”却问我住哪儿，我随口说了。还不到中午，一个陌生人要加我微信，称自己为“六子”。这个名字在数学上等于“三儿”的两倍，我联想到他也许和王大莲他们家有关，便随手加了。加了之后他也不说话，我则忙着逐帧审阅“道爷”的视频并记下自己的思路，也没理他。直到快饭点儿，“六子”才又跟我联系。

发的是语音，却不是大嗓门，而是低音炮，如在胸腔深处嗡鸣不休；言语也极简洁，就四个字儿：“车在楼下。”

我醒过闷儿来，赶紧穿戴下楼，就见门口停了一辆“奔驰S600”轿车，犹如一条乌黑锃亮的鲸鱼。车前站了一人，也是一袭黑衣，西服和衬衫的领口敞开，露出鼓胀的胸肌和密密麻麻的文身。这就是“六子”了。他把车开到了人行道上，但保安和邻居都不敢管他，只敢远远地侧目而视。他却认得我，见我跑出来，立刻拉开车门。

那一刻，我又想到了北野武的某个镜头，好像来的是个日本“极道”，正准备剁掉我的手指。上车以后，我战战兢兢地说：“何必来接？还让您等了这么久。”

“六子”言语仍极简洁：“大莲子她爸发话了。”

他只是遵从“道爷”的吩咐而来。这时我才认出“六子”正是王大莲的“那口子”，以前就见过。近距离观摩，真人比二楼窗户里的黑影更加令人生畏，金链子捆着半条龙，头皮直泛青光。车开起来，一路沉默，一会儿进了王大莲家的小区。湖边的半扇楼下，“道爷”早在小院儿门口迎着了，旁边还跟着“三儿”。

“六子”先下车，小跑着给我开门，随后两手捂裆立在一旁。“道爷”与我热烈握手：“庄导，欢迎您来指导。”

又问“六子”：“叫人没有？”

“六子”直眉瞪眼，嘿嘿两声。雕龙画凤的一条汉子，倒像个怯生生的小孩儿。“道爷”一摆手，连带“三儿”也捎带了进去：“他们都上不了台面儿。”

我刚想客套，已经被拉进了小院儿。还是涮羊肉，锅子都支好了。接下来，在“飞天”茅台的催化下，我再度与“道爷”坐而论“地道”。我详细说明了将要如何对他进行打造，并尽量阐释那个黄雀在后的纪录片的用意——“二重客体”自然没必要说了，我的托词是，吃播视频只能针对普通网友，但要想让高端观众也懂得北京人的饮食有多么地道，那就必须借助更加艺术化的形式。我还列举了“舌尖上的中国”和“李子柒”，同时强调，我们的拍摄方式力求自然，呈现人物的本来面貌即可。

“所以您不必紧张，甚至不必在意谁在拍您，该怎么着就怎么着。”我提前给“道爷”打预防针。

“道爷”却关注着另一个方面：“就是说……那些

有头有脸的人也会看我？”

我说：“那可不，还有外国的艺术家呢，说希伯来语。”

“看来我是不得不出山了。”“道爷”抚掌沉吟，旋即扬起大嗓门，也不知对谁吼了一嗓子，“看他妈谁还敢瞧不起我——”

吓得“六子”放下筷子，差点儿又捂裆站了起来。“三儿”也连声道：“瞧您说的，那不能够呀。”我趁势便把合同掏了出来，并卖好儿说，我替他争取了相对优厚的待遇。但我又发现，“道爷”其实已经不在听了，他“吧唧”一口菜，滋儿咂儿一口酒，眯着眼，灯泡脑袋还微微晃着，沉浸在自我绚丽的情绪中。

半晌他才“哟”一声，似有些诧异：“白吃白喝还给钱呢？”

我说：“您为中国文化‘走出去’做了贡献嘛。”

一件事情便算敲定。但另一件事情，当天却没机会提起了——这是因为“道爷”兴致高涨，立刻又拽着我开始了大规模试镜活动。老头儿要是搔首弄姿起来，比起女人可有过之无不及，接下来的半天里，他换了好几套衣裳，移了好几道景，别说把我折腾得够呛，就连一旁伺候的“三儿”和“六子”都被搞得气喘吁吁。在小院儿里，在湖畔，在红木家具之间，各种扮相的“道爷”单臂大回环，用浑厚的、清脆的、温柔的口吻重复了无数遍“地道”。而后一一对比，又问我：“哪个更地道？”

我说：“各有各的地道，不过还是一开始最地道。”

“我也这么觉得。”“道爷”说，“凡事可不都这个理儿嘛——不能装，装的迟早会露馅。你也只能当你自己，别人你当得了吗？”

说时口气又扬了上去，不知对谁嚷嚷。一旁肃立的“三儿”挤了挤眼，“六子”则端着紫铜火锅，也不嫌烫，刀砍斧凿的脸隐没在水汽里。

趁一走神，我却又想起了王大莲。王大莲在哪儿呢？

其实也不是没见过她。刚才我们吃火锅的时候，王大莲就在一楼的厨房里切肉，切好几盘子，便用大托盘端出来；众人吃得尽兴，她的工作反复不休。但她出来也不跟人说话，撂下东西就走，就连对我都置若罔闻。这时再琢磨，就觉得王大莲是气呼呼的。王大莲怎么了？她是跟家里人闹别扭了，还是觉得我碍眼了？她不是说过我能来“真好”吗？难道现在又觉得“不好”了吗？但她似乎还不知道该怎么对亲近的、尊敬的人们表达怨怼，更没掌握含沙射影、指东打西那一类微妙的神情，因而呈现的还是食草动物般的木讷。她的怨气又都发泄在了对另一只食草动物，也即“宁夏滩羊”的细致屠戮之上。当我们酒足饭饱撂了筷子，王大莲便一扭身，坐电梯上楼去了。从弧形观景电梯的侧下方，可见她面无表情地越升越高，有如一尊粗陋的塑像。

因而我也意识到，今天不是讨论“那件事情”的恰当时机。人家没准儿正在气头上呢，我就别拱火儿了，这点儿眼力见儿咱们还是有的。只是回家还要向我媳妇汇报工作，小张自然又是一通好催。我再次向她保证：“容我徐图之。”

于是心里存着个事儿。事儿里的其他人或怒气冲冲，或风轻云淡，或咄咄逼人，只有我屁股底下燎着一团火。好在小张言而有信，钱一到位，剧组到位也很快，当我再去拜访，身后就跟着浩浩荡荡的拍摄队伍了。他们在小院儿里架好机位，铺好轨道，还在二楼露台上设置了一组高瓦数灯光。也幸亏半扇楼都是王大莲家的，否则非被投诉扰民不可。如此阵仗，自然令“道爷”非常满意，看得出来，他极其享受被人围绕、成为焦点的感觉。我甚而发现，他有着与生俱来的演员天赋，只要听到一声“action”，就会立即进入状态，哪怕吃到第八个烧饼夹肉，也像饿了三天刚吃第一口那么香。并且他在其他方面的修养也迅速跟进，当有邻居探头探脑地往院儿里看，“道爷”也不管人家叫“外地人”了，也不作势拿皮筋崩人家了，而是会把他的灯泡脑袋歪向化妆师，声称“补个妆”。

然后沉稳地解释：“咳，接受一个小采访。”

但不同于对待外人的平常心，“道爷”对自己人却要求严格：“三儿”和“六子”充当了“道爷”的助理，他们不光要伺候“道爷”，此外还要做好整个儿剧组的服务工作。哪怕一个场记，手边也得时时备着滚热的茉莉花茶；在拍摄间歇，如果哪位老师的烟灭了又没给递上新的，“道爷”就会立刻横眼撇嘴，当众斥责那两位“上不了台面”。当然我知道，这是“道爷”正在借机过“角儿”的瘾呢。

“三儿”倒没什么，可怜“六子”也像个碎催，这和他的西服、肌肉与文身很不相符，更跟他那不怒自威的沉默形成了巨大反差。一个跟了我很久的老摄像瞟着“道爷”，偷偷问我：“这不是‘人来疯’吗——你从哪儿找的这么个主儿？”

我还得启发他：“是不是浑身有‘戏’？是不是自带光环？”

同时，我再度打量王大莲家那硕大无朋的房屋构造，也越发狐疑：半扇楼里的一个单元住了人，另一个单元全空着，连租都懒得租出去，怎么就不能遂了王大莲的意，让孩子们上个课呢？“道爷”也不是个小气的人呀。哪怕再迟钝，我也猜到这对父女之间的分歧多半与在家办班的事情有关，但又好像没那么简单。

然而我有我的苦衷，用我媳妇的话说，再这么“渗”着，可就是态度问题了。结果不如意顶多是无能，态度不诚恳就是无耻了。所以该说的还得说。

说时挑了个很有人情味儿的场合。那天拍摄的主题是“褡裢火烧”，“道爷”告诉过我们，他在当村长那些年，每次给部委送完特供菜，人家食堂的师傅都会烙出一锅犒劳他。后来师傅退休，那份交情就断了。而又经剧组查访，竟发现师傅自己开了小店，主营的还是这种说锅贴不是锅贴，说馅饼不是馅饼的北京面食，外卖过来一尝，还是那个味儿。睹物思人，这一天“道爷”的“地道”就夹杂了沉郁的感怀，浸染了岁月的沧桑，他还对着镜头来了段即兴独白，正是说给那位面点师傅听的：

“……管后勤的干部看不起我，送个菜还呼来喝去的，只有您替我说话，说您拌馅儿离不开我种的西葫芦。甭管多大的官儿叫夜宵，您都给他们预备这一口儿。他们有他们的口味，您有您的擅长。没忘了自己靠什么起的家，您比好多人知道自己是谁。”

还说：“现在您还烙褡裢火烧，我种不了菜了。我过得不如您。”

还端杯：“多少年也没跟您喝一盅，现在咱们‘云干杯’。”

随着我喊“cut”，众人齐声叫好。不仅“吃播组”直呼“带感”，连极为苛刻的纪录片老摄像都赞叹“有内涵了”。可以说，这一场戏充分证明了“道爷”在镜头前的个人魅力，他也破天荒地对“三儿”和“六子”露出了笑模样，还意犹未尽地聊起当年种西葫芦，是谁给他挑的粪，谁陪他看的棚。

此时不说，更待何时。当“道爷”脱了黄马褂，摘了绿扳指，又用珐琅杯给自己倒上酒，滋儿咂儿抿上一小口，我就凑了过去。“道爷”眯眼看我，灯泡脑袋熠熠生辉，仿佛还想听我的点评，而我打了个干涩的哈哈：“看您高兴，想再跟您说个事儿。”

“道爷”说：“跟我说话还用挑时候——见外了不是？”

“有您这话就行。”我接着就说了。当然表述还是很委婉，只说半扇楼里的另一个单元空着，没个人气儿，长此以往对房子也不好呀；又说我看出来了，那个单元是预备着给“大”和“二”结婚用的，到时他们齐家团圆，三世乃至四世同堂，该有多么兴旺——只不过在此之前，让那些房子先为“大”和“二”的茁壮成长做出一点儿贡献，那又何乐而不为呢，“是不是这个理儿？”

不想，“道爷”的目光像棍子一样直捅过来：“这话，是大莲子让你说的吧？”

“那倒不是……我也有点儿私心。”我说的是实情。

更不想，“道爷”的声调又扬了起来，往四下里一拨接着一拨地扩散开来：“长本事了？跟谁学的这套弯弯绕？有本事直接冲我来呀，接着跟我干呀？甭管怎么闹，这家还是我做主。别看钥匙别你腰上，这房子还是我从地里种出来的——”

就连摄制组也停下了手里的活儿，竖耳茫然。而“道爷”甩手起身，慢吞吞地往一楼里屋走去，宽肩厚背，影子仿佛把门框都撑爆了。我吃了一瘪，半天没醒过神儿来，正想跟过去递两句话以缓解尴尬，却被“六子”拦住了。这条硬汉横在面前，一条胳膊圈住我，让我动弹不得，他又朝我的某个关节轻轻一捏，我立刻半身酥麻。再看那张刀砍斧凿的脸，太阳穴左近还有条若隐若现的疤，一时竟令我感到了杀机。

那身横练真不是摆摆样子。也幸亏我没再挣巴，否则也许会被当场撂倒。“六子”又简洁地说：“我们家事儿少插嘴。”

还是“三儿”上前，对着“六子”的硬胳膊紧拍两下，“吗呢吗呢”，这才替我解了围。而被他拉到小院儿门外，我忍不住回眼一望，就见“道爷”已经在客厅里的一张红木贵妃榻上躺下了，背冲着诸人。在墙角的暗影中，他一手撑头，大腿压二腿，状如卧佛寺里的那尊卧佛。他的下半身忽然嗡鸣，放了个拐弯儿屁。就在这时，我还听见一楼的隔壁传来一声脆响，伴有爆裂与嗡鸣，闻之令人悚然。

那是王大莲在厨房摔了个锅。

10

“道爷”撂挑子，罢演了。这实在是我没想到的。

一连几天，他也不回我信息，也不接我电话。我去他家，所见皆是面朝墙的一尊卧佛。不时还会放个屁，固然是对我示以轻蔑，但那屁越来越蔫儿，让我怀疑他近日来也是茶饭不思。何止罢演啊，都快绝食了。我立在门外，却又畏缩不敢近前——门口还守着个“六子”呢。“六子”这时就不穿西服了，也不双手捂裆，而是换上了小背心，在院儿里摆出了沙袋、杠铃、拉力器，凛然操练不休。

有如刘备顾茅庐，却见张飞替人家站了岗。我只好灰溜溜地回家去，对我媳妇抱怨：“你不催我也没这事儿，现在好了吧？”

小张也始料未及，翻白眼儿：“他们这些人呀——”

这话我听苏雅纹说过，就在初见王大莲那天。言语中有种含混的无奈，那无奈时而像是同情，时而又像是嫌弃。然而纵使“他们”和“我们”泾渭分明，现在却互相介入乃至互相绑定：不仅“他们”和“我们”的孩子同窗共读，“他们”还成了“我们”工作的一部分。此后小张倒很尽职，作为制片人，她表现出了熟练的擦屁股技能，火速替我去做剧组人员的工作，尽力稳住队伍，不要散摊子。但这时，又有一个局面骑虎难下：一旦开拍，最怕的就是中途停机，人吃马喂可都是钱呀。

我不得不盘算起了最坏的可能，也即项目告吹，拉倒扯淡。那无疑将是我艺术生涯中前所未有的溃败，很可能导致我信誉尽失，再也没人敢在我身上投资了。更荒唐的是，我至今也没搞明白自己到底怎么得罪了“道爷”，他怎么说翻脸就翻脸啊。老虎屁股摸不得，但屁股在哪儿总得告诉我吧。屁股上的火苗有如蚕食败叶，终于烧到了我嘴里。我的一颗智齿发了炎，疼且不说，脸都歪了。

一天正在捂着脸焦躁，手机亮了，有人加我微信。原来是“三儿”，却是“六子”推过来的。三六一十八，我的脑子加速运转，意识到了什么，赶紧加了好友。我也不敢摆谱了，主动拨了过去，口齿不清地叫了声“三大爷”。

电话那头说：“该叫大爷就叫大爷，不要含含糊糊。”

我想说，不是含糊，我是疼。再开口却道：“‘道爷’还好吧？”

“不好。”“三儿”堵住了我的客套，话音里却没有怪罪我的意思，“要不是为了我哥哥，我也懒得跟你废话——来趟停车场吧。”

我赶紧出门，开车到了商场。正是上班时间，停车场半空着，那根横杆许久才扬起落下一次。岗亭的缝隙里白烟袅袅，乍一看像失了火，我小跑过去，离近了看到一个人影，有如雾中之花，嘴上叼着永不熄灭的烟屁。再朝窗户里打量，木板桌上除了监控器、茶杯和烟灰缸，还堆满了花花绿绿的小纸条，半晌反应过来，原来都是彩票。

“三儿”正捏着其中一张，都快凑到鼻尖儿上了。片刻叹口气，是习以为常的失落，然后才抬头看我：

“几天不见，怎么胖了？”

我说：“您再瞅瞅，两边脸胖才是胖，一边脸胖那叫肿。”“三儿”的眼神不好，以前由他掌镜拍摄，常常拍着拍着就歪了，倾斜了，导致“道爷”仿佛躺着用餐。当然，此时我不是意在强调技术问题，而是向他表明我有多么难熬。

“你也不容易。”“三儿”的情商倒比眼神强，但随即又说到了我的眼神，“可你不该哪壶不开提哪壶啊——眼睛出气儿用的？”

我虚心接受，“哪儿能跟您比呀”，并作愿闻其详状。我那撅着屁股，托着半张脸，扒在岗亭窗前的姿态似乎令“三儿”很满意，他用一根烟屁又续上一根烟屁，一副慢慢道来的架势。先说的是“道爷”，用“三儿”的评价，“我哥哥这人，仁义”。

为论证“仁义”，他试举两例。一是对待村里的乡亲。原先好多人不是办了“农转非”，把户口迁走了吗？导致拆迁时没了分房资格，这就让“道爷”吃了心，总觉得他分的房子是顶占了人家的名额。“那帮孙子也真够孙子的，跑得比谁都快，瘫在床上的老娘都扔给我哥哥供养，反过来还说我哥哥抢了他们家的地……其实我哥哥只是看不得那些地荒了，不愿丢了‘种植先进村’的锦旗罢了。”恰恰怕人戳脊梁骨，“道爷”此后窝在家里深居简出；而时至今日，只要原来的街坊家里有事儿，无论是婚丧嫁娶还是孩子上学，“道爷”必会第一个把意思尽到了，送的红包比砖头都厚。

接着又说到了“三儿”自己，往事不堪回首，他却毫不讳言——他也有地可供拆迁，怎么落得了今天的地步？这是因为他常年保持着陀思妥耶夫斯基的激情，过去就爱玩儿牌，等分了几套房，更是一发不可收拾，地下百家乐、香港六合彩全没错过，甚而登上过传说中的“东方公主号”，和神秘贪官通宵鏖战。这种生涯的结果，自然是被吃干抹净，还是“道爷”把他从澳门赎回来的。“道爷”又念在过去一起跳粪坑疏通沼气池的交情，索性就让“三儿”在家里住着，还拨了套底商的收益给“三儿”养老。

“你以为我爱当这破看车的？我是要拿出个态度，让我哥哥放心。”

不过总结个人得失，“三儿”又不认为赌是万祸根苗了，而是归结为眼神儿问题：“……当年‘葡京’梭哈，我也就是没看清楚，把红桃认成方片了。要是拿下那局，我能把电视台包下来，让全北京天天看我哥哥吃褡裢火烧。”

说完“道爷”，他又说到了王大莲。对于这位“大侄女”，用的还是那个词儿，“仁义”。并且还是试举两例。首先说到王大莲妈死得早，懂事儿也早，自打上小学，她就照顾“道爷”的饮食起居，还替“道爷”照顾村里的困难户。早年间农村烧火炕，丫头那时又瘦，钻到炕洞里掏灰，一到冬天黑得跟索马里人似的。“三儿”还记得，过去王大莲也爱读书，乡里小学的老师还打算把她推荐到市里去念重点中学，然而跨区上学就得住校，如此一来，谁给“道爷”做饭烧炕呀？为了她爸吃得香睡得暖，王大莲就放弃了机会，连乡里的初中也基本等于没上——后来搞教育改革，学校裁撤了。而有关王大莲“仁义”的第二个证据，就是和“六子”的婚姻了。“六子”比王大莲还惨，自小爹死娘嫁人，孤苦伶仃游荡于山野之间，因为总受人欺负，打造出了彪悍的体魄与性格，终于犯了事儿，把人打伤判了刑。村里人说要把他销了户撵出去，偏是王大莲记得“六子”的好儿：小时候掏火炕，她被坏小子们堵住洞口瓮中捉鳖，还点火拿烟熏她，正是“六子”替她出头，赶跑众人，此后一掏炕就为她护法。等“六子”放出来，她就求“道爷”带着“六子”种菜，还帮“六子”把家里塌了的房又盖起来。日久生情，俩人就好上了，也不嫌弃“六子”吃过牢饭。

“三儿”还补充性地介绍了“六子”：“别看他凶神恶煞的，那是被人欺负怕了，必须装装样子……当然装得有点儿用力过猛。其实他心善着呢，拆迁以后没事儿干，买了辆‘奔驰’拉黑活，权当解个闷儿；只要碰上谁没钱又有急事儿，一律白拉，有次为了送一老太太回家，愣是跑到了河北，后半夜才绕回来……”

而我这时牙更疼了，撅起的屁股也频频有蹭到往来车辆的危险，便试图把对话引向正题：“既然他们一家子都仁义，怎么自己却闹起别扭来了呢……‘道爷’的火儿，是冲着王大莲来的吧？”

“三儿”说：“哟，你都看出来了？”

我说：“我眼神儿不如您，可也没瞎到那个份儿上。”

“三儿”便又叹一口气，烟屁紧嘬两口，从发散的白雾中露出了迷惘：“你是没看见他们家的那些好吵……又不过，常常吵了半天，倒让人闹不明白他们为什么要吵。自打我们村里拆了迁，像我这样在牌桌上‘造’干净的还算痛快呢，别的人，‘溜冰’吸粉的也不在少数。再不就是为了房子翻脸，亲哥们儿都不认了，女婿丈母娘在法院门口撂跤。可这些毛病，大莲子他们家都没有，他们向来是最能耐，也最体面的一家人呀……”

那迷惘是如此真诚，进而还抒发起了人生感悟：“都说过好日子难，但照我看，更难的是有了好日子，你还得会好好儿过。”

绕了一圈儿，“三儿”总算说到了“道爷”的心结。不光包括“道爷”的，还包括王大莲的。我心深深处，中有千千结。不过又得绕一圈儿：心结早已有之，从很久以前就铺垫下了；心结又是如此迂回曲折，有些外人理解不了，“三儿”这种至亲却能理解，但还有些就连“三儿”也不明就里了。比如“道爷”不能种菜之后闲得慌，以及王大莲不去上班之后闷得慌，这些苦楚“三儿”都有过亲身体会，所以他尽心地扮演了一个弄臣的角色——这方面“三儿”倒也称职，人家毕竟是到澳门、到游轮上开过眼的——他劝“道爷”满北京地去吃高级饭馆，还撺掇王大莲买衣裳买包，“可劲儿捯饬自己”。不就是花钱嘛，只要有价钱就好办，皆为囊中之物。过去咱们只能干看着，如今也让人家看看咱们的气派。然而烈火烹油，花出的钱还真像糖水一般，再一咂巴也没什么味儿。无独有偶，王大莲和“道爷”的眼神都黯淡了下去，丢失了原先那种充盈的、饱含战斗精神的光彩。那是狂欢之后的落寞，是饱食终日的凄凉，却比实实在在的穷困、操劳更加噬心蚀骨。

在我面前，“三儿”的迷惘也变成了纠结，甚而眼泪汪汪起来。也不知是被烟屁熏的，还是深感对王大莲父女爱莫能助。我还发现，只要思路进入稍微抽象的层面，他本人好像也受着莫大的折磨。这大概是“我们”和“他们”的分野所在吧。“三儿”又续了根烟屁，终于把话说下去：“当然你也可以说，大莲子和我哥哥心里不痛快，归根结底还是闲的、撑的。可我们村里的别人家不也都这样吗？四脖子汗流半辈子，能得了闲、吃撑了，这是福分呀。怎么别人家的福分，到他们家却成了遭罪呢？”

经过艰难的思考，“三儿”到底给出了某种解释：“要我说，坏就坏在他们家过去太能耐了。人物头儿嘛，总跟别人不一样。”

那么接下来要讲的，就是对于那些心结的反应了。父女二人反应各不相同，这才是别扭的原因。“道爷”毕竟老到，懂得要给自己找点儿乐子，否则“人就废了”，于是又听了“三儿”的推荐，变吃喝为吃播。并且他还承续了当村长时的工作习惯，凡事讲究个师出有名，所以吃播也不光是吃播，还包括了弘扬北京文化，“让那帮外地人见识见识，别来了北京还尽挑北京的毛病”。这招儿果真有效，打着大而化之的地图炮，貌似填补了精神空白。只不过又有个让他难受的地方——“道爷”发现，对于他那满腔热情的新爱好，女儿却好像虚与委蛇——何止虚与委蛇，简直阳奉阴违。过去王大莲是多么恭顺啊，让掏炕就掏炕，让挑粪就挑粪，简直把村长爸爸当成了身边现成的一尊活神；可如今呢，倒是还给“道爷”切鲜羊肉，倒是早晚还到小院儿向“道爷”问安，然而“道爷”敏锐地感到，那恭顺之下好像缺了点儿什么，“就像酱牛肉少了一味料，肉还是那个肉，吃着却不是那个味儿了”。更让“道爷”难以忍受的是，他渐渐还感到，王大莲连表面的恭顺都懒得装了。到后来，王大莲木讷的表情里似乎藏着浅笑，跟他说话也经常不是热络的大嗓门了，而是变得悠悠的，底下却有一层冷淡和疏离。那里面有句潜台词：我不认同您的“范儿”。

对，不认同。好不容易拿起来的“范儿”，最亲近的人却不认同。对于能耐了一辈子的老人而言，这无异于奇耻大辱。不过王大莲又实在让人指摘不出什么来：她照常履行着她的职责和义务。半扇楼和几处底商都是王大莲打理，这份工作劳神费力的程度，可比过去种菜、掏炕、干保洁不遑多让；“大”和“二”日益成长，抚育下一代的任务也落在了王大莲肩上。但恰因无可指摘，更让“道爷”一团邪火没处撒，所以开始处处找事儿——经常为点儿鸡毛蒜皮和家里人动气，不只针对女儿，有时也殃及“三儿”和“六子”。别人自然让着他，但这令他益发憋闷，还衍生出了一副拿腔拿调、阴阳怪气的嘴脸。这老头儿的形象也变了，从粗豪爽朗变成了尖酸刻薄。

对此，就连俩肉丸子也有所感知。“大”说：“我姥爷不像我姥爷了。”具体怎么不像，“二”的描述更为生动：“他过去脑袋圆，现在脑袋也圆，不过长出了刺儿。”按照他们的说法，“道爷”就不是个灯泡脑袋了，而是一个刺猬脑袋。

“三儿”则叹息：“他们哪儿知道我哥哥的苦衷。”

而我却暗地里想，看来在王大莲家办班的事儿，也和上述背景有关。这一想法果然得到了证实，“三儿”随后讲到了近日的那场冲突：对于王大莲所转述的苏雅纹的动议，“道爷”横挑鼻子竖挑眼，一会儿说“受不了家里人多，太吵”，一会儿又说“碰坏我家具怎么办呀”——在王大莲看来，这当然都是无稽之谈。“道爷”从不是个好静的人，平常还老埋怨新小区不如村里有人气儿呢；至于家具，为了拍吃播，他把整套红木桌椅搬到小院儿里日晒雨淋，也从未有过半分心疼。别的事儿也就罢了，这次王大莲却一反常态地坚定起来，遂与“道爷”辩论。俩大嗓门争先恐后，节节攀升，又演变成了对孩子教育问题的热议。“道爷”表示，早就看不惯给“大”和“二”报那么多的班了，他算了一笔账：

“咱们家的孩子，犯得着费那劲儿吗？上学是为了什么？找工作。找工作是为了什么？挣工资。既然如此，不就是钱的事儿吗？将来这半扇楼还不够他们‘造’的？你还真指望他们在学校里拔尖儿？别说他们不是那块料，就算真拔了尖儿，上清华上北大，我话撂这儿——以后也挣不出这些房来。”

复又总结：“所以你这不是瞎逼‘作’吗？”

身为前村长，“道爷”固然比王大莲条理清晰，并且他这笔账还暗合了网上流传的一则悖论：没有学区房，就上不了好大学，然而上了好大学，也挣不出学区房。两头堵，堵得王大莲半晌无言。但她仍不认同“瞎逼作”这一判断。她满面涨红，脑袋却一直都在转动。正当“道爷”志得意满地呷着一杯酽茶，她才猝然回击：“这不是钱的事儿。我是怕他们将来像我、像他爸、像您一样……”

“像我们一样怎么啦？”

“被人看不起。”

这就捅漏了马蜂窝。“道爷”呛了一口，转瞬狂怒，他的灯泡脑袋如同接入了两万伏的电流，亮得都快炸了。有效讨论戛然而止，“道爷”语无伦次、口不择言地辱骂着王大莲，还拿那只宜兴紫砂壶朝王大莲砸了过去——幸亏“六子”及时出现，忠勇地挡在媳妇和老丈人之间，这才避免了一场家庭暴力的严重后果，但他脖子上的那条龙却像皮皮虾一样被烫红了。而“道爷”还在兀自不休地暴跳着、踢腾着，质问王大莲：“谁敢看不起我？谁教你的这些——是不是姓苏那娘们儿？”

这次王大莲回得倒快：“有什么事儿说什么事儿，甭尽扯上别人——”

“说？”“道爷”决绝地一挥手，“我这辈子没亏欠过谁，谁也休想说我什么。从今往后，我跟你们都他妈的说，不，着。”

经此一役，父女俩陷入了冷战。或许他们以前倒也没什么话说，但那是休戚与共的默契，现在竟变成道不同不相为谋了。也真难为了“道爷”，家中遭此巨变，还能满怀激情地投入吃播事业——或许他恰恰是被王大莲无意中的那句“看不起”戳了心窝子，想以此来证明自己是能被人“看得起”的吧。而再说我，在这个节骨眼儿上，我还火上浇油，偏又对“道爷”提起在家办班，这就再度摧残了老头儿那颗伤痕累累的玻璃心。甚而“道爷”还有可能把我也视为了和王大莲、苏雅纹一伙儿的。

对此，“三儿”也说：“我哥哥不是生你的气，他是对你失望了。”

我矢口否认，又拍胸脯子保证：“这就错怪我了，我冤哪。再怎么着我也是个老爷们儿，怎么能被娘们儿牵着鼻子走。”

“三儿”追问：“那你为什么——”

我摇头苦笑，又把话岔开：“先别问我是为什么——掰扯那个有意义吗？咱们只说眼下的情况，谁也不希望他们家接着闹下去吧？再闹下去，我的片子黄了，您没准儿也没地儿去了，只能永远看车。话还是说回来，亲生的父女，何必水火不容呢？现成的房子，何必不用它换个和气呢？大家都退一步，不就好办了吗？”

“三儿”点头称是，但他又说，“然而眼下，两边的确是‘僵’上了。我哥哥那人，从不跟人低头……当年给公家供菜，对方要吃回扣，他宁可菜都烂在地里也不给，还领着我们到人家单位门口举标语去。你想他这么个脾性，又是对自己女儿，怎么可能先软下去？不过恰恰是对自己女儿，他又怎么可能一直硬着？我估摸着他没准儿已经后悔了，只等着大莲子给他一个台阶下呢，而大莲子呢，又能听进去你的话，所以不如……”

所以不如由我去从中说项。我哭笑不得：怎么又是我。更让我哭笑不得的是：大家都是中国人，怎么就好像语言不通似的，必须由一个外人充当翻译。又可见对于人类而言，巴别塔是个永恒的困境，但我却要在那虚幻的塔影上攀爬不休。

我不禁悲哀地说：“哥们儿毕竟是个导演，怎么都把我当成说嘴的了。”

“你们这些人，不就是比我们能说会道吗……你是一个优秀的口腔工作者。”“三儿”给我扣了个文不对题的高帽子，也不知代表着“他们”对“我们”的认可还是轻蔑；但这不妨碍他信赖地看着我，“这也是我找你来的目的了。”

此时，停车场上起了风，从北部山区掠过来，却不像冬天的风那么强劲、凛冽，而是变得柔软，还裹挟了青草的气息。春天快到了。记得芽芽小时候，我们每年春天都会带她到山上去野餐，记得有座山顶上还立着一尊佘太君的雕像——传说在古代，我们这片正是兵戎相见之处，那位杰出妇女就屹立于山巅，眺望着子弟兵们与异族浴血厮杀。现在这里变成了北京最繁华的科技产业园与住宅区。现在我们一家再没有时间到山上消磨了。古人来者，天地悠悠，我竟有怆然涕下之感。但那其实只是花粉过敏，导致我在智齿之外又发作了鼻炎。而我的思绪四通八达，突然问“三儿”：

“对了，今天其实是‘道爷’让您找我的吧？是他自己透出口风……”

“三儿”笑而不语，更如雾里看花。半晌他才说：

“反正你记着一条儿——只要给我哥哥解了心宽，房子还不是随便使。别说办个辅导班了，要把式卖艺也够哇。”

11

在那春暖花开之际，我又像个不厌其烦的调解员，继续进行说服工作。说服的对象却从“道爷”变成了王大莲。再来梳理一下逻辑：

我想拍片子，有赖于我媳妇小张去拉投资；而小张担心我女儿芽芽将来没处上辅导班，便听从了苏雅纹的建议，俩人合计着借用王大莲家的房子；而王大莲倒是对于在家办班这个计划求之不得，只是碍于“道爷”从中作梗，并且“道爷”一怒之下，还有罢演的风险，这也足以让我的片子胎死腹中；而想让“道爷”高兴起来，“解了心宽”，又得转回到王大莲身上，让她去向“道爷”服个软儿。听起来很绕，整个儿一个“打东边来了个喇嘛，打西边来了个哑巴”，而且不仅绕嘴，同时还绕心。好在个中条理，虽然纠缠，有如一团废电线，总归还是能捋成一条线儿的——电线的一头接着“道爷”的灯泡脑袋，另一头通向王大莲的红脸蛋，中间则串联起了“我们”这些人。

但这时，我又有个疑惑，恰恰是针对王大莲的了。如果说“道爷”要脾气使小性的原因，本质上是无所事事的空虚、英雄迟暮的不甘，那么王大莲又是为了什么呢?

此时反观王大莲，好像时时饱含着一股拧巴的力量。再打个很不尊重的比方，王大莲又让我想到楼下那些在春风里无助凄嚎的野猫。但猫们都明白自己的苦衷在哪儿，有了苦衷还能叫，一叫别的猫就能懂，而王大莲呢，仿佛谁都不能理解她为何如此拧巴。由此可见，王大莲还不如猫，她是眼中有景道不得。这时再想到她面对学校的那声怒吼，“你们有什么了不起的”，以及迁怒于“二”的那记大嘴巴，就好像不是冲着班主任和儿子去的了，倒像是铁屋子里的呐喊与挣扎，像是岩浆喷发却找错了出口。

又由此可见，王大莲这个角色，似乎比“道爷”更值得表现。我甚而后悔，当初签合同时应该把王大莲也一并纳入其中，那样一来，我最早拍摄的那段关于小黄鸭的视频，似乎也不会浪费了……基于此，那天我去找王大莲时，就没有只怀着“调解”的目的了。

在学校门口，我走向她，捂着半张脸，苦不堪言地笑了笑。

王大莲却像个没事儿人，抡着她的“爱马仕”，用奔放的大嗓门招呼我。这人到底是忘性大呢，还是离开了家心情就会舒畅起来？总之，在对待我的态度上，王大莲比她的村长爸爸恩怨分明。她还对我的肿脸进行了诊断：

“春天就爱上火，你得去趟口腔诊所。到地儿提我，我有贵宾卡……”

唉，王大莲还是这么热忱，这么大包大揽。又想起那笔学费的事儿，我却宁可在公立医院排号。这时孩子们放了学，“斯坦利”、芽芽和“二”结伴出来，后面还跟着一个“大”。今天苏雅纹又加班，我们便带领这支小小的路队，马不停蹄地赶往商场。此时商场的气氛也和以往不同。各种“内部消息”风起云涌，辅导班生死未卜，课虽然照旧上，但招新的力度大大降低了；

“续费优惠”的宣传彩页不再随处发放，催缴房租的通知却赫然贴在了玻璃门上。当孩子们进了教室，王大莲又照例站在电梯旁边。遥遥望去，她那斜倚凭栏的姿态岌岌可危。她不时朝我投来一瞥，又一瞥。恰好我的一侧空了出来，有位爷爷或姥爷在前列腺的重压之下奔向了厕所，我拍拍长凳，示意王大莲坐过来。

她就挪动身躯，头两步慢，后几步快，裹着风。坐下时，她递给我一杯奶茶，又将吸管戳进另一杯的塑料膜，示范一般咕噜起来。与王大莲并排，忽然令我想起中学时熟识的一个女同学——长得也壮实，性格和举止都极其男性化，还是田径队的铅球选手。那时我纯粹把人家当成了“哥们儿”，偷偷抽烟时还敬她一根。记得我们聊天，总是我说她听，内容无外乎青春的矫情，我喜欢的电影、音乐和某个女孩之类。“哥们儿”是个好听众，永远侧头看我，而我看着远方。过去觉得那一幕天经地义，直到毕业许久才奇怪：一个人对另一个人报以如此漫长的关注，难道不需要理由吗？

答案在一次同学聚会上揭开，当然也是个俗套的故事。前铅球运动员已经瘦身成功，只要抬起胳膊，一层皮就会垂下来，好像自带一件蝙蝠衫。她也不理我了，兀自与人碰杯，酒过三巡，才突然隔着长桌指我：

“当年还喜欢过他呢，你们说是不是瞎了狗眼？”

那一刻，我羞愧得无处遁形。倒不是说后悔没对她以身相许，而在于我陡然发现，自己忽略了一个隐忍的灵魂。这或许可以用“迟钝”来搪塞，但“哥们儿”在戳穿我的自恋之余，还迫使我想到了一个艺术伦理问题——难怪总有观众批评我的片子热衷于耍花枪，却缺乏对他人应有的“温情与敬意”。我何德何能，妄称导演。而在商场顶楼，我将那种自惭平移到了王大莲身上。我默默地、近距离地注视着她，怀着某种还债的心理。

当然，对于我们这个年纪的已婚男女，这种注视很不妥当。一个斯文败类死盯着憨厚的富婆，也容易让人联想到图财卖色。但是怪了，王大莲保持着与我相应的沉默，那沉默里似乎也有期待。再考虑到“他们”平日里待人接物的风格，这就更显得突兀了。我们对视半晌，叹息般地一笑，这才抢着开口。

王大莲说：“前阵子让您见笑了。”

我说："怪我嘴欠，给你们家添了麻烦。"

"不不，您那天是帮我说话呢，我哪儿能不识好歹。"王大莲顿了一顿，"不过今天……是我们家老爷子托您带话了吧？"

正如我看穿了"三儿"，我也在王大莲眼中一览无余。我被问得一惊，再现了"龟兔赛跑"里那只兔子的窘迫。但我随即检讨：在王大莲那食草动物般的木讷之下，深藏着一颗永不停转的大脑，人家凭什么就不能想到我前面去呢？还是那句话，谁比谁傻多少啊。嗯，王大莲教育了我。于是，我愈发对她报以诚恳的尊重与平视，又复述了和"三儿"的那番交谈。不知这算不算出卖了"三儿"，但王大莲应该不会怪罪于他。我又道：

"我知道，你受了不少冤枉气。可你也得体谅，老人有时候跟小孩儿似的，该哄着就得哄着。再换个角度想，你……哦不，咱们想要的是什么？不就是在家办班吗？既然如此，又何必把是非曲直掰扯得那么清楚呢？退一步海阔天空嘛。"

我说得苦口婆心，并且自以为站在了"他们"的立场上。那是一种实用主义原则：不要拘泥于理念之争，把事儿办成了才是重要的。当然，这也是生活对我的启发。但我正在说着，却发现王大莲那本来直瞪着我、亮晶晶的眼睛晦暗了下去；她的脸上仍旧没有表情，却好像听着听着就走神了。这也导致我底气不足，到后来，仿佛正在表演一场自作多情的独角戏。好不容易说完了，我茫然地看着她。

王大莲已经喝完一杯奶茶，把吸管拔出来，随即将注意力转向了卡在吸管里的一颗珍珠——她费力地嘬，嘬不出来，又对着吸管吹气，却意外获得了反向效果——那枚糯米弹丸破膛而出，飞行了足有数米，准确地击中了斜对面一个女人正在刷着的手机。艳丽的妈妈"嗷"了一声，我和王大莲却早将奶茶杯子藏到凳子底下去了。

当我又憋着穷极无聊的笑，却见王大莲重新瞪住了我。这时她才开口，又先叹气："庄导，我知道你是为了我们家好，我得谢谢你。"

但她又说："不过咱们想的不一样。"

我还没来得及做聆听状，她已经说了下去："你说的道理，其实是怎么达到目的，这我还不懂？以前我都是这么想事儿的。但是我发现眼前这事儿，我们家的事儿……似乎不能这么想了。为什么不能？我倒要问你一个问题——你说我爸爸拍吃播，那么热衷于在外人面前抛头露面，又是为了什么？”

我想说“老有所乐”，但立刻否决了这个答案。半晌我答：“恐怕还和尊重有关……涉及个人价值什么的吧。”

“对喽，还是你们会说话。按我们的说法，他一辈子就好个‘面儿’。若不是好‘面儿’，也不会当村长，也不会非要把菜种出个名堂来。”王大莲点头，目光却又变成探寻性的了，“其实何止他，我们全家都好‘面儿’。其实何止我们家，要是没皮没脸，所有人不都白活了吗？可我又得问你了，你觉得我爸爸这样，能获得……尊重吗？”

这又把我问住了。我抵挡一般说：“你可不要小看了网红，多少人迷他们呢。过不了多久，‘道爷’没准儿就成明星了……”

王大莲的提问接踵而至：“有人看，这没问题，但怎么看却是问题。咱们说的不是尊重吗？就凭在手机里耍宝，像填鸭一样塞食，那会有人尊重吗？鸭子就算把自己撑死，金字招牌不也是挂在全聚德的门脸上，而不是挂在鸭圈里呀——对不对？”

王大莲的话让我想到了一些电影的境遇：若干年前，张艺谋的《大红灯笼高高挂》与《菊豆》在国外获奖无数，国内却骂声一片，不少民族尊严的捍卫者认为他自揭疮疤，取悦于洋人。总而言之，家丑不可外扬。王大莲对“道爷”的“范儿”的不认同，大概也是基于这个逻辑吧。事实上，随着此前上线的吃播视频广为流传，我们的团队也发现，网友对于“道爷”的观感分为两类：一类固然是喜闻乐见，另一类就是明显的揶揄和调侃了。后者还给“道爷”起了个外号叫“道公公”，形容的正是他那黄马褂配绿扳指的独特造型；转发“道爷”作品的时候，他们也会冠以“阉党又出奇招”之类的标题。由于担心影响“道爷”的情绪，那些评论我们尽量屏蔽，不让老头儿看见。而此时，我一边惊异于王大莲那木讷之下的敏感，一边又企图和稀泥：“网上嘴杂，大可不必在意。”

“不，‘他们’就是针对‘我们’，看不起‘我们’。”王大莲执拗地反驳我，并引申到了自己身上，

“其实你也看到了吧，‘他们’是怎么对待我的。‘他们’有时虽不明说，可我都能感觉得到。在‘他们’眼里，我过去是个小偷，现在是个白痴——我承认我从游泳班拿过一只鸭子，但那不是情有可原嘛；我承认我懂得少，分不清管乐和弦乐，但我们家‘大’和‘二’就不配和‘他们’的孩子一起上学吗？最让我受不了的是，‘他们’有什么就冲我来好了，反正我习惯了，但凭什么欺负孩子？自从转学过来，我们家‘大’就没高兴过，要不是认识了你们家芽芽和苏雅纹他们家‘斯坦利’，‘二’也别想交到一个朋友。‘他们’成天把‘爱’呀‘同情’呀挂在嘴边，家里死条狗都像死了亲爹一样，恨不得老少三代披麻戴孝，怎么就学不会把‘我们’当人呀？”

说到后来，王大莲的语速前所未有地加快，噼啪爆裂。我猜这些话已经在她的头脑中酝酿多年，反复预演，现在终于找到了倾吐的对象。根据她的控诉，“他们”的罪恶罄竹难书。我听得胆战，不禁撇清：“不要一竿子打翻一船人……”

“当然啦，你和苏雅纹还是好的……你们帮过我嘛，你们跟‘他们’不一样。”王大莲再次宽恕了我，不过理由又是极其朴素的了。

我又道：“我想说的是……即便如此，也没什么大不了。人字的结构固然是互相支撑，但也总是一撇压着一捺。别说你了，我不也被人看不起嘛，人家的爸爸都在干大事儿，只有我成天闲得蛋疼……可哥们儿的态度是爱说说去，我自岿然不动。”

王大莲的思路仿佛和语言一起加速，果决地打断我：“你不在乎，是因为你有不在乎的资格。说到底，你也是‘他们’中的一个。”

一会儿跟“他们”不一样，一会儿又被划入“他们”的阵营，我也晕了。我试图去芜存菁，直指要害：“那么按照你的想法，你要怎么才能满意……才算获得了尊重呢？”

王大莲朗声道：“很简单——跟他们一样不就得了。”

我登时不晕了，但又没来由地一悚：“这可有点儿难度……”

话说一半，我就后悔了。我意识到，自己的态度可能又会让王大莲感到来自“他们”的歧视。我还意识到，从现在开始，与王大莲交谈要非常小心，我们之间存在的不只是一条界线，更有可能是一个雷区，随时都会隆隆炸响。

好在这次，王大莲不以为意——她反而浮现出了兴奋的、津津乐道的表情，她的话语也保持着高速巡航，正在飞向未可知的远方：

“我知道那不容易，但也不是做不到。过去咱们穷，不怕你笑话，我爸爸和‘三大爷’睡觉前都要把裤衩脱下来，怕磨破了还得买新的——可现在呢，‘他们’住哪儿咱们也住哪儿，‘他们’开什么车咱们也开什么车，而且咱们还比‘他们’的强。不就是报班嘛，我早就嫌跑出来上课麻烦了，让老师送货上门不省事儿吗；不就是乐器嘛，有眼儿的拉线儿的咱们置办全套，成不成调先听个响。即使我爸爸变不成‘他们’，我也变不成‘他们’，我就不信我们家‘大’和‘二’也变不成‘他们’。等到‘大’和‘二’变成了‘他们’，我们就是‘他们’的妈，‘他们’的姥爷，‘他们’还敢看不起我们吗？”

说时，她往教室里望了一眼。可惜俩肉丸子并未理解为娘的苦心，“大”正昏昏欲睡，哈喇子都快流下来了，“二”则在扭来扭去，欢乐不可名状。王大莲哼一声，又照门踹了一脚，霎时令她的儿子们笔直坐好。

接着她又回头说：“说到底，我也是为了孩子。”

她还说：“谁让我们住在这里呢，谁让‘他们’来到这里了呢？‘他们’一来，这里就跟以前不一样了。没办法，我们也只能和以前不一样。这个我爸爸不懂。别的我都能顺着他，唯有这事儿，涉及做人的根本，要想我服软儿——那不能够哇。”

她爸爸不懂，我却貌似懂了。这是因为她恰恰使用了“我们”的逻辑，在抽象层面上和我讲了理。但也正因此，我居然被王大莲封了口，辩无可辩。此时王大莲略抬起头，看向斜上方四十五度，目光悠远，而我侧头，看着近在咫尺的她。在意念中，仿佛我和那位练铅球的女同学打了个颠倒。而我嘴上无言，心里又分析着形势：看来我是没法说服王大莲了，我愧对我媳妇，也愧对“道爷”——要怎么才能让王大莲扬眉吐气，获得“尊重”呢？难道我还得考虑去给“大”和“二”搞两张毕业证书，一张写着北大，一张写着清华，此外再把学校里那些非同凡响的妈妈组织起来，对着王大莲夹道欢呼吗？王大莲的愿景是如此遥远，如此虚幻，那他妈的非人力所及呀。

上述想法令我绝望，也令我倦怠。当课程结束，王大莲提议，我们可以一起去她家里等苏雅纹——“我自己不爱在家待着，有你们在，我还舒坦点儿”——而我摇了摇头。一如既往，我还将拒绝王大莲的理由推卸到了“斯坦利”身上，问他想怎么安排剩下的时间。“斯坦利”心照不宣地回答，在咖啡馆待着就好了，而“大”和“二”困了的话，就先回家睡觉吧。如今这孩子越发深沉了，似乎跟大人都没话说，唯独和我在一起还自在点儿。客套一番，王大莲到底领着俩肉丸子走了。

出了商场大门，她扭头回望我一眼，眼里竟又有光在闪。

来到咖啡馆，我和孩子们暂时松快下来。芽芽缠着“斯坦利”，非让他陪自己画画，等画起来，却变成了“斯坦利”大显身手——早听说“斯坦利”在外面得过奖，他只用简单的线条就能勾勒事物，笔锋传神；而令芽芽一头雾水的是，“斯坦利”的画里总有一只造型可爱的鸭子，它可以出现在任何地方，在天空，在森林，在车水马龙的楼宇之间。它像一枚印章，又让人想起那只由欧洲艺术家创造的、停泊在世界各大港口的著名鸭子，它似乎将一切都变得不真实了，有如梦境。

芽芽也为鸭子出神：“它是什么颜色的呀？”

“斯坦利”说：“黄的。小时候去游泳，我最喜欢它。那时我爸爸还没去外地，他会把我抱到鸭子背上，我们一起漂在水里……”

我想起来，芽芽在游泳班里就是“斯坦利”的同学，但她对此毫无印象，更别提一只鸭子了。本来也是，两岁的事儿，谁又记得清？相形之下，倒是“斯坦利”那出奇的记忆力令人咂舌。此时在我眼中，这男孩儿几乎洋溢着妖异的色彩了。而今天总算有一件顺利的事，苏雅纹很早就结束了加班，好整以暇地赶回来了。为了对我们表示感谢，她还给芽芽带来了出版社新上市的宫西达也绘本：

“只给你，‘斯坦利’就算了……他正在培养双语阅读习惯，早就不看图画了。”

语调还是悠悠的，听不出是善意还是揶揄。我已经懒得揣测那些弦外之音了，和她各自出门，带着孩子上车。但和上次告别不同，这次我没先走，而是将车子开到和苏雅纹并排的位置停下，摇下车窗。春风兜头盖脸，令我的智齿更加肿胀了。我提纲挈领地说了我的难处，或云我们的难处——办不成班，非战之罪也。

苏雅纹全不在意我的口齿不清和脸部不对称，对她来说，别人的苦痛都像是事不关己的难言之隐。她只是微微侧着脑袋，拧着眉，思虑片刻，而后对我说：“听你的意思，事情的关键还在王大莲喽？”

我附和：“是呀，解铃还须系铃人。”

“那就不难解决，”苏雅纹轻松地笑了，面容愈发显得精致，“你尽了力，但实话实说，男人和女人之间……还是不大好沟通的。一个来自金星，一个来自火星，有时候就像两个物种一样。而我可以站在同为母亲的立场上，再去找她谈一谈。”

听她这样说，我暗自嘘了口气。我忽然发现，原来自己等的就是这句话——通过自认无能，我将包袱甩给了苏雅纹，从而结束了自己多方传话、首鼠两端的尴尬局面。这说来也算公道，事情的始作俑者，不正是苏雅纹吗？要不是她执意办班，又哪有这番波折。而苏雅纹没有推卸责任，这令我欣慰，但我又好奇，她将会如何劝说王大莲呢？

苏雅纹却不再给我进一步讨论策略的机会，她踩了脚油门，“沃尔沃”从我侧面蹿了出去。面对败军之将，她用这种方式展示了自信。与此同时，我留意到一个小小的异样：她身后的“斯坦利”正扒在车窗上，用脑门撞击着玻璃。那撞击轻微而持续，好像某种机械部件正在周而复始地扣动。车窗贴了膜，男孩儿的面目模糊不清，表情更是一团暗影，而我从没见他做出过如此烦躁、无意义的举动。我又惶惑地向后看了一眼，芽芽正在“奥迪”旅行车里无聊地掰着手指，并没有隔窗和她的朋友逗着玩儿。

苏雅纹的车子轻巧地加速，掠过停车场旁的一棵桃树，气流搅动着花瓣旋转飘落，在灯光中璀璨缤纷。回家以后，我还得赶紧把今天的事儿告诉我媳妇。既然有了苏雅纹出马，小张也会放过我，给我几天清净吧。

12

我终于得以腾出手来，去对付那颗恼人的智齿了。

小小一颗坏牙，仿佛也囊括了烦恼人生的一波三折——你从一个波浪中抽身，却被另一个波浪越冲越远。靠止疼药挨过几天，总算挂上了号，我继而被真正的“口腔工作者”告知，智齿的生长角度颇为少见，治疗时稍有不慎，就会殃及旁边的牙齿。他建议我前往专科医院，找一位著名的专家试试看。而那家医院又是出了名的人满为患，情急之下，我只好去给号贩子上贡。见到专家后，对方倒是体谅地替我问诊，但又表示公立医院根本排不上手术，因此他只能借巡回出诊的机会，在附近的私营诊所解决问题。

那家诊所正是王大莲向我推荐过的，她还有贵宾卡呢。终于拔了牙，我“血口喷人”地对专家感慨：“咱们真是相见恨晚。”

此后还有漫长的复诊，类似于口腔里隔三岔五地进驻一支装修队。偏这时，小张介绍的经纪人也发来了通牒：鉴于“道爷”的项目止步不前，我必须接拍公司旗下一批模特的宣传片，以此来替他们止损。平心而论，这样的要求不算过分，再说好不容易拉起来的剧组也不能闲着，但却把我逼回了苟且的老路。我被迫又和小张换班，让她照料芽芽，自己则每日穿梭于各大秀场，勤勉地追踪那些厌食症患者的平胸、细腰和大长腿。

如果非要扯闲篇儿，在此期间，倒有个小插曲值得一讲——

一天经纪人通知我，他们有位模特刚割了双眼皮，因此片子里也得同步微修，给她换上一双怒目圆睁的环眼。依照目前的影像技术，事后找补也非难事，只不过换上去的眼睛不太真实，会让人以为她在踩着猫步炸碉堡。而凭借原来那双又细又长的眯缝眼，该模特还曾迅速爆红，登上过好几个时尚杂志呢。

至于换眼的原因，则和一起网络事件有关：有人声称单眼皮模特涉嫌“辱华”，迎合了西方对中国人的扭曲想象。一时波澜四起，恨不得单眼皮都成汉奸了，用这种模特做过广告的商家也担心遭受抵制。对于此类“键盘侠”，经纪人的抱怨不绝于耳，而我碍于嘴疼，不便发表意见，脑袋里却在绕圈儿——按说中国人本来就以单眼皮居多，我自己也是单眼皮，但这长相顶多对不起媳妇，从没觉得对不起祖国呀；天下皆知美之为美，斯恶矣，把大眼睛双眼皮看作漂亮，这不反而是受了西方审美标准的影响吗？但话说回来，既然今日之中国已非昨日之中国，所谓“时尚界”为什么偏又一度流行起了那种夸张的眯缝眼和塌鼻梁？这是不是仍然可以视为对西方式的“异域风情”的迎合呢……

自己跟自己抬杠，仿佛在做思想体操。我对王大莲那口不能言、脑不停转的矛盾状态也有了切身感受。最后，我恢复了中年男人的油腻，瞄向那位“眼皮风波”的直接当事人，眼睛肿得像我的嘴一样的国产大模：

“妹子，你这两刀挨得很哲学，但也很虚妄。”

此前那姑娘一直面无表情地僵坐，有如一尊白金女体塑像。这时她突然比画起来，操着淳朴的大碴子味儿口音说：“哥，讨口饭吃不容易呀。最好能给我眼睛装个拉锁，傻×们想看单的往这边一拉，想看双的往那边一拉。”

很遗憾，对于她的诉求，当下技术就无能为力了。就像在那些科技传销犯嘴里，这业态那业态都在天翻地覆地创新，但却始终无法解决一些困扰人类的原始问题——再试举一例，怎么才能让孩子服服帖帖地听话？

说到这儿，便要把话题转回我家里了。不过也和大形势有关。

苏雅纹诚不欺我，当春天过去，盛夏来临，教育主管部门宣布了“双减”政策，也即“减轻学生作业负担，减轻学生校外培训负担”。文件白纸黑字，学校立刻执行，商场顶楼的培训班也应声关了大半，只剩下唱歌跳舞还在勉力维持。一夜之间，教培行业哀鸿遍野，相关从业者常年都在贩卖焦虑，现在却成了最焦虑的一群人。而对我们来说，除了学费能不能退还之外，还有一重困境：也许新政策给大多数父母解了套，只有我们这片的居民恰恰相反。这是特殊的地理位置和历史原因决定的——如前所述，为了让孩子上个“牛小”，我们都付出了怎样艰苦的努力、卓绝的牺牲啊。像我们这种早落户的还算幸运，还有很多家庭是倾尽积蓄、穿城跨省，进行着一场有关未来的豪赌。假如按照教改方针，以后学校一律拉平，“牛小”不“牛”，那么我们的“鸡娃”是否应该“鸡”下去？

答案是肯定的，甚而是悲壮的。赌局已经开始，掀了桌子也得记账。倘不如此，我们的房子就白买了，我们报班的钱也白花了。而在这一方针的指引之下，此番我媳妇小张接管芽芽，就不像此前那么轻松了。

那天我在秀场拍完素材，回家已经很晚了，却看到芽芽四仰八叉地瘫坐在地板上，“嘎”一下，又“嘎”一下地猛烈抽泣。再看沙发上，小张毫不逊色，也正抱着靠枕抹眼泪。此情此景，仿佛发生了什么人间惨剧，而又一问，才知道她们正在合力计算一道应用题。小明走路，每小时五公里，小红骑自行车，每小时十五公里，小明与小红之间相隔十公里，问：小红什么时候才能追上小明？芽芽不会，小张就教她，教了三遍还不会，小张说芽芽走神，芽芽反说小张讲得不清楚。俩人互相指责、斗嘴，乃至于像空袭警报一样鸣叫，小张就急了，拧了芽芽一把，芽芽愈战愈勇，索性满地打起滚来。芽芽还说，我不要你这个妈妈啦，小张也说，我不要你这个闺女啦。都说女儿到了青春期，与母亲必有一战，因为数学题，我们家的战争提前了。而小红追了一晚上，最后还是在我的介入下，总算追上了小明。

小张的悲苦却不限于一时，她又控诉，女儿这阵子越发没样儿了。诚然，学校不留作业，外面的课都停了，不把心玩儿野了才怪呢。可还是那个道理，快乐一时，将来上中学、上大学不还是要看成绩吗？紧扣关键问题，我媳妇难得地没把矛头转向我，而是恨恨地道：“我管不了她，不信别人也管不了她。”

她还说：“孩子都怕老师，所以班还是得上。”

但对我们而言，此时班能不能上，除了取决于“道爷”，也取决于王大莲，此外还取决于苏雅纹。这条逻辑线，同样不需要我来为她梳理——小张抄起手机进了屋，我猜是和苏雅纹共商大计去了。我呢，一边拿毛巾给女儿抹脸，一边又想起那个茬儿来：已经过了许久，苏雅纹怎么没动静了？她不是手拿把掐地说过“不难解决”吗？

再一想，我也有很久没见过王大莲，没见过“道爷”了。他们还在冷战吗？王大莲还在拧巴吗？“道爷”的“地道”又能与谁道来？还有滴溜乱转的俩肉丸子，还有“三儿”的烟屁和“六子”的文身……也是怪了，此时想起“他们”，竟有一种既陌生又熟悉的感伤。“他们”如同与我分道扬镳的旧友，或者不期而遇的新知，令我生出莫名的怀念。不仅如此，因为想到“他们”，我还对“自己是谁”这个问题也惶惑了起来——既然在终极的哲学意义上，大家都不知道自己从何方来、向何方去，那么非要把“他们”和“我们”划分清楚，是否也像一定要分清单眼皮和双眼皮一样虚妄呢？当女儿抽抽搭搭地睡着了，我在小餐台前捧着一杯红酒，像个慎思明辨的白痴，意念又飘荡了起来。人的思绪总令自己措手不及，就像此前想起练铅球的女同学，这次，又有一张早已淡忘的面孔浮现了出来。

那是我媳妇的一个远房姑妈，小张沿用《围城》里孙柔嘉的叫法，称其为auntie。auntie早年去了美国，一副旧派华侨模样，满身花团锦簇，戴副链子乱晃的金边眼镜。auntie也无子女，仅有一狗为伴，因此对小张很亲，每次回国总给她带些国外的衣裳配饰。出于对这些玩意儿的敬畏，当年我刚跟小张套近乎时，还以为自己在追一个国际名媛呢。而等若干年过去，我们结了婚，安了家，当auntie再度载誉归国，小张便让我挑了家像样的馆子请auntie吃饭。为了报答auntie，小张精心安排过菜谱，还开了瓶年份与纬度都挺讲究的红酒。然而那顿饭吃得很不愉快，auntie一直都在挑刺儿，说国内食品不安全，说北京的空气让她呼吸困难——顺便还踩了我几脚，用的也是《围城》里那位auntie的口吻：

“看见他，我的狗都要叫。Bobby专咬坏人。”

弄得小张很没面儿。要不是我插科打诨，照小张那个脆脾气，没准儿当场就怼起来了。后来把auntie送到机场，我在回来的路上吟了句“纸船明烛照天烧”，小张便附和，说auntie的做派把家里亲戚都快得罪光了。小张还说：“以前回来也没这些毛病呀。哼，还说我们住得憋屈，她的房子倒是大，但在美国乡下，才值几个钱？”

对于auntie循旧例带给小张的衣服和化妆品，小张也看不上了：“又拿‘梅西’的打折货来糊弄我，当我还是孩子呀？”

进一步诛心而论：“我看她回国不是为了探亲，而是来找自我感觉的。现在我们也没那么穷了，不需要她的施舍了，她倒不高兴了。”

也就是说，自我感觉的价码水涨船高，而auntie刻舟求了剑。于是自己个儿没找着感觉，反被侄女找着了感觉。通过此事，我们由衷地感到中国人民不仅站起来了，而且蹦起来了。但又通过此事，我们同样认识到了自己骨子里的世故乃至势利。过了些日子，小张虽然嘴上不说，到底为自己的刻薄后悔了。她念起auntie的好，说auntie在“梅西百货”当售货员，生活本不宽裕，还总要攒下内部打折券来给她买礼物。可惜auntie那次回美国去，就退休住进了养老院，也许她再也没机会和大洋彼岸的亲人团聚了。

我也很想对auntie说：您带回来的头花、丝巾和人造水晶项链，即使小张没法再戴，我们将来也可以让女儿戴。即使芽芽也不戴，我们也要借由这些东西告诉她，她在地球上还有一位grandaunt。人间自有亲情在，我们虽然生如原子，但又注定要与其他一些特定的原子缠绕、纠葛，遥相呼应。

而又巧了，如同原子间隐秘的同频共振，那夜我刚想到王大莲一家，次日一早，“道爷”就找到了我。他找我，仍不是直接找，但这次不是让“三儿”传话，而是委派了“六子”前来。“六子”执行任务的风格也照例是那么隆重而粗暴，他给我发了条语音，声线低沉，就四个字儿，“车在楼下”。

我扒着窗户一看，“奔驰”干脆杵到单元门口的草坪上了。

下楼上车，一路无话。我本想问“六子”，之所以重新召我上门，是“道爷”想通了吗？假如“道爷”想通了的话，是因为王大莲想通了吗？但我又生生把话咽了回去——这时我发现，“六子”的神色与以前不同。过去他总透出一股豪横的狠劲儿，现在却呆滞而茫然，仿佛很想把精力放在开车上却又做不到，因此变成了个忙乱不堪的蹩脚司机。开进小区门口时，“奔驰”还蹭到了路边的石礅子，车身一晃，一只轮毂轱辘着滚远。保安在身后追逐喊叫，好像民国大元帅在玩儿滚铁环，“六子”却压根儿没听见。

穿林打叶，湖水波光乍现。还是来到小院儿门前，却见小院儿变了模样——雕栏玉砌犹在，只是多了一堵墙。在叠床架屋的花棚与雕龙画凤的八仙桌一侧，那堵墙显得极其粗陋，也就是红砖垒成一排，一人多高，连墙缝里的水泥都没刮干净。此时还要再介绍一下王大莲家的格局：“半扇楼”分为两个单元，一楼都带院儿，但因为他们家人只住把边靠东的那个单元，所以里面靠西的单元全空着——按照过去的设想，西边的房子要等“大”和“二”长大成人才能派上用场。而现在，那堵墙赫然横亘于两个单元的分界线上，仿佛一把钝刀，甚至要将“半扇楼”从中切开似的。

墙的两侧也呈现出了截然不同的景观：东边郁郁葱葱，西边空空荡荡。不过恰恰从荒凉的西边传出了动静——玻璃窗里叮叮当当地敲打着什么，观景电梯上下穿梭，身穿工装的人影出来进去。同样突兀的还有一样东西，就是原先放在东边院儿里花棚上的那只塑料鸭子，这时被扔到了墙的另一端。鸭子孤零零地斜靠墙角，看起来像遭到了驱逐。

这一景令我恍惚，而“六子”已经下车替我开了门。他的态度却一转而硬，恢复了威胁口吻：“管着你的嘴，不该说的别瞎咧咧。”

说时还在嘴上比画了个拉拉锁的姿势。和那位东北大模一样，他们怎么都对人体端口抱有如此轻率的、不切实际的想法。我不禁请教：“什么该说，什么不该说呀？”

“六子”歪头，半晌才答：“反正不能挑唆大莲子和她爸的关系。”

我更叫屈：“我哪儿有呀，从来就没……”

“这我知道。”“六子”又烦躁地甩头，“要不早废了你了。”

他面露狠色，令我肝儿颤。原来是在给我打预防针，只不过一针下去，我更困惑于他们家人的“病”在哪儿了。而三言两语间，“六子”已经将我领进了东边“道爷”的那个小院儿之内，自己却恢复了恭谨的模样，双手捂裆站在门口。我进门，就见贵妃榻上仍是一尊卧佛，“道爷”朝墙躺着，没有了屁声，连呼吸都若有若无。四下肃静，暗红的家具和阴影混同一色，倒像猪血被凝固成了血豆腐。

我往前探了两步，边走边斟酌：“‘道爷’，一向可好？”

“道爷”骨碌一下滚起来：“庄导，别来无恙？”

我们四目相望。我的脸还肿着，“道爷”却明显瘦了，两腮都凹了进去。他的两眼还像熊猫一样，一边一团黑，让人怀疑这阵子除了吃不香，睡得也不好。这就让我真挚地心疼起来——原来多魁伟一老头儿啊。偏这时，从隔壁也就是西边那个单元里，又传来了隆隆之声。不仅敲打，都凿上墙了，震得满屋的血豆腐簌簌直晃。

我也顾不得该说不该说了，指着院儿里的那堵墙：“您家这是干吗呢？”

“不提，不提。”“道爷”微微挥了挥巴掌，反而对我道，“我今儿请您来，是想跟您道个歉，前些日子怠慢了您，您别跟我计较。按说本该我上门去找您的，可我又想，您家里还有小闺女呢，我是糙人，别吓着孩子。”

我赶紧说：“您这说的哪里话。我闺女也是您的‘粉儿’。”

“道爷”眼里就一闪：“那我再问个事儿……咱们的队伍还在吧？”

他问的是剧组。我意识到了什么："十几个人，七八条枪，全都待命等着您呢——不过艺精于勤，我让他们到别地儿操练去了。"

"还能回来？"

"随时的，您一句话。"

"道爷"就一拍大腿，那一瞬间重现了豪迈之色，"还是自己人靠得住。"我又不禁讶异，我怎么倒成了"自己人"了。接下来，"道爷"便和我商量起了重启吃播的事宜。他表示，经过这一阵子的闭关，他已经调整好了状态，只等着闪亮复出呢。"梅兰芳唱戏为了什么？为了'座儿'。那么我吃饭为了什么？为了'粉儿'。"因此他又表示，要把有限的饭量投入到无限的为"粉儿"服务中去。"粉儿"就是生活，生活就是"粉儿"。金杯银杯，不如"粉儿"的口碑。但突然又叹一口气，灯泡脑袋垂了下来，连亮度都暗了几分，"不怕您笑话，我心里冤得慌啊。为村里人忙活一辈子，村子没了，为家里人操心一辈子，家也快没了。幸亏还剩下这么一乐儿，要不然还真不知该怎么活了。"

但又从抑到扬："好活歹活，得活出个气魄。想看我的笑话？门儿也没有哇。”

“道爷”的话一波三折，高屋建瓴，语无伦次，然而余韵悲凉。嗯，人生的底色是悲凉。而我一边听着，揣测着，一边又想起了那句警告，“不该说的别瞎咧咧”。“六子”就在门口守着呢，狠巴巴的眼神儿死盯住我，似乎只要听到话不对路，立刻就会冲进来清了君侧。在这种威慑下，我也只能打岔：

“既然还要吃播，那咱们先试试镜，定个型……您的黄马褂和绿扳指呢？”

“道爷”却歪头沉思，如老僧入定。灯泡一瞬熄灭，又乍然亮起。他竖起一根胡萝卜般的手指，指向院儿外那堵墙：“知道这是怎么回事儿吗？”

那一刻，我分明感到后脖颈子一扎，是“六子”的目光锋利地攮了上来。然而“道爷”虽然颓唐，余威尚在，只一瞪，就将“六子”瞪了回去。这时我还想到，看来“道爷”把我叫来，可不只是为的说说吃播的事儿。我也愈发感到荒诞：怎么自己除了要在王大莲和“道爷”之间传话，还充当了这对父女的义务听众？难道他们都有一肚子话需要倾吐，难道他们都把我当成了海纳百川的情感垃圾桶？

又难道，他们已经找不到别的可以说话的人了？

于是“不提不提”，还是得提。随着“啪”一声，“道爷”给了自个儿一嘴巴，“我也不在乎这张老脸了”，兀自说了下去。说时还是大嗓门，摇头晃脑、絮絮叨叨，同时伴随着挠痒痒和擤鼻涕——这导致他身上沾了一些黏稠的液体，被风一吹直拉丝儿。

说到那堵墙的由来，就要说到他和王大莲不久前的一次摊牌。

而说到那次摊牌，还要再对局势进行一下评估：双方僵持不下，看似势均力敌，实际上却是“道爷”占优——只要他不点头，家里就不能办班，但时不我待，“双减”的形势可不等人，这个他听邻居议论过。因此他动气归动气，心理上却稳坐高台，只等着王大莲来服软呢。再不服，耗死你，“道爷”这样想。于是一天，当王大莲又沏了一壶茉莉花，将半锅褡裢火烧端到贵妃榻前，“道爷”还拿着“范儿”呢。也正如他所期待的，王大莲再现了面对爸爸应有的神态，尊敬、平和、低眉顺眼。

只不过，那尊敬之下怎么少了点儿体贴？平和之下怎么多了些冷淡？低眉顺眼地劝他“别饿着自个儿”的时候，怎么语调却又是悠悠的，倒流露出了一丝不易察觉的嘲讽？然而“道爷”却顾不得深究了，他正等着享受战果呢。再说他也真饿了。但他享受战果的方式却是更进一步地拿“范儿”——捏起一只肥墩墩的火烧，晃了一晃，又扔回了盘子里。接着他哼了一声：

“不用你来心疼我。”

嗟来之食，爹也不食。同时他斜眼看着王大莲。王大莲就浅浅一笑，又道：“那天您拍吃播，我也看见了，知道您惦记着这一口儿，所以专门到食堂老师傅开的店里，又给您买了来。我还替您带好儿了呢，您的朋友也问您好。”

“道爷”的斜眼就正了，拧起的眉毛也舒展开来，仿佛灯泡上的两只蛾子各行其道。他又哼一声：“你倒是有心。可前阵子，你怎么就那么不懂事儿呢？”

王大莲道：“我错了，我惹您生气了。”

认错也接得挺紧，全不复往日的木讷。那一刻，“道爷”甚至觉得女儿变聪明了，但再一想，王大莲又何尝笨过呢：操持家务和带孩子这些事儿就不提了，仅以对待“三儿”和“六子”为例，别人都说他俩一个赌鬼，一个青皮，留在家里是祸害，可王大莲却看出他俩虽然有毛病，可也有一点好，那就是“仁义”。正是因为王大莲的眼光，如今“道爷”身边才有了这一个兄弟半个儿。识人善用，何止是小聪明啊，简直是大智慧。王大莲也就是个女的，也就是没念过几天书，否则放哪儿都是人物头。

而王大莲绞尽脑汁，还不都是为了这个家里好？

想到这里，“道爷”又有一丝感动，郁积多日的恨意竟也消散了。但他还在拿腔拿调，这就是惯性了：“甭来虚的，说说你以后怎么做？”

“以后不惹您了。”王大莲停了停，平缓地迸出俩字儿，“我走。”

噼啪一声，如同电门进水，迸出了火花。那一刻，“道爷”也飞快地哆嗦了一下，刚拿起的一只火烧又掉了下去。他几乎认为自己听错了：“走？”

王大莲不紧不慢地重复，就剩一个字儿了：“走。”

“道爷”倒吸口气，总算把话问完整了：“你走哪儿去呀？”

王大莲抬手，一指隔壁：“就那儿，不远。”

哦，原来并不是远走高飞。然而无论是当时面对女儿，还是事后向我转述，“道爷”的神情都没有变得轻松。相反，灯泡上的两只蛾子重又聚集，扭打在了一处。于是不光是他，连我都意识到了问题的严重性——明明是在一个家里，横竖出不了“半扇楼”，王大莲又谈何“走”呢？而接下来，不等“道爷”再问，王大莲便解释了她的构想：很简单，她要带着孩子搬到西边那个空着的单元里去。从此各过各的，谁也不要干涉谁。既然互不干涉，也就不会惹“道爷”生气了，这就叫眼不见心不烦。至于“三儿”和“六子”，他俩留在东边也行，搬到西边也行，守着“道爷”也行，跟着她走也行，全看各人意愿。就连后续事宜都安排好了，可见王大莲思虑周全，绝非一时冲动。

如果这是一场牌局，甭管是“二十一点”还是“得州扑克”，就相当于王大莲先叫牌了。震惊之余，“道爷”也不得不稳住阵脚，跟了一手：“说走就走？你就算想搬到西边去，也得看我答应不答应啊——”

王大莲说："我这么大个人，还不能决定自己住哪儿？"

"道爷"说："脚是你自个儿的，可西边的房子让不让你住，得我说了算。"

没想到，王大莲紧跟着又说出了一番道理，这就不仅堵住了"道爷"的嘴，进而戳了"道爷"的心："您这么说话没根据。您忘了吗？当初拆迁的时候，咱们家算一户人，可把地折合成房子的时候，又是俩人分着算的。东边这个单元写的是您的名，西边那个单元写的是我的名。从法律上来说，我能对我的房子行使所有权、居住权、改造权。"

这时我才知道，王大莲家的房产证——想必有厚厚一摞——原来是这样划分的。因此王大莲的逻辑的确有理有据。但"道爷"可不这么想，他一口浓痰堵了嗓子，呼哧带喘好久，才"呸"了一声，继续抢白："你的名？房子写你的名，还不是因为有我的地？当年谁在地上种的西葫芦，是他妈我，要不是我——"

"既然这么说，那咱们就再掰扯掰扯。要不是您当初把一部分地归在了我名下，我只靠户口，也分不到这么些房子——您想说的是这个，对不对？但您为什么这样做呢？还不是因为迁走的人家不要那些地了，您想种，可又怕被人说成多吃多占，所以才用我的名义顶了下来。总而言之，我也有我的用处，没有我，您占不了那么多地。”王大莲抬头直视“道爷”，嗓门却并未提高；虽然嗓门不大，但她的话语又是那么坚硬、牢固、严丝合缝，“再说了，地虽然是您种，可我那么多年也没闲着吧？谁给您做的饭？谁给您掏的炕？没有我做饭和掏炕，您能一身轻松地去当村长？新闻里还说了呢，家务劳动也是劳动，折合成对家庭的贡献，比在外面干活儿一样不少。对原来那个家，我没有功劳也有苦劳吧？所以地换成了房子又写了我的名，这不能算是您对我的施舍。我用我应得的东西过我想过的日子，又有什么不对呢？”

不仅普了法，而且算了账。想必王大莲还有一个字眼儿更深地刺痛了“道爷”，那就是“原来那个家”。在她口中，一家人已成过往，现在成了两家人。“道爷”说到这里，嗓子眼儿忽然一颤，嘴角也咧了下去：

“你听明白了没有，她这是要跟我分家呀。”

“道爷”又说：“她要分？好，那咱们就分，称了她的意。光搬家多不过瘾啊，我索性让人再砌上墙——从今以后别来往，低头不见，抬头也不见。”

这就是摊牌的结果了。多少年来，王大莲第一次对阵她爸爸，但在牌桌上她可比身经百战的“三儿”都要高明得多。她适时地亮出了自己的底牌，并且不会把红桃看成方片。而“道爷”虽然像鸭子一样嘴还硬着，但我看出来，他已经对王大莲无能为力，也对眼下的败局心知肚明了。恰因为此，他的狠话才放得这么虚弱，就像受了委屈的孩子声称“不跟你玩儿”了；他执意砌起的那堵墙也摇摇欲倒，连一点儿貌似的威严也撑不起来。到现在，他只能眼巴巴地看着我，而我忽然觉得屋里空了，全无人气儿，森森发凉。王大莲走得渺无声息，这里再也不会有人端出鲜切羊肉来了。与此同时，我也很想“啪”地抽自己一个嘴巴。看着“道爷”那张黏糊拉丝儿的脸，我史无前例地感到了后悔。

我后悔是因为想到了苏雅纹。对，苏雅纹。

13

后来从苏雅纹那儿，我证实了自己的猜测。王大莲如此决绝地与“道爷”分家，背后必然有其精神支持；王大莲还能将分家的依据论述得有条不紊，娓娓道来，背后也必然有人充当智囊。而王大莲背后的人，只能是苏雅纹。

苏雅纹正是应我之邀去说服王大莲的。这我就与此脱不开干系了。

所以我必须见见苏雅纹，哪怕只是为了尽到心理上的义务。和她见面，还是在商场一楼的那个咖啡馆里；约她出来，则是通过我媳妇。我对小张说，你不是非要让孩子“上班”吗？那么关于这事儿，得请苏雅纹拨冗面谈。寡妇门前是非多，苏雅纹虽然不是寡妇，可目前也相当于一个单亲妈妈，还是个漂亮的单亲妈妈，这点儿分寸我明白。我的刻意敞亮让小张满意，但她还是翻了个小白眼儿：

“想约自己约去呀，你们又不是没加过微信。”

弦外之音：特高兴有了个借口吧。我想要是再年轻一些，她和苏雅纹肯定属于那种既引以为荣又相互忌惮的闺密关系。不过小张的调笑更加令我疲倦。再岔开一句，我们的婚姻之所以还算稳固，恰恰是因为大家都进入了贼心贼胆姑且不论，只是嫌贼麻烦的阶段。一言以蔽之，青春不再。青春不再的男人还有一个共同的特点，就是浑身充斥着坦荡的粗鄙——那个周末的下午，秋老虎正凶，我走进咖啡馆时，被太阳烤得满头是汗，于是撩起T恤衫的下摆奋力擦脸，好像在跳蒙面肚皮舞。

空调吹得我打了个寒战，这时才看见苏雅纹早就到了，侧影清冷地端坐窗边。

她的眼睛受惊一般，从我躯干中段那个白嫩的轮胎上闪开。也许在她的观念里，此类举止只该出现在“他们”身上吧。而她的淡妆当然还是一丝不乱，皱巴巴的“三宅一生”连衣裙也搭配得恰到好处……只不过以我最近在“时尚界”的工作经验来看，那套衣裳的款式就有些旧了，是几年前的了。我忽然促狭地想，这个“女子”不会在看木心的文论吧，要不就是村上春树的小说？

好在都不是，桌面上除了一杯咖啡，就是几张打印纸。

我坐下，叫了杯苏打水，毫无过渡地问：“你跟王大莲都说什么了？”

听出我口气不对，苏雅纹一怔，反问：“你说哪次？我们最近常见面的。”

我说：“就是关于她和她爸爸，‘道爷’……”

苏雅纹就悠悠地“哦”了一声，然后耐心地陈述了起来。她首先更正，和王大莲“谈了谈”这不假，但却不是她主动找到王大莲，而是王大莲先找了她。王大莲向苏雅纹重申了想在家里办班的强烈愿望，但又向苏雅纹道歉，她实在跟她爸爸“说不通”。不仅说不通，她也想不通：归根结底，不就是想要得到一点儿“尊重”吗，这何罪之有？怎么就连“庄导”都说得好像错儿在她身上似的？

“他的屁股坐到哪头儿去了？”王大莲又问苏雅

纹。唉，连我也吃了挂落儿。不过我倒顾不得叫屈了，只是好奇在这种情况下，苏雅纹又是怎么避免了我的前车之鉴。我问苏雅纹：“那你呢，你怎么说？”

苏雅纹耸了耸肩，好像在回答一个白痴的问题：“还能怎么说，我当然要先向王大莲表示，我是站在她的立场上考虑问题的。”

苏雅纹正是这么做的。她以笃定的口吻告诉王大莲：你无罪之有。对呀，获得尊重，这是现代意义上“人”的组成要素，是马斯洛需求理论的基本内涵。任何对他人人格的践踏都是不可容忍的，也是其自身缺乏文明教养的表现。苏雅纹的表述曲折而拗口，仿佛正在宣读一份什么宪章，然而这种语式令王大莲振奋，她的脸又变得红扑扑的了。她竭力捕捉着苏雅纹说出的每一个字，仿佛淘金者生怕漏掉河水里载沉载浮的珍宝。

然而苏雅纹话锋一转：“可我还有句话，不知当讲不当讲。”

王大莲道：“讲，讲，我愿意听你讲。”

苏雅纹说：“从我的角度看，最不尊重你的，其实是你的父亲。”

王大莲就愣了："我爸爸？"

苏雅纹反问王大莲："你想呀，你的孩子，你的家，为什么他总要横加干涉呢？"

王大莲被问住了，半晌嗫嚅着说："可他是我爸爸……不是别人呀。"

苏雅纹便一笑，就着"是不是别人"这个话题，又探讨起了"家"的定义。她告诉王大莲，所谓"家"，其实有着两重含义，一个是狭义的核心家庭，由夫妻和未成年子女组成，另一个则是相对广义的家族，这才包括其他血缘关系。两个概念，一个现代，一个古典，一个是工业文明的产物，一个立足于农耕社会。她这么说，王大莲就犯晕了，又像食草动物一样两眼发直。这时苏雅纹仿佛才想起来，她所面对的是一个菜农的后代、前商场保洁员，所以苏雅纹又深入浅出地解释：仅就与孩子相关的事情而言，父母，也只有父母才拥有决定权，再上一辈人只有建议权。打个比方，就像一家公司，父母是股东，父母的父母则是顾问，股东可以咨询顾问的意见，但顾问不能越俎代庖地指挥股东。

估摸着股东和顾问之区别，王大莲仍是迷糊的，但令苏雅纹意外的是，王大莲的眼睛又一亮，接着就问：“那你们家的顾问都听股东的？他们不会越……什么庖？”

苏雅纹笑：“我们家的顾问离得远，在江苏呢，想越也越不过来呀。再说他们自己也忙，退了休还兼着客座教授，没有时间干涉别人家。”她着重强调了“教授”，重又把话头转回来，说：“再说现在讨论的不是你家的那位顾问吗？”此刻，她便看见王大莲陷入了更加深邃的木讷，时间在王大莲的红脸蛋上近乎凝滞。而苏雅纹也发现了王大莲口虽不言、脑不停转的特点，当她正想轻咳一声提醒王大莲，王大莲就自己回来了，然后开始了滔滔不绝的诉说——甚而可算是控诉也不为过。王大莲历数了多年以来和“道爷”的关系。大事小情都是爸爸做主，别人只有执行的份儿。爸爸说一就不能是二，指东就不能向西，偌大的村子都管辖得住，何况一个闺女。若让爸爸不高兴，那就谁也别想高兴。具体举例，多是鸡毛蒜皮，重要的大约只有王大莲放弃到城里上学和出面顶下无主之地这两件事。这两件事虽说都是王大莲自愿，但究其根源，还不是慑于爸爸的淫威？而也正因为此，才造就了今日之王大莲：没上学，所以分不清弦乐和管乐；顶了地，所以才有了“半扇楼”。

苏雅纹听得一时震惊，一时同情，一时悲悯。她间或点评：“这不就是PUA嘛。”

而王大莲接口道：“PVC我知道，一种塑料，搭建蔬菜大棚时用得上。”

苏雅纹又问：“听你的意思，你家的房子……不都是你爸爸的？”

王大莲说：“这么说也可以；不过原先谁也没计较，总觉得是一家人。”

又接着，她们的对话便转入了某种经典模式。作为事后听众，我可以联想到很多女性主义电影，《末路狂花》和《永不妥协》什么的，还包括文学作品里的名人名言。对于那些句子，苏雅纹更是张嘴就来。她是编辑部副主任嘛。

她对王大莲说：“你是你自己的。”

她又对王大莲说：“首先你是一个人，至少你要学做一个人。”

就这样，俩女的一个启蒙了另一个。启蒙如光，贯穿万古长如夜。不仅被照亮的人熠熠生辉地觉醒，就连照亮别人的人，都为自己焕发出的能量而兴奋不已。我又想起孩子们刚上学时，由苏雅纹发起的那个名为“我不是××妈”的运动，而现在，她贯彻同样的原则，赋予了王大莲成为新人的勇气和力量。王大莲是活生生的子君与娜拉，并且子君与娜拉可没有她那“半扇楼”里的一个单元，因此她不会“伤逝”，不用担心出走以后怎么办。我也终于弄懂了苏雅纹的策略：与我的劝和反其道而行之，她恰恰是要王大莲鼓起斗争精神，从爸爸，从前村长的掌控之下挣脱出去，寻求独立。

如果独立成功，在家办班的事儿，也就不用看“道爷”的脸色了。在这里，苏雅纹还抓住了问题的另一个关键，也即西边那个单元的房产证上写了王大莲的名字。有了法律依据，再辅以王大莲之勇、苏雅纹之智，一切暴君不都是纸老虎嘛。

而听了苏雅纹的分析和建议，王大莲最初还有些犹豫，她说：“这不就是闹分家吗？原先在我们村里，闹分家可是遭人耻笑的……再说分了家以后，我跟我爸爸不就成外人了吗？”但苏雅纹说：“就别提你们村了，你现在还住在村里吗？你爸爸把你逼成这样，你还想着他，你是斯德哥尔摩综合征吗？”因为恨其不争，苏雅纹又说了个王大莲无法理解的词儿。苏雅纹又道：“那么你有没有替孩子想过，难道你希望他们以后也变成你爸爸那样的人吗？”这个问题如此尖锐，王大莲再度木然。而这次，苏雅纹没再给她插话的机会，继续展开了励志教育。苏雅纹的语调并不昂扬，但吐字清晰，板上钉钉——“我们”不能再看“他们”的脸色活着了，“他们”不能左右“我们”；“我们”要成为更好的“我们”。

终于，苏雅纹说完了。终于，王大莲沉郁地点了点头。也许那些话，王大莲其实已经想到了，但却无法表述出来。她只是需要一个人说出她的心中有，口中无。而这些话的实际效果，我已经在“道爷”身上看到了。

只不过，我又不免替“道爷”叫屈，那老头儿怎么就成了暴君呢？我还想，王大莲的怨言究竟是有感而发，还是沿着某种既定模式的臆想成分居多呢？但这样想时，我却又无法对那个模式的主导者，也即面前的苏雅纹提出疑问了。这就又要说到某些根植于“我们”这种人意识之中的原则——比如自由，平等，天赋人权。而这些绝对正确的原则一旦加诸女性身上，其正确性就会呈几何级数放大，足以碾压其他一切主观客观条件，也足以将任何有意无意的冒犯者钉上耻辱柱。在我这个行当里，已经有不少搞不清形势的老泡儿吃过亏了，我认为我应该精明一些，起码不要授人以柄，被视为共犯。

正如一句至理名言：在这个动辄上纲上线的时代，任何谨慎都不过分。

而我还惊奇地注意到，在苏雅纹的语境中，使用了一个新的标准，重新划分了“他们”和“我们”——那个“他们”是爸爸、丈夫，还包括了所有男人；对我来说，她口中的“我们”却是“她们”了。新标准支撑了苏雅纹的新策略，也正如历史上那著名的对“三个世界”的划分，苏雅纹将一种对抗转化成了另一种对抗。苏雅纹纵横捭阖，运筹帷幄。上述联想令我不免对苏雅纹肃然起敬，甚而还有一丝胆寒。

好在苏雅纹并未深究我心里那点儿弯弯绕，而是随即转入了务实的层面。她向我通报了另一件事情的进展，那件事情对她才有着真正的意义。她沿着实木桌面，把面前的几张打印纸推了过来，又借鉴《纸牌屋》里凯文·史派西扮演的那位霸道党鞭的标志性动作，用指关节敲了敲桌子——当然，她的举止要比凯文·史派西优雅得多，而凯文·史派西本人如今已经臭名昭著，其原因正是在美国受到了“她们”的集体唾弃——我原先还以为她看的是出版社的样张呢，现在才发现，原来是几张装修设计图。施工地点当然是在“半扇楼”里、王大莲名下的那个单元楼。苏雅纹介绍道，在王大莲的请求下，她找了一位做“策展”出身的设计师捉刀，不仅要将顶楼那套复式房改造成教室，还准备对下面的两套四居室也一并进行重新布置。北欧风格混搭日式元素，血豆腐一般的红木家具则可以弃如敝屣了。

“这是个大工程，好在对于王大莲，钱不是问题；我也提醒她，一定要用顶级的环保材料，即装即住的那种。”苏雅纹又悠悠嘘了口气，“虽然时间紧迫，但想必是来得及的。你也大可放心，孩子们很快就能开班了。”

她面容似水，目光晶莹，嘴角不易察觉地微微上扬。苏雅纹一定以为我真是为了办班这事儿才找到她的，她也的确证明了“她们”要比“我们”能干得多。跟“她们”一比，“我们”都是泥猪狗了。而在表面上，我除了钦佩，又能表示什么呢？我也嘘了口气说：“有劳你了。你不是个男的真可惜了……”

苏雅纹竖起一根指头，半真半假地警告说：“注意你的说法——很不正确哟。”

这番会谈的结果，则是我心悦诚服地回家去，将苏雅纹的喜报传达给我媳妇小张。会谈的相关纪要还被写在了一张A4打印纸上，当然，那并不是割地、赔款、开埠等条约，而是语文、算术、英语、书法……这一系列课程的名目。苏雅纹已经做好了详细的时间表，精确程度可以用分钟来计算。王大莲的独立成果来之不易，必须充分利用，而老师人选都已经定下来了，利用了出版社教辅部门的“资源”，比商场顶楼那些辅导班的配置更加高端。苏雅纹还发挥小张的职业优势，给孩子们增设了“演讲”和“形体”两堂辅修课，并请小张代为延请名师。对此她解释，她是很注重“素质教育”的。

看到那张密密麻麻的课表，连小张都惊异地迟疑：

“课有点儿太多了吧？”

我说：“去不去，你一句话……咱们都是股东，但你是大股东。”

这个说辞令小张一时迷惘，自然又翻了个白眼儿。翻完之后她说：“机会难得。再说都把事儿做到这个份儿上了，谁也不能掉链子呀。”

我没再说什么，转身进了女儿房间。芽芽正在窗前摆弄一只电子手表，全然不知她那“减负”带来的好日子很快就要结束了。我替她理了理马尾辫，涌上一阵心酸，这心酸居然还伴随着骄傲——尽管无能，但我毕竟为女儿做了那么多，争取了那么多。我既问心无愧，又愧不能言。这是一种古怪的感觉，归根结底还是那个问题：我究竟算不算个好爸爸？而这个问题我说了不算，就连女儿说了也不算。

芽芽却转头，向我展示了她开掘的新游戏。现在的电子设备都很精巧，通过手表，她和她的朋友们还能建群聊天，就像手机的微信一样。群里除了她，自然还有“斯坦利”、“大”和“二”，大家正在听“斯坦利”介绍他的画。芽芽把画从手表发到了我的手机里，于是我看见了一幅近乎日本“浮世绘”的图景。主角仍是一只无所不在的黄鸭子，正在进行穿越时空、环游世界的旅行，一会儿飞到古代，一会儿飞到未来，一会儿飞到海底，一会儿飞到太空。鸭子可真忙啊。而“二”便在手表语音里问，鸭子是要干吗去呢？“大”也附和，干吗去呢？芽芽就替“斯坦利”回答，我猜鸭子正在找它的爸爸。

她还问“斯坦利”，你爸不也去外地了吗？所以你希望鸭子替你去找爸爸？

但“斯坦利”否定了芽芽的说法。他沉静地回答：“不，鸭子不需要爸爸，也不需要妈妈。它没有去任何地方，它只是在它自己心里旅行。”

如果“斯坦利”用图画讲了一个故事，那么这是一个孤独的故事。我揽着女儿的脑袋瓜，让她靠在我的腰上。我们看着窗外的云。

在此后，我突然感到日子快了起来。时间流逝的速度也许取决于忙碌的程度，也许取决于重复的次数，也许仅仅取决于你所处的年纪。好像一眨眼，苏雅纹手里的图纸就变成了王大莲家的实景；又一眨眼，我们家附近的那座商场竟然宣布停业，又传出了易手转卖的消息，这是因为随着顶楼辅导班的纷纷倒闭，楼下那些原本门可罗雀的店铺更加举步维艰，连租金都快收不上来了；再一眨眼，我们这些父母却像落草为寇一样，伙同形形色色的“金牌名师”，在茂密的森林与潋滟的湖水之间行踪诡秘地出没。

去王大莲家上辅导班，其过程大致如下。首先，我和苏雅纹要在已经空空如也的商场门前会合，然后将芽芽和“斯坦利”交给“三儿”，由他领着孩子们穿过马路，带到小区门口；“三儿”的嘴上狼烟袅袅，引出了另外几位接应者，正是率领着“大”和“二”的“六子”；后者的肌肉、文身和黑西服足以震慑保安，令民国大元帅不敢对孩子扎堆儿的异常现象提出疑问；当这支主力部队深入战场内部，我和苏雅纹才会跟进到小区门口，掏出王大莲提供的门禁卡，沉着地通过岗亭——这一过程的关键在于避免一路上邻居的怀疑，因此我被勒令更换了与苏雅纹相配的体面着装，和她走在一起酷似谍战戏里风度翩翩的假夫妻；几乎在同一时间，王大莲则已经暗度陈仓，将老师们从小区后门接进去了。环环相扣，里应外合，像煞有介事。而之所以采用如此烦琐的步骤，是因为苏雅纹提出了一项原则，那就是务必要保持隐蔽，不能将我们这个补习班小团伙的行踪暴露在外。悄悄地进村，打枪的不要。

至于隐蔽的原因，则又在于以下两点：其一，王大莲家是个货真价实的高尚社区，不允许在底商以外的空间从事任何“经营性活动”，否则会引起极具维权意识的业主们投诉；其二，也即真正的忧心所在了，那就是这次“减负”的力度空前之大，上面屡次警告，要严厉打击私下办班的乱象。也确有惨痛的教训，网上流传着几个视频，执法者踹门而入的架势和“扫黄”也差不多，只不过一锅端的不是路边的野花。

苏雅纹把视频转给我们，又在新建的群里再三告诫：“不可掉以轻心。”她还让王大莲在屋里加装一层降噪设施，避免上课的声响传出去。

而我们呢，只好被事情推着往前走。还是那句话，都做到这般地步了，更不能前功尽弃。令人欣慰的是，当我们历经艰难险阻，穿过封锁哨卡，终于在此行的目的地会师，眼前的景象就豁然开朗了——“半扇楼”西边那个单元的顶层，新竣工的补习教室是那么宽阔，布局也是那么合理。整体色调以米色和橡木色为主，既明亮又温馨，挑高五米的客厅变成了主教室，配备高清投影仪和立体声扩音设备，楼上的几个房间则有的用作自习室，有的用作琴房，连卫生间都有孩子专用的小型自动马桶。我们也算带着孩子阅“班”无数了，但从未见过有一个培训机构修建得如此贴心。就连为上课这事儿闹了好几天别扭的芽芽来到这里，都忍不住拎起裙子，像迪士尼公主一样，在光可鉴人的地板上转了个圈儿。

苏雅纹容光焕发地欢迎孩子们。她身后站着同样容光焕发但还有两分缩手缩脚的王大莲。这里是王大莲的家，她倒仿佛尚需一番努力才能融入其中。而她的目光里充满了真挚的慈爱，我忽然又有些感动，对芽芽说：

“为你们费了多大心啊，你得谢谢阿姨。”

我还特地拉着女儿绕过苏雅纹，来到王大莲面前。女孩儿会来事儿，芽芽便对王大莲鞠了一个躬。在她的带动下，“大”和“二”也相互碰撞着滚动了过来，开口却是《红灯记》里的唱腔，“谢谢妈”。就连沉静的“斯坦利”都对王大莲仰头笑了。被孩子们簇拥着，王大莲的脸又涨红了，手揪着名贵的上衣下摆，上演了硕大无朋的扭捏。

也亏得苏雅纹瞟了她一眼，轻咳一声，王大莲这才稳住阵脚，用尚未掌握纯熟的、悠悠的腔调说："你们喜欢就行。都是小事儿。"

苏雅纹接过话说："你们要拿出实际行动，用学习成绩报答阿姨。"

一个悠悠的，另一个也悠悠的，好像一大一小两个秋千同步摆动。而我又叮嘱几句芽芽，就可以去忙我自己的事儿了。那事儿就在隔壁，"半扇楼"东边的那个单元。当老师登场，苏雅纹和王大莲到其他房间去喝"英式下午茶"，我也坐电梯下楼，绕过那堵刺眼的砖墙，走进"道爷"的小院儿。老头儿已经恭候我多时了，还有忙不迭地转场过来的"三儿"和"六子"，就连剧组也已经人马就位。

与补习班隔墙呼应，吃播计划也轰轰烈烈地重启了。正如此前"道爷"所保证的，当他再度出山，便拿出了十二分的精神，十二分的卖弄，恨不得每赞一声"地道"，竖起大拇指的胳膊都要抡出单臂大回环之势。在他的感召下，每个工作人员也回报了十二分的专注，十二分的敬业，片场繁忙不休而井然有序，简直不像在拍短视频，而像在拍我的偶像马丁·斯科塞斯的艺术大片。这是我梦寐以求的工作状态，我知道我得感谢“道爷”，同样也得感谢一墙之隔的王大莲。有了他们的鼎力支持，菜地换来的“半扇楼”俨然变成了矗立于北京五环路外的艺术和教育胜地。再往大了说，他们的努力还暗合了整个中关村地区的精神内涵：相较于二环路里的金融中心，东三环的商业重镇，这里傲视全城的资本不正是“文化”俩字儿吗？身为文化赞助人，王大莲和她爸爸可称是我们这片的模范居民了。

然而这对模范居民却断了来往。不仅不来往，简直是互相避讳。两个单元之间的鸡犬相闻，往往只限于做姥爷的想看看外孙子，便由“三儿”或“六子”将“大”和“二”从墙西头领到墙东头，待个一顿饭的工夫再领回去。“道爷”坐在院儿里仰望那堵墙，便会撇嘴把目光转向东边，王大莲从楼上的教室里俯瞰那堵墙，也会漠然将脸扭到西边。那堵墙不仅存在于院落之间，同样存在于精神领域。它堪比著名的柏林墙，将世界分成了两半。这可苦了其他人，“三儿”和“六子”自不必说，他们得时时两头伺候着，就连我在工作与带孩子之余，也要再度充当王大莲和“道爷”之间的传声筒——此类事件频有发生，比如“道爷”要吃现炸的灌肠，油烟飘过墙去呛了孩子，王大莲便会托我带话，提醒“那边”打开抽油烟机；而当孩子们上形体课乱蹦乱跳，打断了“道爷”介绍食物的思路，也要让我去找苏雅纹，给“那边”从网上下单几张泡沫瑜伽垫。

他们现在称对方为“那边”。而我如同亨利·基辛格博士，在铁幕两头来回乱窜。和此前所经历过的一样，这是个令人疲惫不堪的差事，甚而还是个令人绝望的差事。此时此刻，我已经不敢奢望自己能够真正起到什么斡旋作用了。饶我自诩巧舌如簧，身边还有一个苏雅纹呢，这种隔绝、对峙中的平衡，也许恰恰是她乐见其成的。而我又哪有信心去和苏雅纹唱反调，拗了她的意思？说到底，我也只能认可这种平衡，享受这种平衡。而在每天课程的间隙，当苏雅纹一丝不苟地向“斯坦利”强调一些知识点时，我就算同样暂停了拍摄，也不会凑过去跟她聊点儿什么了。我们之间也陷入了类似的平衡。同样的平衡还存在于“三儿”和“六子”与我们这些外人之间，他们表面对我仍极客气，只不过兀自凑在墙角抽烟时，却好像总在对我侧目而视。尤其是“六子”，还是狠巴巴的，两眼如锥子。

大平衡上摞着小平衡，构成了整体性的、多向度的平衡。然而平衡本身又是多么岌岌可危——你看过那种把若干人体和椅子叠在一起的杂技表演吗？事后回想，或许正是从那时开始，我就隐隐等待着平衡被打破的一刻了。

出乎我的意料，那一刻是很久以后才到来的。现状维持了颇长时间。

14

日子加速流逝，芽芽升入二年级，不再是个小豆包了。

对此她很骄傲，和王大莲一样骄傲。当然必须得指出，和我女儿那水到渠成的生长发育相比，王大莲的变化来得就殊为不易了。也必须承认，在那场改头换面的运动中，王大莲发扬了令人钦佩的自律精神。

幸福源于自律，这是我们那片居民信奉的生活准则之一。起码是口头信奉。打开家长群，会发现除去教育心得之外，大家转发的惯常是这个调调的公众号。在外形上，王大莲经历了一个逐渐紧缩的过程。她原来多大分量我没好意思问过，反正假如她屈尊纡贵地去坐一下地铁，很有被检票闸机卡住的危险；而如今的王大莲虽不至于像模特一样丧失三维感，整体却呈现出了矫健、挺拔的姿态。她那圆鼓鼓的肩头变得瘦削，她的双下巴删繁就简。早在王大莲和保安争夺黄鸭子时，我就发现她并不缺乏运动能力，如今的体态更让人联想到，她在健身房里经历了多少个挥汗如雨的晨昏。与动感单车、普拉提、高温瑜伽相伴的，一定还有极为严苛的节食菜谱，羽衣甘蓝和水煮藜麦的热量值都要明确标注出来的那种。

曾有一度，王大莲还试图将她的塑形经验复制到两个肉丸子身上，令“大”和“二”叫苦不迭。妈，我饿呀，“大”和“二”哀号。毕竟是身上掉下来的肉，又担心孩子们会用嘴投票，逃窜到姥爷那边去，王大莲这个计划只好作罢。

与外形相应，王大莲就连色泽也不复当初。她俨然完成了一次生物学上的逆向演进——从斑斓的蛾子变回了朴素的蛹。据我所知，这方面的功课又是在苏雅纹的指导下完成的。她一定向王大莲暗示，原先那种夸张、繁复的穿搭风格看似时髦，实则不脱村气，炫耀性地露出硕大商标的习性更会遭人不齿。不信可以看看纽约的例子，只有贫民窟里钻出来的嘻哈歌手才会把自己打扮得亮晶晶的，上东城old money的衣橱里则永远塞满了冷色调的“高定”——那不仅是风尚，更象征着某种操守。当然，日常穿搭也需要避免做作，相应于苏雅纹的知性装扮，两位女士因地制宜，将王大莲定位于运动风格。因此她现在变成了“露露柠檬”的忠实客户。那牌子并不贵，却在海归人群里有着大量拥趸。很遗憾，王大莲的红脸蛋基因顽固，不动用特殊手段恐怕难以消除，但这倒未尝是坏事，红脸蛋如今也具有了别样的风情，不知底细的人也许会把她认作一个深度户外爱好者呢。

就这样，当紧致的王大莲出现在开学之初的家长会上，其他妈妈都快认不出她来了。而面对这个往日疏离的集体，王大莲展示了更为深刻的变化——那就是神色、谈吐或统而言之的“气质”了。她抓住了含蓄和内敛的窍门，收起大嗓门，并且不再急于对任何事情发表意见。去他的弦乐与管乐，五言律诗和七言绝句吧，反正坐拥一个家庭学校，王大莲也不屑于在公立教育体系里与人一较短长了。当再讨论到什么议题而班主任刮目相看地“请”她发言时，她沉吟，颔首，悠悠开口：

“这件事情，我和雅纹探讨过的。”

苏雅纹便适时地接过话头。有了苏雅纹的帮衬，王大莲那食草动物般的木讷也变成了高深莫测。当然，光虚张声势是不够的，上述底气还需要实际成果的支撑，对此王大莲也早有准备。在交流孩子们“假期收获”的环节，她打开教室里的投影仪，播放了一个音乐短片：“大”和“二”用一台“斯坦威”钢琴演奏了一段四手联弹。曲目是柴可夫斯基的《花之圆舞曲》，两个包裹在衬衫马甲里的肉丸子并排而坐，二十根香肠般的手指竟也呈现出上下翻飞之态。在这儿还得透个底：为了让“大”和“二”练成这段揠苗助长的乐章，王大莲可是给音乐老师下过死命令的，其间还涨过两回工资。当效果仍不尽如人意，她又央求我施展偷梁换柱的剪辑技巧，将若干磕磕巴巴的小节串联起来。那趟活儿的难度堪比将几十双破袜子缝制成一件华丽的外衣，足足让我熬了一个通宵。

技惊四座。当王大莲完成了儿子们的——其实是她的——汇报演出，特地又在讲台上站了片刻，亮相。她保持着谦逊的微笑，却隐藏不住璀璨、灼热的目光。

如果一定要给此时的王大莲配上台词，或许是这样一句话：

“也没什么了不起的，不是吗？”

苏雅纹适时地率先鼓掌，然后是博士班主任。紧接着，妈妈们便跟上，掌声由稀疏到密集，持续了约莫半分钟吧。

对王大莲而言，这是历史性的半分钟。它意味着妈妈们集体接纳了她。在家长会后，我看到有人专程和她挥手告别，还有人在她身边停下来，有意无意地聊两句什么。这两年北京的空气质量有所好转，对吧？商场地下的有机超市关掉以后，买菜都不方便了呢。你也用着那家健身房的私教吗？大概不外乎此类对话，仿佛她们天天都在议论而且百说不厌。同样的接纳还发生在虚拟空间。班上不是有两个家长群吗？一个包括王大莲，一个排除了王大莲，包括王大莲的冷清，排除王大莲的热闹；而现在，热闹和冷清打了个颠倒，王大莲所在的那个群又复活了，变成了“教学相长”的主要渠道。

上述转变自然而然。唯一对这种状况唱反调的，似乎只剩下我媳妇小张了。她评价众人：“势利眼，墙头草。”

当然，作为家庭辅导班的受益者，她的小白眼儿只能在背后翻，她的揭老底也只能在我面前进行。我还怀疑，她的失落很可能和苏雅纹有关。友谊也是要讲时间成本的，苏雅纹本来就忙，宝贵的闲暇又都用于和王大莲一起操持补习班，难免会让小张感到受冷遇。对此我也很想提醒我媳妇，现在还为了同性争风吃醋，你以为你真是个中年少女吗？只不过这种刻薄话，我自然也不敢当面说出来。

我只能发表一些大而化之、道貌岸然的议论。我开导我媳妇，用“势利”之类的说法形容我们的芳邻，那其实有失公允——王大莲最先可不是以商场保洁员的面貌出现在大多数人面前的。而在“我们”的处世伦理中，人与人的相互认同，不正是以经济之外的要素，也即“文明”和“教养”作为首要前提吗？

我的意思是，王大莲的加入恰恰说明了“我们”的壮大。

王大莲如愿以偿，但“我们”比王大莲更加如愿以偿。这就是双赢。

不想，小张的口气愈发酸溜溜了："双赢嘛，我看就是王大莲赢两次——一次是有钱能使鬼推磨，还有一次是把推磨的鬼打扮成天仙儿。"

她非要这么说，我也拦不住。这也是我媳妇的可爱之处：一旦恨人有笑人无的醋劲儿上来，反而突破了理念层面的束手束脚，由此保持了心口如一的美德。而要说到这段时间我对王大莲的感触，倒是又想起了一部老电影，《窈窕淑女》。在那部歌舞片里，永恒的"天使"奥黛丽·赫本饰演卖花姑娘，她被改造出了一副上流腔调，并征服了无所事事的学者那颗寂寞的心。这部电影的母题当然又脱胎于古希腊的皮格马利翁神话。只不过我也提醒自己，我们对生活的想象早已不可能像冷战时期的好莱坞那样傻、白、甜了，王大莲跟赫本当然也没什么可比性。如果说"变成他们"是一个宏愿，那么当王大莲果然有机会将它实现之际，也就意味着关于她的故事要讲完了吗?

不不不，故事还有另外一面呢。"半扇楼"里，花开两朵，一朵开在墙西边，一朵开在墙东边。比之于王大莲，"道爷"的变化更为令人瞠目。

这老头儿彻底“红”了，或者说，成为“互联网时代媒介传播”的生动样本。运气成分也不是没有。正当我们刚刚完成吃播的阶段性拍摄，恰好又赶上了一起舆论事件：久负盛名的“米其林”终于对北京的餐厅进行评级，结果令人大跌眼镜，唯一获得“三星”的是一家浙江菜馆，本土老字号几乎全军覆没。由此引发了人们对北京餐饮业的反思，进而还有人追根溯源，指出这地方自古就是一个美食沙漠。确实也有道理，想当年的“八大楼”不都是清一色的鲁菜吗？不过上述论调恰恰让我看到了机会，我挑唆“道爷”：

“他们看不起咱们，您不得出来说道两句？”

再度事关“他们”和“咱们”之争，“道爷”挑眉毛瞪眼，“谁？他们丫敢——”而这时的“他们”和“咱们”，却又变成北京的原住民和外来者了。反正“道爷”平时还一嘴一个“外地人”呢，反正“道爷”积攒下的那团邪火还一直都没处发泄呢，那么好，杀杀“他们”的锐气，顺道为北京正名。

我又给“道爷”制作了一组特别节目，趁机发到了网上。那些视频旨在驳斥“美食沙漠说”，由“道爷”

论述真正的北京“吃主儿”是如何食不厌精的——“宫里”传出来的规矩排场就不必说了，说了怕吓着你们，只说寻常人家的讲究：羊肉汆面知道吧，须得配着春天刚抽缨的小萝卜，没有那口萝卜，宁可不吃那口面；炒肝知道吧，你们都拿勺儿吃，其实这就外行了，正确的姿势是得端着碗转圈儿吸溜，不光吸溜还得出声，跟日本人吃拉面一个道理；还有芝麻酱，北京人恨不得拿芝麻酱蘸一切这不假，可知道芝麻酱的不同蘸法吗？涮羊肉是骑马蘸，爆肚儿才是抄底蘸呢。这么多的门道，这么多的学问，不正说明北京人的吃食看似寻常，其实内有玄机吗？而你们这些外地人还敢笑话我们，这不是无知者无畏吗？正所谓心在沙漠，眼里只有沙漠，心在草原，抬头才能望见草原啊。

听到这里，我不禁抚掌：“心学，辩证法，有于丹那味儿了。”

只不过“道爷”后面还有几句骂街，“爱吃吃不爱吃滚”“也没人求着你们来呀”之类的，考虑社会和谐，我只好删掉了。就这样，“道爷”的形象得到强化，不仅代表着吃播界的御林军，更成为本土饮食文化的捍卫者。又兼之我们这些人四处导流，为这场论战推波助澜，在短短的半个月里，“道爷”的人气水涨船高。而这时，我此前的心血也没有白费，越来越多的人发现，“道爷”的吃播制作精良，剪辑紧凑，的确彰显出了与众不同的格调。他的作品登上了各种“热搜”的头条，又没过多久，经纪人告诉我，有不少饭馆和连锁酒店都找他联系，指名要请“道爷”拍摄“探店”广告。假如“道爷”是公司的无形资产，那么变现之快超出了他的预料。

这也令我欣慰。我不辱使命，没有辜负“道爷”的信任。而当我呼扇着广告合同，请“道爷”过目时，“道爷”还沉浸在与人论战的愤慨之中呢。他连看都懒得看，只说：“那帮孙子抱团儿骂我，我跟丫没完。”

“多少人找骂都找不来呢。”我说，“恭喜您，破圈了。”

又汇报了他的粉丝量和点击量，还打开某个送餐App，那上面有以“道爷”名义发布的美食推荐。包子卤煮，驴打滚艾窝窝。尤其是那家褡裢火烧，照片上显示，门口的大队都快排到马路对面去了。这时又从小院儿的栅栏外探出几个孩子的脑袋，他们像看到珍稀动物一样看着“道爷”，接着齐刷刷地跷起大拇指，比画了一个单臂大回环。这是多么生动的注脚，足可见有水井处就有“地道”。而经由这番提醒，“道爷”终于恍过神来，又像找不着自己一样胡噜着灯泡脑袋。他貌似还在惶然，但这当然可以理解：就像从前村里的菜地价值陡增一样，他变得家喻户晓也是在不经意间发生的。

半晌，“道爷”问：“你的意思是……我不是我了？”

这话也很哲学。我回答：“从某种意义上说，是这样。”

“道爷”的目光放得长远，直往天边投去：“谁也不敢看不起我了？”

我愣了愣，说：“这个从来就没有过——您是谁呀。”

“道爷”便将目光从天边收回来，经过小院儿西边的那堵墙，略停了停。又一转身，他晃晃悠悠地走进了屋，将包括我在内的整个儿剧组甩在身后。难不成又要罢演？我正在忐忑，却见他又回来了，手里拎着两瓶“飞天”茅台。哦，原来是要庆功。我对剧组的人挥了挥手，宣布停工一天，大家一醉方休。那场大酒喝得惊世骇俗，我们清空了地下室里的红木酒柜，又由“三儿”和“六子”跑到外面去买，商场关了门，只好扫荡了两家便利店。走一个，再走一个，谁都不许停。“道爷”像推磨的驴一样周而复始地“打圈儿”，对于稍有犹豫者立刻揪着脖子硬灌，“你是不是看不起我”。这种喝法，就算是茅台也让人撑不住，于是到了下半场，人们纷纷逃窜，还有几位是从栅栏底下爬出去的。最后只剩下了我陪着他，“道爷”挥舞着珐琅杯，而我还呼扇着那纸合同。

这时他才从我手里接过纸笔，随意划拉两个字又当胸塞给我。他还说：“甭跟我提钱，我还在乎那仨瓜俩枣？”

“那可不，我俗了。”我附和。正想也比画一个“地道”，我却看见“道爷”重又走进小院儿，站在花棚之下，腆着肚子撑着腰，昂首看向那堵墙。那架势好像要对墙说些什么，但又被酒糊住了喉咙。半晌无声，默然面壁。他盯着墙，仿佛要把那墙盯塌了一般。而再一转眼，墙没倒他却倒了，面向着墙轰然倒了下去，连八仙桌都带翻了。我酒醒了大半，仓皇失措地蹿出去扶“道爷”。这才发现“道爷”竟然睡着了，打呼噜了。

再看那张脸，笑意未消，却从眼角淌出了湿润的痕迹。

15

一点老泪，给狂欢画上了悲怆的句号，也提醒我重新审视王大莲和“道爷”的关系。用个矫情的说法，这对父女都成为他们“想要成为的样子”，但自我完善恰恰是通过彼此割裂来实现的——他们都很清楚，对方的特质与理想中“最好的自己”截然相反，就像黑之于白，冷之于热，元宵之于煤球，冰棍之于被窝——于是必须划清界限。但随着“我不是我了”，他们反而又想起了对方。割裂撕心裂肺，想念同样牵肠挂肚，甚而也带有本质意义。是啊，没了黑，哪有白？没了冷，哪有热？假如他们需要有人看到自己，那个人恰恰就是对方。然而他们之间已经隔了一堵墙，残破，粗陋，坚不可摧。他们就像两块磁力巨大的磁铁，明明相吸，却又总以排斥的那一端相向。

因此磁铁也乱了方寸，指北针找不着北了。因此“道爷”会在酩酊之际落泪。而与之相应，王大莲又是否有过那么一时片刻的恍惚、后悔、动容？答案是肯定的。只不过比起她爸爸，王大莲的心绪表现得更加曲折。这也说明，她已经具备了“我们”这些人面对感情波动的本能反应——作茧自缚，不正是“文明”与“教养”的副产品吗？

在“半扇楼”东边的家庭教室里，我所见到的王大莲饱胀着能量。她紧缩了，褪色了，却像花儿即将绽放。时近中年，她仿佛才刚迎来了美好的青春。头顶传来叮咚的琴声和琅琅的书声，那是老师们正在分门别类地辅导孩子，而王大莲和苏雅纹坐在露台上的茶几两侧，面前摆放着骨瓷茶具和“偶尔放纵一下”的黄油饼干，正在讨论课程安排。阳光照在两位女士的脸上和羊绒披肩上，同样的精致，同样的笃定。

没错，她们是在讨论。如今的王大莲在苏雅纹面前也不纯然是一个听众了，她会保持着浅淡的笑容，在某个恰当的时机悠悠开口。而对于王大莲的畅所欲言，苏雅纹则报以耐心的倾听，甚而是由衷的鼓励。比如有一次，王大莲就曾指出，对于文化课的设置，还可以进一步精益求精嘛，听说海淀黄庄的剑桥英语和奥数竞赛班都停了，那些老师的海报以前像明星一样挂在街上，现在却闲得发霉，咱们正好可以乘人之危，把他们都招呼过来嘛。苏雅纹立刻表示赞同，同时表扬王大莲很有市场头脑，但又隐晦地指出“乘人之危”这个成语使用得不太恰当，“人尽其才”还差不多。两位女士一拍即合，仿佛这才想起边上还坐着一个我，她们把脸转了过来，等待听取意见。

这可让我受宠若惊，当然只有附议的份儿。但我又不得不表示忧虑：“可是孩子们的程度是有差别的……那些课程对‘斯坦利’来说不在话下，我们家芽芽就不一定跟得上了。她随她妈，唱歌跳舞灵，数理化什么的兴趣不大。”

既然开了口，难免又抱怨：“跟学霸当邻居就这点儿不好。就说孟母吧，我老觉得那娘们儿挺自私的，不配给圣人当妈——她光顾着让他们家孩子到处拔尖儿，可从没考虑过人家村里阿猫阿狗的感受。那些孩子本来活得好好的，没招谁没惹谁，凭空却要被他们‘卷’，再‘卷’出个抑郁症来可怎么办呀。”

最后总结：“所以孟母三迁，是个教育的反面典型。”

我的话里带刺儿，其实是指向苏雅纹的。现在也不知怎么搞的，我对苏雅纹总有挑衅一下的冲动。此外，我的意见也顾及了“大”和“二”的实际情况——假如说芽芽对那些高精尖的课程只是不感兴趣，那么“大”和“二”完全就是榆木脑袋。上了这么久的辅导班，他们仍然保持着憨态可掬的蒙昧，连学校大纲都很难跟上。然而不等苏雅纹发言，王大莲反倒给我上了一课。她先向我指出，不要曲解“孟母三迁”，这个成语她过去不明白，现在经过自学，深刻理解了其中含义。随后又宣讲：

“也不要担心跟不上。就好比英国的孩子天生会说英语吗？法国的孩子天生会说法语吗？不不不，孩子都是一张白纸。但只要让他们在知识中保持……那个词儿怎么说来着？谢谢雅纹，我想起来了……保持淫浸的状态，他们自然会有开窍的一天。”

令我叹为观止：如此说来，对牛弹琴都是个褒义词了。牛也是淫浸在琴声中的。

而一如既往，事情又这么定下来喽。作为一个男人，此类情况一而再，再而三，当然令人气馁，甚而气恼。好在我想，既然此前已经饱受我媳妇和苏雅纹的教导，现在对于王大莲的教导，我又有什么不能坦然处之的呢？我再度提醒自己，王大莲已经变成了“我们”的一员，“她们”的一员。她教导我当之无愧。

况且我发现，王大莲和苏雅纹之间也有矛盾的时候。又是多么神奇，当意见不统一，王大莲居然可以教导苏雅纹了。再试举一例，就在“道爷”醉翻八仙桌的次日，我送芽芽来上课，在门外便听见客厅中回荡着女人的声音。那声音悠悠的，不响却密，且极具穿透力，好像能把人裹住、慑住一般。这正是苏雅纹和我摆事实、讲道理时惯用的口气，在学校门口，在停车场里，我都领教过。然而一进屋，才发现说话的是王大莲。她站在六米挑高的客厅里，两臂环抱，右手还捏着一只骨瓷茶杯，正对坐在桌旁的苏雅纹滔滔不绝。苏雅纹也双臂环抱，右手捏着一只骨瓷茶杯，抬头仰视王大莲。

你想一想呀。一时想不清楚也不要紧。慢慢地想呀。王大莲的话语之中夹杂着这些口头禅，富于耐心也富于启发性，而这正是苏雅纹以前对她说话的态度。

那一瞬间，我感到了惊悚。只看阳光中的侧影，几乎像是科幻片里的克隆人正在向母体宣布“我才是我，你不是我”。两位女士只顾着说和听，也没在意我，等我把芽芽送进楼上的教室再下来，才搞明白她们正在讨论的议题并没有那么高科技，而是简单的人情世故：不知怎么搞的，在家办班的消息传了出去，被班上的其他妈妈知道了；现在人家踊跃报名，也想参加，到底是答应还是不答应呢？

对于这个问题，苏雅纹首先表示了疑惑：保密工作明明做得很严密，兵分几路，暗度陈仓，和谍战戏也差不多了，怎么就暴露了呢？难不成我们之间有内鬼？她这么插了句嘴，薄如蝉翼的目光扫视王大莲。但王大莲却指出，不要纠结于细枝末节，反正暴露已是既成事实，那么当务之急，是得想想怎么答复人家。而这才是她们的分歧所在。苏雅纹认为应该拒绝，理由很明确，区区三家人的小班，保密工作就已经繁重不堪了，要是规模扩大，孩子的数量从四个变成了十个八个，那不等于主动昭告天下了吗？她强调，保密，只有保密，才是办班的第一要义啊。然而王大莲的看法却相反。她对苏雅纹那密不透风的劝导，也正是意在说明如下逻辑：事到如今，人家找上门来，堵是堵不住的——自从“减负”，我们这片的家长最焦虑的是什么？就是先前已成常态、刚需的辅导班，现在却没处可上了。为此有多少人抓耳挠腮、辗转反侧啊，甚而还有一些妈妈考虑辞职，要把当年的考学之路再陪孩子重走一遍呢。陪完老大陪老二，陪完老二国家还号召生老三，如此一来，相当于这妈进行完几轮繁殖又接受完几轮初等教育，这辈子也就算交待了。试想在这种状况下，却发现身边有一个高水平、成建制的辅导班，妈妈们怎么可能善罢甘休？如同骆驼看见了绿洲，鲨鱼闻到了血腥，你让人家走人家就走？人家就算走了，又会不会到处传话，扩散消息，招来更多的报名者？那不是更不利于保密吗？你看你这么聪明一人，怎么把问题想简单了呢？

指出苏雅纹的“简单”之后，王大莲又进行了更加复杂的人性分析：

“而且你想没想过，如果不答应她们，她们会不会孤立我们？你是没有尝过那种滋味，我告诉你，难受极了。就算大人不怕，可孩子呢？孩子招谁惹谁了？难道你忍心让‘斯坦利’再受一遍‘大’受过的罪吗？”

随后又感叹：“她们这些人呀——”

这话似曾相识，也是从苏雅纹嘴里克隆到王大莲嘴里的。而她们又看向我，便把我看慌了。我立刻表示，恰恰因为面对的不是一个小问题，所以不要考虑我的意见，你们商量好、决定了，我坚决服从就是了。一句话，千万别把我当人。

而我也看出来，经由方才那一番理论，决定权其实已经转到了王大莲手里。王大莲环顾四周，又抬手摸了摸色调温馨的北欧壁纸，飘出一句：“赠人玫瑰，手有余香。为了办个班，我也算付出了许多，为什么不用它去帮助更多的人呢？”嚯，都转上词儿了，并且上了境界。而这话的潜台词其实在于：房子是王大莲的，装修也是王大莲花的钱，就连请老师的课时费都是王大莲先垫上的，所以凡事就该王大莲说了算，旁人最好不要置喙。再插一句，别的花费也就罢了，课时费怎么说也应该一分为三，共同负担；后来我把我的那份转给了王大莲，王大莲却又推辞，“你急什么，苏雅纹我也没管她要呀”——听那意思，到如今苏雅纹是否承担了她应交的份额，这就不得而知了。

果不其然，苏雅纹适时地停止了辩论。假如沿用“股东”与“顾问”那个比方，身为辅导班的小股东甚而是空头顾问，她很懂得摆正自己的位置。当然她也只能如此。她的面色仍然清淡如水，将骨瓷茶杯轻柔无声地放到花岗岩茶几上，说她要去帮老师准备下一节课的教具了。这虽然是个周末，但是上午下午连轴转，节奏比平常的晚上更加繁忙。然而临上楼，她又猝然回身，嘴巴张成一个小“O”，像刚想起什么似的说：

“对了，我总是百思不得其解——办班的事情，到底是怎么泄露出去的呢？请别怪我啰唆，但这的确值得怀疑……”

说时扫了我一眼。我吓得哆嗦了一下，忙不迭撇清：“别看我，我这人平常嘴碎，可是大节不乱。我媳妇更值得信赖，他们那个行当也有基本的职业操守……演艺圈里的烂事儿多了去了，嘴上再没个把门的，那还混不混了？”

“别紧张，我又没说你。”苏雅纹对王大莲眨眨眼，目光又瞟向了楼下那堵墙。

难不成她的意思是隔墙有嘴，走漏风声的是“道爷”？这是我当时的第一反应。而略加分析，“道爷”的确是值得怀疑的：长久以来，谁一直在跟王大莲过不去？还不是她爸爸。即使眼下，父女二人仍在冷战，是敌仇我快的关系，顺手能给王大莲制造些许麻烦，那又何乐而不为呢？这么想时，我看见王大莲也朝向窗外，对那堵墙望了一望。

经过几场雨水，墙头都已经长出了苔藓。那只黄鸭子还靠在西边的墙根，已经变得脏兮兮、皱巴巴的了。

而当王大莲的目光又转向我，我吸了口气，以更加笃定的口吻声明：

“更不可能是‘道爷’，我可以做证。他这些日子都在忙活吃播，跟外人没有接触。再说他也不认识学校里的那些妈妈呀……他最烦‘她们’了。”

听到苏雅纹似“嗯”似“哼”了一声，又见王大莲的目光变得复杂起来，我进一步说到了人格层面。而这就主要是说给王大莲听的了：“‘道爷’是什么人？光明磊落的人。人家原先在村里可是一呼百应，傲得很。他就算看不惯咱们办班，也不屑于背后使绊儿、捅刀子啊。这么做事儿也不是‘道爷’的风格。”

还说：“你可以反对‘道爷’，但不可以侮辱‘道爷’。”

说得掷地有声，仿佛也沾染了几分豪气。此时，苏雅纹却并无表态，兀自娉婷地拾级而上，去往二楼的教室了。只剩下我和王大莲站在客厅里。我们又共同望了眼楼下那堵墙，气氛一时变得讪讪的。

又过半晌，王大莲突然说：“庄导，谢谢啊。”

她说得颇为认真，口气也不是悠悠的了，让我想起当初在商场里的那句“谢谢”。而现在谢的是什么呢？谢我替“道爷”进行了辩护吗？我竟连句客套话也挤不出来。我只看着王大莲把骨瓷茶杯撂到桌上，又在意大利牛皮沙发旁甩掉羊绒披肩，随后转到开放式厨房里去。她开火、淘米、洗洗涮涮，活儿干得既麻利又大张旗鼓，俨然恢复了鲜切羊肉的架势。不多时，一股浓香飘了出来，王大莲盛了满满两只大号“乐扣”餐盒递给我，我一看，原来是小米粥，还放了大枣、莲子和银耳。

“我爸爸……他头天酒喝多了，第二天必得来上一锅粥，这样胃里才舒服。”王大莲低沉地说，又迟疑了一下，“他要问你这粥哪儿来的，你就说外面买的。”

我捧着两个滚烫的盒子，下楼来到东院儿。招呼了“道爷”，俩人吸吸溜溜喝粥。“道爷”喝得灯泡脑袋直冒汗，眼角似又浸出湿痕。但关于粥的来处，他却没问，就像昨天老头儿摔倒在地上，王大莲也心知肚明但却没问。喝完粥，我回去接了芽芽，拉着女儿的小手走在小区的森林里。树影蔽日遮天，一轮红日被切割成斑点，投下的光柱竟如牢笼般森然。我忽然自语：“这叫什么事儿呀。”

芽芽无辜地说：“爸爸，谁惹你啦？”

我柔声说：“跟你没关系。”

而她又站住，回头，便看见苏雅纹领着“斯坦利”从林中小道上走来了。遇到苏雅纹，我下意识地后悔选了这条路，但芽芽却跑向了“斯坦利”。我只好看着孩子们绕树转圈儿，同时等待苏雅纹走到自己身边。她必是有话想跟我说的，我预感。

但我似乎预感错了。苏雅纹只是站定，漫长地叹了口气。

季节已经又近深秋，她穿了件经典款的“巴宝莉”风衣，熨得极平整，只是一束光柱投到肩膀上，照出了米色领口磨旧的毛边。她扎了扎腰上的束带，双手插兜，露出疲惫的忧愁。这时还看见她的眼角多了一团细密的皱纹，连粉底都遮挡不住，仿佛雪白的鸡蛋裂了壳儿。朱颜辞镜花辞树。她仍不说话，我却受不了这份尴尬，只得没话找话起来。

说的还是关于走漏消息的事儿，我猜苏雅纹仍然纠结于此：“……其实还有一种可能性，但那恰恰说明了咱们办班的成果丰硕——‘斯坦利’自不必提，芽芽也进步很大，就连‘大’和‘二’不都让老师同学们刮目相看了吗？这几个孩子本来就要好，学习上又都有了突出的表现，难免会让别人怀疑他们修炼了什么秘籍……”

苏雅纹这才开口，反问我：“我是警告过‘斯坦利’的，绝不能和别人说起私下上课的事，谁问都得一口咬定没有——你呢？”

我再次撇清："那当然，我们也不让孩子显摆。"

苏雅纹的目光便愈发锋利："所以你呀，想得太简单了。"

哦，原来简单的是我。我又问："那你的意思是……"

苏雅纹轻轻吐出三个字："王大莲。"

如果此时要给苏雅纹一个特写镜头，那么可以借鉴希区柯克的悬疑片。那种片子的高潮往往来自情节反转：谁是凶手？最意想不到的那个人才是凶手。电光石火，恍然大悟。而凶手的动机又高度遵循"谁犯罪谁受益"这一原则——是啊，把办班的信息透露出去，对谁最有好处呢？分明是王大莲。这又得结合王大莲的处境来说了。我们都看在眼里，同学妈妈们对王大莲的态度来了个一百八十度大转弯，过去她们一致地忽略王大莲，疏远王大莲，现在却变成簇拥王大莲、追捧王大莲了。这种变化必定会让王大莲极其享受：原来我也有今天。美好的自我感觉足以令王大莲迷醉，而一旦上瘾，便会陷入欲求无度的怪圈，随之而来的必然是变本加厉的炫耀。甚而王大莲还会暗中觊觎苏雅纹那"妈妈头"

的地位——她又为什么不能取而代之？比起苏雅纹，她王大莲明明更值得人们艳羡啊。因此她表面上虽然保持着“地位变了，谦虚谨慎的作风不能变”这一操守，却忍不住在有意无意间把话头透了出去。可以想见王大莲说到自家辅导班时的嘚瑟，她其实是在等着人家报名呢。人家一报名，王大莲便获得了被人所求的成就感。那是她真实的渴望，正中下怀。

以上是苏雅纹对内鬼王大莲的心理分析。她又一针见血：“虚荣。”

我无法反驳。女人最懂女人，苏雅纹最懂王大莲。只是对于“内鬼”这顶帽子，我稍有异议：就算“出卖”，王大莲“出卖”的无非是她自己罢了。没有王大莲，就没有辅导班，我们这些人都是沾光的，又有什么资格阻止人家虚荣呢？而再考虑一下苏雅纹，她对这事儿如此敏感，措辞如此严厉，这又是为什么呢？难不成她还想对王大莲的资源实行垄断，从而阻止竞争对手们和“斯坦利”站上一条起跑线吗？

上述可能性也不是没有。损人就是利己，这也是某一类中国人的生活准则甚而是本能反应。只是现在，我居然不惮以这种程度的恶意来揣测苏雅纹了，这也令我稍有些震惊。我尽量把自己的劝解表述得委婉一些：“……何必不与人方便呢？”

苏雅纹立刻又懂了我，她真是冰雪聪明。凝视我片刻，她回答：“以‘斯坦利’的学习能力，就算多几个同学，我也不在意。对我们来说，大班小班都一样。”

说到这里，她再度叹了口气，意味含混。而我只好又从更加世俗的角度来安慰她：“就算王大莲允许更多的孩子来上课，那也不一定是坏事嘛——老师就那么几个老师，孩子一多，大家分摊下来的学费也能便宜一些。虽然为了孩子不在意钱，可现在挣点儿钱都不容易，能省一点儿是一点儿吧……”

这也证明，我已经接受了小班变大班的事实。一边说着，我又担心苏雅纹仍不甘心，还要不厌其烦地教育我。但令我意外，她只是摇了摇头，用眼神打断了我。说到底，都是寄人篱下，只要我们还想让孩子继续上课，也只好认可王大莲，服从王大莲。对于这个道理，苏雅纹应该比我懂。但她又接了一句：“也许我想多了……”

她的口气重新变回了悠悠的，那种不稳定状态中的音调，又让我不由得揪心起来。但那天，我们的讨论却戛然而止了，这是因为发生了一个意外情况：当我扫了一眼周边，却发现本来绕树追逐的芽芽和“斯坦利”不见了。竖起耳朵再听，孩子们叽叽喳喳的声音都没了。就算是在小区里，茂密的丛林也突然变得可怖，再说旁边还有假山呢，远处还有湖呢，那都是危机四伏的场所。于是场面又变成了我和苏雅纹穿梭在树木之间，大呼小叫着芽芽和“斯坦利”的名字。情急之下，我还后悔为了让芽芽专心上课，暂时没收了她的电子手表。不过稳了稳心思，我忽然想到什么，又叫上苏雅纹往王大莲家折了回去。

在“半扇楼”下，我们果然看到了孩子们的身影。王大莲和“大”和“二”倒不在，没准儿还在楼上复习今天的功课呢。连“道爷”也不在东边的小院儿里，他喝了粥，需要进一步地醒酒，为明天的吃播做准备。而芽芽正在协助“斯坦利”钻进西边的院儿，把那只遗弃在墙边的黄鸭子抱出来。在木栅栏的半遮半掩之下，鸭子飘飘荡荡，仿佛悬浮于半空之中，又仿佛即将开始它在画里的流浪之旅。

我嘘了口气，恐吓芽芽："又瞎跑，等我告诉你妈，仔细你的皮。"

芽芽还理直气壮："'斯坦利'说他想这只鸭子了，他过去和它一起游泳，现在还想跟它聊天。我就说，那我们把鸭子带走吧，它孤零零的多可怜呀……"

我又依稀忆起，"斯坦利"每次经过小院儿时，都会眼巴巴地朝那墙根望上两眼，原来他是在找这只鸭子。而现在，男孩儿搂着脏兮兮、皱巴巴的鸭子，身上的衣服也被蹭得脏兮兮、皱巴巴的，从栅栏底下钻了出来。被抓了现行，他丧失了往日的沉静，两眼空洞地干站着。同时他又像和鸭子相依为命。

苏雅纹表情僵硬，对"斯坦利"说："这是人家的东西。"

"斯坦利"不动，就那么抱着鸭子，站着。

苏雅纹的声音也僵硬了："你要当小偷吗？"

这话就重了。而"斯坦利"仍不动。

眼前一晃，就见苏雅纹抢了两步过去，抬起一只手来。她似乎是要给"斯坦利"一个嘴巴，但终于还是忍住了。虽然巴掌没有落下，鸭子终于还是落到了地上，居然还能叫，发出嘎嘎之声。而苏雅纹不看我，甚而忽略了一切眼前之物，抓住“斯坦利”的一条胳膊，大步往远处走去。男孩儿已是无声地顺从，但苏雅纹走得太急了，使尽全身的力气拖拽，令他一路踉跄，几次险些摔倒。这场面短促而又暴烈，把芽芽吓得合不拢嘴。

那一瞬间，我看见了一个从未见过的苏雅纹——陌生而熟悉，像谁呢？我又抬头望向“半扇楼”西边那个单元顶层的落地窗。

窗帘半掩，比之方才，多了个模糊的人影。

16

家庭辅导班终于迎来了新同学。刚开始是一个两个，后来是七个八个，最后稳定在了十几个的数量上。借用军事术语，一个加强班。

人多了，但地方仍然够用。复式房足有将近两百平米，又清空了一切和教学无关的家具，比学校的教室还要宽敞，所以添几个孩子无非是添几套桌椅的事儿。至于众人的报名费用，王大莲也不主动提，仿佛交不交全凭自觉。而来了就不容易，这点儿自觉性大家还能没有？于是很快凑齐，汇总给我，再托我转给王大莲。我又成了个收账的“穆仁智”，好在本来就是一笔乱账，王大莲连数目都懒得看，手机叮咚响了一声就罢了。

然而在对“大”和“二”的新同学的选择上，王大莲的态度就要认真得多也严苛得多了。首先要考察家长：原先在群里带头挤对过她的不收；接孩子、开家长会时对她翻过白眼撇过嘴的不收。不光要考察大人，还要考察孩子，所以在学校里管“大”和“二”叫过“乡巴佬”和“暴发户”的更是坚决不能收。当然还有一些其他细则，比如脾气不好的不收，嗓门太大的不收，就连“衣品”相对落后、不认同“露露柠檬”美学风格的也要掂量掂量。凡此种种，虽有规律但规律又很混乱，不免让人感到羚羊挂角，无迹可寻。王大莲对此也有解释，顺便普及了苏雅纹向她普及过的美国经验：

“那些‘藤校’招生的时候，考官都是有很大的自主裁定权的，看的不光是成绩，也不是钱，有时候就是一种……感觉。”

跟着感觉走，生杀予夺，她全做主。所以班上的妈妈们也很聪明，她们对王大莲的簇拥和追捧来得更热烈了，乃至于到了令旁观者肉麻的地步——每当王大莲在群里说点儿什么，哪怕只是一声哼或一声嗯，都会激起一片附和与点赞；王大莲还会在国庆节、中秋节收到鲜花和小礼物，当然也不值几个钱，但那毕竟是个态度——而在以前，这可是只有博士班主任才能享受的待遇。在辅导班上课期间，王大莲更是忙得分身乏术，就像酒会过半才姗姗来迟的名媛，恨不得与人寒暄之余还得做个面部按摩才能避免笑抽了筋儿。

而这么一来，倒把我和苏雅纹晾了起来。作为辅导班上的“老人儿”，我们给众人留下了偷偷占过便宜的印象，经常遭受一些不咸不淡的眼神；而我们呢，也适应不了班上变了味儿的风气，所以看别人的眼神也是不咸不淡的。为了接待新朋友，王大莲又把楼下属于她的那片小院儿辟作了露天休息室，其景观复制了电视剧里“唐顿庄园”的一角，每当开放之际，无疑又是一个争奇斗艳的沙龙。看着“她在丛中笑”，我和苏雅纹往往也只能各据小院儿一角，远远相视而笑，那笑同样是不咸不淡的。

美中不足的是那堵墙，实在有碍观瞻。而且每当这种时候，总会听见“道爷”在墙那边清嗓子，吐痰，没痰也要啐口唾沫。那就咸是咸，淡是淡了。

然而必须承认，王大莲到底是个仁义的人。我们不咸不淡，她却还想着我们。一天课程结束，当别的妈妈们心满意足地离开，她便示意我们两家留步，又打开她家私用而非待客用的双门冰箱，从里面取出一只硕大的蛋糕来。还是“凯宾斯基”烘焙房的特别定制版呢，鲜奶油上的英文字样是祝“斯坦利”生日快乐。

“‘二’告诉我的。”王大莲说。

其实对此我也知道，芽芽还准备了一只铅笔盒给“斯坦利”做生日礼物，本想出门再送，现在就趁势拿了出来。“大”和“二”的心意更加隆重，巨大的“乐高”模型，部件足有上千个。大家齐唱生日快乐歌，“斯坦利”不以物喜，面色淡然。这男孩儿如今的眼神总有些发空。而王大莲对小学霸的喜爱一如既往，她又把“斯坦利”揽到怀里，问他还想要什么礼物，“随便提，今天阿姨做主，咱们别听你妈妈的”。说时她还瞥了苏雅纹一眼，是大包大揽的亲热。苏雅纹只好对她报以一句“你瞧你”，是嗔怪的亲热。

“斯坦利”的嘴唇便颤了颤，这时芽芽却跃跃欲试。我立刻反应过来，她可能想提鸭子。她知道“斯坦利”有多么牵挂那只鸭子。然而想到鸭子，我又想到了“斯坦利”差点儿挨过的耳光，于是理了理女儿的头发，趁机捂住了她的嘴。

“斯坦利”最后还是没开口，只对朋友们点头致谢。王大莲又提议让孩子们看一部“皮克斯”动画片，作为庆祝“斯坦利”生日的娱乐活动。“我们也要劳逸结合嘛，不过要看英文版，顺便还能练练听力，对吧”，她问苏雅纹。这是王大莲近来第一次征询苏雅纹的意见，连我这个旁观者都有点儿不适应了。

而苏雅纹恍了恍神，道：“你说得有道理，我听你的。”

似是随口应和，但因为语调不是悠悠的了，所以具备了往日没有的诚恳和尊重。作为旁观者，我就更不适应了。然而我所不适应的，不正是人与人交往应有的常态吗——假如不划分成“他们”和“我们”的话？我也恍了恍神。

商场的电影院还关着，动画片只能在家庭教室里看，不过有了高清投影仪和环绕音响，效果一点儿不差。芽芽将一顶纸王冠戴在“斯坦利”头上，“大”和“二”又搬出了无穷无尽的零食，节目就开演了。我们这些大人则各有事做：我又捡起了当年的小爱好，靠在门口用手机拍摄孩子们，记录下他们或提心吊胆或掩面尖叫的夸张表情；苏雅纹在茶几上摊开一摞纸张批批改改，也许是在处理出版社的工作，也许是在检查“斯坦利”的学习成果；王大莲更是手脚不停，一会儿擦地一会儿抹窗沿，一会儿切了水果送进放映厅，一会儿给我和苏雅纹续上大吉岭出产的伯爵红茶。我又恍然，发觉这屋里的气氛一时变得那么日常，那么舒坦，而那舒坦却是筋疲力尽的舒坦，类似于铁人三项运动员终于躺在了沙滩上，看海也宽了，看天也高了……我们一路走来，形同战友。

而当王大莲从一间屋子里转出来，手里又多了一样东西。她走到苏雅纹面前，将它放下，是张黄灿灿的塑料皮。那只鸭子被放了气，已经洗刷干净，叠放整齐。苏雅纹一愣，与王大莲四目相交，骤然互相懂了。王大莲笑了笑，看我：

“我抢出来的东西，但是你交的钱——送给‘斯坦利’怎么样？”

我也笑，惴惴看向苏雅纹：“旧账不提，孩子喜欢就行。”

苏雅纹也笑，若有所思。但她终于没说什么，只将扁平形态的鸭子装进了“斯坦利”那无比鼓胀的书包。这只鸭子是我们这些为人父母者友谊的开端，它曾在“斯坦利”的画中旅行，现在却转回了“斯坦利”身边。不必言谢，谢就多余了。水晶灯下，王大莲的脸又有点儿发红，也不是原先的糙红，而是情感荡漾的轻红。她手往前探，盖住苏雅纹放在桌面上的手腕抚了抚，吐出几个字来：“咱们可别生分了。”

这话更令苏雅纹失神，直到动画片放完了，领着“斯坦利”往外走时都一言不发。母子两人的眼神都有些空洞，像一对瓷器玩偶。我拉着芽芽走在他们身后，好像护送他们穿越森林。好容易走出那条曲折的小路，街上的灯火霍然铺展开来。

苏雅纹站住，回身，对我吐出了几个字：“你看着吧……迟早得出事儿。”

这话乍听没来由，却如悲音，让人不知怎么回应。我一怔，又一悚，再看苏雅纹，已经拉着“斯坦利”飘然去了，走得脚不沾地。

也是怪了，从此以后，我倒像受到了某种不容置疑的心理暗示，总在隐隐等着“出事儿”似的。我也想把自己的担忧分享给王大莲，但却总也找不到机会。王大莲太忙了，忙于人前显贵，忙于人后受罪——不知从何时开始，苏雅纹索性退出了辅导班的决策层，连个挂名“顾问”也不当了，她一切只听王大莲的安排，上完课就领着“斯坦利”离开，连茶也不喝一杯；不过她对王大莲又是那么礼貌，那么客气，令对方明明感到“生分了”却又无从抱怨——于是王大莲只好独自操持那些繁多的课程，偶尔征用“三儿”和“六子”打下手，又摇头叹气地数落他们“眼神儿不好”或“上不了台面儿”。和“道爷”一样，王大莲也深刻地感受到了一个人物头的悲哀，那悲哀仅仅在于她太有能耐了。“搞教育，难啊。”如今她总是这样对我诉苦，而我的功用一如既往，还是她宣泄情绪的垃圾桶。所以后来一想，我就别用那些无根无源、没头没脑的焦虑去打搅王大莲了。

况且还有一条，孩子总是要学习的。我媳妇告诉我，那些真正的有钱人除了囤积房子，囤积茅台酒，现在已经开始囤积家庭教师了。这么说来，王大莲的义举善莫大焉，正是有了她的家庭辅导班，芽芽才不至于在课外失学。唉，课外失学，这又是怎样一个悖论、怎样一个充满了内在矛盾的概念啊。

“所以你还哔哔什么呀，偷着乐吧。”小张这么教育我。

而事后再回想苏雅纹的那句话，我又明白了一个道理——古往今来的谶语之所以准确，恰恰是因为它们的模糊。谁知道哪块云彩会下雨，蒙上哪块是哪快。没过多久，果然“出事儿”了。事儿没出在辅导班，倒先出在了吃播剧组。

这就又要再岔开去，说说“道爷”了。

“道爷”固然是“红了”，而“红”可不是白“红”的。应了科幻电影《蜘蛛侠》里那句名言，“能力越大，责任越大”，经纪人又揣着一摞合同来催我，说已经谈下了这么多广告，只等着“道爷”担纲主演呢。

对此我却作难：“这么急着变现？”

“这年头‘红’的周期才多长？再不使就过气儿了。”对方说。

我试图搪塞：“可咱们这位爷不缺钱，得先想个辙，调动他的积极性才行。”

“我给他发俩模特过去？双眼皮已经消肿了。”对方还在催。

跟这种俗人没法儿聊，境界上有差距。我琢磨了一下，只好又从辅导班和剧组抽出时间，先去那些想做广告的店里转了一圈儿。等回来，带着几个视频，展示给“道爷”看。视频里有几位脑袋大脖子粗的壮汉，貌似不是老板就是伙夫，他们声泪俱下地哀诉酒香只怕巷子深，生意都快做不下去了；生意做不下去还是小事儿，但老祖宗的手艺要是失传了，谁也担不起这个罪过呀。看完之后，我对“道爷”说：

“人民等着您接济呢。传统文化等着您振兴呢。”

这个境界就对了“道爷”的胃口。他在贵妃榻上胡噜几下灯泡脑袋，半晌沉吟：“有这种事儿，怎么才告诉我？庄导，你的失职。”

事不宜迟，立刻由“六子”开车，赶往拍摄地点。进了饭馆大堂，“道爷”还与夹道欢迎的工作人员热烈握手，“我来晚了”。然后坐下开吃，也都是些北京菜，只不过是我提前叮嘱那些家伙精工细作的，实在做不出来就到有名气的饭馆打包过来，所以呈现到“道爷”面前，也基本上“是那个味儿”。经过品尝，“道爷”总算跷起大拇指，给了个“地道”，而后又讲解了每道菜的渊源掌故——比如这道“它似蜜”是西佛爷的最爱，那道苏造肉炖小肠是乾隆爷的发明——这些也是我提前写好了稿子让他背下来的，“除了会吃还得会说，不能让人瞧不起咱们是不是？”其间有两家饭馆实在准备得不像样，连抄作业都抄不好，“道爷”把脸一沉就要撂筷子，我还得弯腰附耳，凑上前去紧着劝：

“都签了合同的，违约了咱们就得赔钱了。”

“道爷”说：“那也不能说昧心话呀，而且我又不在乎那俩钱儿。”

我说：“您不在乎我在乎……您权当心疼心疼我吧。”

动用交情绑架，终于将那些吃食塞进了“道爷”的嘴。就算“道爷”吃得一脸苦相，我也有信心在后期阶段把他剪辑成眉开眼笑。制作完毕，我交了差，再由经纪人将那些硬邦邦的软广告推送给各大平台，其中还包括了微信朋友圈的定点投放。不久商家又补了一笔费用，公司还组织旗下艺人身穿奇装异服前去现场排队，当街上演了一场魑魅魍魉的视觉盛宴。线上线下联动，效果立竿见影，那段时间的美食排行榜上涌现出了一批新贵。吃水不忘挖井人，还有些饭馆把“道爷”的海报挂在了门口。

然而没过多久，事儿就来了。先是有慕名前往的消费者投诉那些饭馆粗制滥造、缺斤短两，后来又有其他探店达人跟进，拍摄了几则和“道爷”唱反调的吐槽视频。他们指出，这些饭馆都开在宾馆或者景点附近，专“宰”旅游团和外地客，大家不要上当。这就是砸场子了，不光砸了饭馆的场子，还砸了“道爷”的场子。又没想到，这当口还发生了一起恶性事件，有顾客在炖吊子里吃出了没洗干净的糊状物，投诉时店家不认账，顾客急了，说难道我还能栽赃你们不成？我会往自己的饭碗里拉屎吗？顺手就把那碗屎扣在了服务员的脑袋上。矛盾不可调和，饭馆后厨蹿出几条壮汉，一拥而上就把顾客给打了。那个场面也被人录了视频，可比摆拍真实得多，原来那些脑袋大脖子粗的家伙不是老板也不是伙夫，而是专门雇来铲事的社会闲散人员。后来肇事者当然受到了处罚，不过事态就扩大化了，连“道爷”也被推到了风口浪尖上。在视频里看到饭馆门口的海报，人们不禁要问：

网红代言黑店，“道爷”究竟拿了多少好处？

不光涉及利益交换，“道爷”和黑恶势力又有何干系？

身为一名前村长，“道爷”在既往的工作中是否有过类似行为？

连村长这个身份都给扒出来了，这也是互联网的悖论：你自以为你不是你，但一夜之间，谁都能知道你是你。换句话说，“道爷”被“人肉”了。而“人肉”一定还会伴随着网暴。好在小区门口有民国大元帅站岗，小院儿外还把守着一个“六子”，就算泄露了住址信息，倒也不必担心遭受到真正的暴力荼毒。但网上的指责、攻击和谩骂可是挡也挡不住的，有如水漫金山，污言秽语一时间淹没了吃播评论区。

这时再去找“道爷”，看见的就不是一个魁伟的老头儿，也不是一个赌气的老头儿，而是一个孱弱的、六神无主的老头儿了。他又面朝墙躺在了红木贵妃榻上，却不再如同卧佛，而是缩着脖子，直把脑袋往墙角里扎，同时屁股又不由自主地撅了出来，好像一只横放的鸵鸟。从我的角度都找不到他的头了，所以他又像一具惨遭弃市的尸首。

从何说起呢？我只能垂手站着，那架势更像在给一个“社死”的人默哀。

时间凝滞，“道爷”无话。不知多久，他才察觉到了我在旁边，这才把脑袋拔出来，对我道：“庄导来了？也没给您沏茶。”

那声调软塌塌的，像块牛皮糖，抽得我的脸啪啪作响。闹到如今地步，我难辞其咎呀。现在相关人等都没影儿了，剧组的人全跑了，经纪人发来一纸解约合同就不接电话了，只剩下我面对着这场网络风暴的受害者。我又不禁自怨自艾：“我也没想到……”

“是呀，我想不通呀。”“道爷”一骨碌，却没劲儿坐起来，而是变成仰面平躺，两眼看天，好像在对房顶喃喃自语，“你说我要是花了人家的钱，替人挨骂那也活该，可你给的钱我一分没动呀，当初我都说了不想要呀。”

他还说：“我不是为了钱，他们干吗要骂我呢？”

他还说："当初村里的人骂我也就罢了，可这事儿不争房子不争地，跟他们全没关系，他们怎么还骂得那么起劲儿呢？"

他还说："一辈子不想亏欠别人，怎么老被戳脊梁骨呢？"

这些天问，自然不是我能回答的。窦娥都明白自己死于谁手、为何而死，"道爷"却百思不得其解，所以"道爷"比窦娥还冤。而答不出来也就不答了，我这趟来，也不是充当"口腔工作者"的。接下来，我只做了一件事：在贵妃榻上支起一个小方桌，又从门外的"三儿"和"六子"手里接过一只紫铜火锅摆了上去；等炭火烧热，水汽蒸腾四起，我还打开随身带的便携式保温箱，从里面端出两只"乐扣"饭盒来。都是鲜切羊肉，一盒上脑，一盒磨裆，最好的部位。"道爷"的事儿王大莲都知道了，她还知道"道爷"已经有日子没吃饭了，于是备好了东西让我送来。

在辅导班里，王大莲磨刀霍霍，把一只羊大卸八块的架势吓得几位妈妈"嗷"的一声，不过她也顾不得了。而我问："干吗不自己送过去呢？道爷看见你，没准儿还能高兴点儿。”

王大莲的眼神也空洞了：“没准儿他看见我更不高兴呢？”

没准儿她是觉得，“道爷”既已塌了台，又对比墙那头欣欣向荣的辅导班，所以才会愈发心里堵得慌？就像柏林墙东边见不得西边的好，越是遭了饥荒，越得防范西边的假支援、真破坏？按照这种思路，给“道爷”开开胃的任务，便又落到了我头上。我夹起两片羊肉放进锅七上八下，又按照“道爷”讲解过的“骑马蘸”手法裹上芝麻酱，让那浓郁的香气飘散开来。别说饿了几天的人了，就连我都满口生津。

“道爷”在床上似也眼睛一亮，问的却是：“这是……大莲子的手艺？”

我故意卖关子：“要想知道羊肉的滋味，就得亲口尝一尝。”

“道爷”居然挺了挺腰，做了个“扶我起来试试”的姿态。我便扶他起来试试。等托着他的灯泡脑袋，让他在方桌前坐好，“道爷”颤颤巍巍地拿起筷子，在桌上顿了顿，夹起两片肉送到嘴边。但这时，他的动作却停了，肉片在筷子尖上摇摆着，飘荡着，只是不往里送。“道爷”的脸上浮现出了莫大的痛苦。

我像喂孩子一样鼓励他：“哎，张嘴，再不吃我可吃了啊——”

“道爷”终于张嘴，将肉放了进去。他的嘴唇开始嚅动，下巴开始咀嚼，但我总觉得那不是品尝，只是进行着周而复始的机械运动。运动了许久却不咽，好像嗓子眼儿里有道难以逾越的关口，甚而好像灾荒年间吃树皮、吃观音土的人正在进行自我欺骗。他的嘴里含着巨大的悬念，让我越看越揪心。到最后，“道爷”终于重又张开嘴，将那块费尽千辛万苦嚼得稀烂的肉喷了出来。

我还没说什么，他却哀鸣：“我饿呀——”

他又说：“可我吃不下饭了呀——”

那是欲哭无泪，那是生无可恋。“道爷”的哀鸣绝望而悲凉，将门外的“三儿”和“六子”都引了进来。“三儿”叼着烟屁，唉声叹气地搓手，而“六子”也不再是狠巴巴的模样了——他哭丧着脸，眼圈儿转瞬红了。“道爷”吃不下饭了，这一事实有如山无棱，江水为竭，有如冬雷震震，夏雨雪，超越了“六子”对世界的基本认知。于是他六神无主，彻底慌了。对于我这个一向被他看不上的“他们”，“六子”居然也露出了求助的神色，抓着我的胳膊摇晃起来，连称谓都变了：“哥，这可怎么办呀？”

“三儿”也问：“这都多少天了，怎么就不想吃饭了呢？”

我保持着难能可贵的冷静，回答他们：“这是医学问题了。找大夫吧。”

17

经过检查，“道爷”被诊断为厌食症。医生说，这种症状虽然表现在生理方面，但源头还在精神上；医生还说，“道爷”的毛病也许早就有了，因为暴饮暴食同样可以被视为一种变态性的精神宣泄；医生又说，从暴食到厌食也不罕见，物极必反嘛。

分析得头头是道，但终究属于马后炮。至于治疗方案，我们也只有先没收了“道爷”的手机，禁止他接触负面信息，同时想办法让他高兴起来。自从有了互联网，承受过类似遭遇的人不胜枚举，他们像是定期的祭品，被轮流放置于众目睽睽之下；然而我们从他们身上收获了诸如同情、悲悯、愤怒等强烈的感情，又用这些感情证明自己活着，却从没想过他们事后应该怎样活下去。现在从“道爷”身上可见一斑。这老头儿的确活着，但仿佛也仅限于活着了。在一段时间里，他不仅丧失了胃口，而且丧失了与人交流的欲望，每天只在贵妃榻上横着，闭眼睡觉，睁眼看天，一任我和“三儿”和“六子”轮流凑上前去请安、呼唤、摇晃，理也不理。我们只好像照料植物一样照料他，遵医嘱利用各种手段维持他的生命体征。而又过了一段时间，“道爷”似乎当植物也当腻歪了，主动恢复了一定程度的机能，但又发生了时间方面的紊乱——当别人醒着，他总睡着，当别人睡着，他又睡不着了，于是在“半扇楼”的一个单元里上下走动，还会给我打电话。

打电话探讨的又是一些没头没脑的话题。比如他问我：“为什么我穿着衣裳，却又总觉得浑身光着呢？我都不敢出门了。”

我正在自己的小房间里加班熬夜，放下鼠标，掐着嗓子应付他：“这大约是因为在网上被人看多了吧……”

“道爷”又道：“可我怎么还觉得，我其实是光着的，但又自以为穿着衣裳？”

如此玄思，就不是我所能解释得了的了。半夜打电话这个行为也很不好，会令我媳妇对我产生不必要的怀疑，所以我勒令“道爷”努力睡觉。现在“道爷”的脾性倒变得很乖，听人劝，我让睡他就睡。而在安抚、呵护“道爷”的工作中，“大”和“二”也起到了一定的积极作用，两个肉丸子“绕床弄青梅”，劝说，姥爷，您就吃点儿吧，您瞧您都饿成纸片了。“大”和“二”还说，您要不吃，我们也不吃了，我们陪着您绝食。

念及孩子，“道爷”总算做出了可贵的尝试。这时的食物也变了，成了医院配置的能量棒：一拃来长，黑乎乎的也看不出是什么，连嚼都不用嚼，直接塞进嗓子即可完成吞咽。于是“道爷”把自己也变成了一样北京特产，那就是填鸭。一管下去还真灵，“道爷”貌似有了精神，又问“大”和“二”：“谁让你们来的？”

肉丸子不打诳语：“我妈。话也是我妈教的。”

“道爷”又说：“姥爷耽误你们上课了。”

“大”和“二”说：“我妈还说，课天天都能上，可姥爷只有一个。谢谢姥爷，您让我们放了假，我们的脑袋都快爆了。”

“道爷”露出了久违的笑，但嘴咧到一半就僵住，变成了空洞的口子。他又把头扭向我："庄导，我想跟你商量个事儿，不知当讲不当讲。"

我赶紧说："瞧您说的，您就说吧。"

"道爷"便继续扭头，一直扭到了颈椎结构所能达到的极限，看向了院儿外的那堵墙。自从遭受网暴，他的肢体动作也发生了变异，明明是完好的一个人，但怎么看都透着诡异。他就歪着脖子斜着眼盯着墙说：

"我想把它拆了，您看怎么样？"

我也看那墙。墙头长满苔藓，墙脚芳草萋萋。然后我哭笑不得："这是您家，墙是您砌的，您问我干吗。"

"道爷"把脖子转回来一点儿："您说得不准确，这不完全是我的家。"

在注视下，我懂了他的意思。王大莲上一次的普法及宣誓，迫使"道爷"承认了女儿对"半扇楼"西边那个单元拥有无可争议的主权。这一过程必定伴随着莫大的心理折磨，而网暴事件也许是关键性的助推剂。经历风雨，"道爷"终于变得豁达了，或者说是软弱了，于是他想通了，或者说是不得不想通了。除此之外，他还接受了女儿不认同他的“范儿”，接受了女儿另起一“范儿”。他也接受了一家两制，但总归是要一个家才好。人生多苦痛，还有什么比家更重要的呢？然而恰因一家两制，凡事就由不得他说了算了，砌墙他可以任性而为，拆墙却必须得听听王大莲的意见。“道爷”明白了这个道理。

然而他的明白让我心酸。都说上了岁数的人固执，但在我们这个时代，被牛不喝水强按头的总是上了岁数的人。我不免又展望起了我和芽芽的关系：等我女儿长大了，我又要如何与她相处？而我真正害怕的，却是女儿和我形同路人啊。基于这种情绪，当“道爷”臊着脸问我是否还乐意居中说和时，我义不容辞地答应了。

然后去找王大莲。找到王大莲，我说话也不绕圈儿了，而是采用了“他们”的风格，开门见山：“打断骨头连着筋，是不是这个理儿？”

又指那墙：“分久必合，是不是这个理儿？”

王大莲不语。她甚而没再问我，是不是“道爷”让我来的。我一开口，她就知道“道爷”已经软了下去。然而她只是如锥子般盯着我，那目光里没有得意，没有畅快，也没有同情与不忍，倒又像有着千言万语。千言万语不能说，一时噎住了。过不一会儿，我却像透不过气来似的，自己先慌了。我催她：

“墙能不能拆，你给个话儿。”

王大莲这才醒了，轻声道：“不能够。”

我急了：“为什么？你还想让老头儿亲口跟你赔不是吗？”

王大莲又轻声说：“可我爸爸跟这事儿……已然没有关系了。”

我更加百思不得其解：“墙在你们家，那还跟谁有关系呢？”

王大莲又轻声吐出三个字：“苏雅纹。”

她吐出了苏雅纹的名字，一如当初苏雅纹吐出了她的名字。我就彻底晕了。这俩女人到底怎么了，难不成她们除了互相刺探，互相侦察，还发展到了互相胁迫的地步吗？那她们的生活可真够刺激的。而看到我云里雾里，王大莲也露出了云里雾里的表情。在那身色泽昏暗、被戏称为“性冷淡风”的“露露柠檬”运动服的衬托下，她的红脸蛋有如污染指数爆表时的夕阳；但透过那团雾，我却看到了真切的、纠结的痛苦。王大莲还拢起她两手食指的关节，按在太阳穴上不停揉搓，好像犯了偏头痛，又好像动画片里的一休哥正在转动脑筋。她的痛苦不仅来自痛苦本身，仿佛还来自对痛苦进行思索时大脑的转速不够。但她必须思索，这是王大莲从“他们”迈入“我们”行列的必由之路，一如亿万年前的鱼类只有长出了腿才能爬上陆地。终于，王大莲又轻声对我说：

“人的脑袋要是个手机，那该有多么方便。”

我继续晕着：“你是想升级换代吗？还是想接个天线？”

“不。”王大莲说，“我真想把苏雅纹从脑袋里删掉，可我做不到。”

也正是那天，我才得知，王大莲和苏雅纹还吵过一架。

争吵发生在不久前的一个晚上，当时孩子们都在上课，客厅里的妈妈们看手机的看手机，扯闲篇儿的扯闲篇儿，而我挂心着“道爷”，又到墙那边探望去了。争吵当然是有原因的，但事后想来，好像又没那么具体。

苏雅纹站在窗前，望着漆黑的森林，若有所思，王大莲就走向了她。王大莲请苏雅纹移步到楼下的那套平层四居室里去谈一谈。两人下楼时静悄悄的，唯恐惊扰了别人。而对争吵的过程，王大莲叙述得非常简略，她告诉我，她是想向苏雅纹通知一件事：家长会经过改选，决定由王大莲接替苏雅纹担任召集人。改选是背着苏雅纹进行的，而理由是近来苏雅纹对于职责心不在焉，不光无法就很多问题给出建议，连通知开会都出现过弄错时间的情况。

也可以理解，职业女性嘛，大小还是个领导，毕竟比一般人忙些。更可以理解，苏雅纹家的“斯坦利”已经是学霸，又何必在意别人家的孩子“鸡”得怎么样。所以大家需要一个来自群众，又有能力和热情为群众服务的人勇挑重担，而这个人非王大莲莫属。众望所归，就连博士班主任也没法儿反对，尽管她和王大莲以前结过梁子。只不过群众除去鸡娃，还比较鸡贼，这些话不愿自己对苏雅纹说，反让王大莲去说。现在王大莲就说了。说时还是很在意苏雅纹的感受的，就事论事地陈述了妈妈们的决议后，她又找补：

“我也不想，是她们黄袍加我身，非让我鸠占鹊巢。”

瞧，都能引经据典了。王大莲还说：“你可千万别多心……”

苏雅纹却粲然笑了，口气悠悠的：“我多什么心，这么说就是你多心了。我又不是饱食终日的家庭妇女，怎么会在意一个召集人的身份。”

就算脑袋转速有限，王大莲也听出苏雅纹话里带刺儿。但她仍想维持热络、和气的氛围：“我就说嘛——这活儿你懒得干，我才代劳。不过我水平不如你，到时候有什么不懂的，还得请教你。另外，你可别怪我挑不是啊，辅导班既然是咱们一起办起来的，你现在怎么成了甩手掌柜呢？什么事儿都是我一肩挑，我的脑袋都大了……”

王大莲亲热地抱怨着，还发现苏雅纹正在打量自己，仿佛真诚地刮目相看。从头看到脚，气质往下跑，从脚看到头，气质往上流。所以王大莲忽然有了置身舞台的感觉，她正在把自己展示给苏雅纹。

但苏雅纹插进来一句话：“你觉得你变成了我，你就满意喽？”

这话仍是悠悠的，但却既冷又硬，薄而锋利。话像刀子，切断了王大莲的语言及思路。而话的内容看似突兀，但再一品，意味无穷——因为你变成了我，所以你满意喽；可你只是“觉得”你变成了我，这就自以为能满意喽；你居然真的以为你能变成我，居然真的为此感到满意喽。每换一组关联词，就多了一重意思，但将所有意思汇总，又是一个意思，那就是：我还是我，你还是你，“我们”还是“我们”，“你们”还是“你们”。

王大莲正是这样理解的。她在向我转述的时候不仅流露出了委屈，而且流露出了愤怒。哦，事到如今，苏雅纹竟然是这样看待她的。啊，连“他们”都懂得了尊重她，偏是苏雅纹丢掉了那份尊重。哼，把苏雅纹解职的不正是“他们”自己嘛。

俩人就突然吵了起来，毫无征兆，没有过渡。不仅王大莲恢复了大嗓门，就连苏雅纹的声调都高了上去，打战，晃动，维持在一个前所未有的波段上。又可见芥蒂早就存在，不过引而不发，但现在突然崩裂出来，就像汽油桶见了火星。王大莲说，你什么意思。苏雅纹说，什么我什么意思，我没什么意思。王大莲说，你是不是不乐意了，怕我取代了你？苏雅纹说，我能怕你取代我？你也太高看自己了。王大莲说，怕就说呗，你就别装了。苏雅纹说，不是你一直在装吗，装得还那么费力，还让我帮你装。

王大莲说，你才装。

苏雅纹说，你才装。

你装。

你装。

吵到这一步，却又戛然而止。到底是苏雅纹，先反应过来刚才的一幕太反常了，太失态了。她闭嘴，看着王大莲，王大莲也闭嘴，看着她。

怎么就到了这一步？俩人都有点儿恍惚，还有点儿不可置信。

但她们是否还感到了痛快？我带着那么丁点儿恶意揣摩。

结局则是苏雅纹走回家庭教室，王大莲跟在后面，俩人面色如常地出现在众人面前。一个还是那么清冷，一个还是那么热忱。大家都以为她们之间的问题已经解决了，甚而可说从来就没有过问题。当天的课一结束，苏雅纹便带着“斯坦利”离开，王大莲还弯腰搂了搂“斯坦利”，说明天见。等明天，苏雅纹又带着“斯坦利”来了，课照上。有心人或许会发现，从此以后王大莲与苏雅纹再没说过话，就连眼神交流也没有了，但这同样没什么可担心的，尴尬是有点儿尴尬，但毕竟是和气的嘛。

就连我都评论：“是呀，要是这样跨过了这道坎儿，那倒是件幸事……”

我又说：“还是先说说苏雅纹和那堵墙又有什么关系吧……你们不都互相不理了嘛。”

王大莲说：“其实和苏雅纹也没关系，或者说，有关系也只发生在我心里。对我而言，这堵墙是因为苏雅纹才砌起来的。她鼓励我从家里走了出来，鼓励我脱离了我爸爸的控制，鼓励我活成了一个新的我。如果把墙拆了，那就相当于我回到了老地方，走在了老路上，苏雅纹又会怎么看我？我的胜利是在她的见证下实现的，所以我不能让她看见我的失败……就连看见我的妥协也不能。我知道这想法很怪，但我的确是这么想的。天哪，我是怎么了，我过去看着我爸爸的眼色活着，现在却看着苏雅纹的眼色活着了……不不，我是先变成了苏雅纹又用苏雅纹的眼色看着我……我能对我的房子、孩子做主，但到底没能做了自己的主。我从旧的我活成了新的我，但究竟哪个才是真的我？”

这么说时，她又开始揉太阳穴，搓得红脸蛋上面开出了两朵小红花。而对于王大莲的这番玄思，我仍然不知如何作答。我只是惊异于王大莲父女都变得越来越有哲学家的气质了，不知这是遗传，还是生活教育的结果。但以我粗浅的理解，哲学还有一个要义：很多时候，提出问题比解决问题更加重要，这也许是因为有些问题注定无解。

向哲学家迈进的王大莲却不懂得这个道理，她继续困惑，继续较劲：“我既想把苏雅纹从脑子里删掉，也真后悔跟苏雅纹闹掰了。庄导，你说我贱不贱？可我只有两个朋友了，就是你和苏雅纹。没了苏雅纹，就好像一半儿的我从身上被切了下去……”

她求助地看着我。又如同此前被“道爷”注视着，我立刻明白了她想让我做些什么。也和答应“道爷”一样，我觉得自己无法拒绝。

于是又去找苏雅纹。从“道爷”到王大莲到苏雅纹，我在这几个人之间周而复始地绕圈儿。早先觉得生活既是一张网，也是一锅粥，但现在觉得生活更像一个旋涡，我们所有人都被卷了进去，也分不清是在螺旋上升还是螺旋下降。给苏雅纹打电话时，我听出她的声音也是疲惫的。就连苏雅纹都疲惫了。商场的咖啡馆关了，我们两个疲惫的人只好约在离学校不远的一家冷饮店见面。苏雅纹还说，正好她也有事想告诉我呢。

见到苏雅纹，她正吃着一份冰激凌。冰激凌有两个球，一个球是草莓的，另一个球也是草莓的。她那专注地小口舔舐的样子像个小学生，而我从没见她碰过这种高糖高热的甜食。我还想起，甜是抗抑郁的。

我倒保持自律，坐下要了杯苏打水。苏雅纹有些遗憾地将冰激凌推开，恢复了清冷的神情：“你说吧。”

我谦让道：“还是你先说吧。”

苏雅纹就说了：“再过两天，‘斯坦利’就不去上辅导班了。”

苏雅纹的口气淡然，和她叙述其他事情时一模一样；而以我的记忆所及，她迄今为止少有的情绪激动，似乎都发生在王大莲面前。她的话传到我耳中，感觉就像遥远的天边正在打雷，那是隐秘的、不可察觉的响动，但又分明滚滚而来。

我瞠目结舌："为什么呀？辅导班不是你……"

苏雅纹说："没错，是我挑的头。不过彼一时，此一时，那时候觉得这种课程对'斯坦利'有好处，但情况你也看到了，现在班上的孩子越来越多，要是大拨轰，又和学校有什么区别？'斯坦利'跟别人本来就不在一个程度上，他已经能背半本《古文观止》，能进行流利的英语对话，还在接触微积分，那又何必被耽误呢？当然你别多心，我没有看不起别人的意思，我只是觉得应该因材施教……"

这是她给我的理由。但我又想问，就算认定"斯坦利"势必成为下一个埃隆·马斯克，苏雅纹又要怎样因材施教呢？全换成一对一吗？辞了职亲自上阵吗？和国外的老师线上教学吗？无论哪种方法，那男孩儿将要面临的，就是漫长而孤寂的童年了，他好不容易有了几个朋友，但以后却别想在课外时光见到他们。我还想提醒苏雅纹，仅靠一己之力按照天才的方式培养天才，对于父母而言会是多么大的负担。曹冲称象，曹植七步成诗，可他们有个挟天子以令诸侯的爸爸；还有维特根斯坦，在他的国家没有几个人懂得他的思想，但也没有几个人不是他们家开的银行的客户。反之，假如一个神童降生在普通人家，天知道是大幸还是大不幸。但苏雅纹两眼盈盈地浅笑了一下，似乎提醒我，只有庸人才会为别人的事情自扰。她又低头点了点手机，我的手机呼应般地响了一下。

我划开屏幕，看见她转了一笔不多不少的钱过来。苏雅纹告诉我，一直以来王大莲替她垫的学费都在这儿了，“原来也没顾上这点儿事”，她请我代为还给王大莲。然后她又说：“再说说你的事吧，你为什么找我？”

我木讷半晌：“好像也没必要说了。”

苏雅纹点了点头。我猜，她早已知道我受谁之托、为何而来。现在结账离场，确实说也无益。于是我们不约而同地看向窗外。周末的下午，学校门口难得不堵车，街景整饬而明亮。远处还有一条贯穿北京西北部的皇家水系，金碧辉煌的游船从河上缓缓驶过。这真是一个挺好的社区，这里有一所挺好的学校。

又过了片刻，苏雅纹忽然问我："王大莲还好吗？"

"有什么好不好的。"我说，"日子照过呗。"

苏雅纹说："她是个挺好的朋友。"

18

苏雅纹离开了，而我还得去做王大莲父女的安抚工作。“道爷”那边好对付一些，我对他说，我无能，没能说通王大莲拆墙，但您千万别怪她；王大莲也有讲和的心，她无非是“磨不开面儿”罢了——我的说法是有依据的，在此期间，墙那边的物资被暗通款曲地运送到了墙这边：鲜切羊肉、莲子银耳小米粥，还有新学会的褡裢火烧……青山遮不住，绿水东流去。所以我又说，要看实际行动嘛，大莲子惦记着您呢。

我这么说，“三儿”和“六子”也这么说，再看着、闻着那些如假包换的王大莲的手艺，“道爷”貌似获得了些许安慰。既然已经先行软了下来，他倒放下执念，取而代之的是疲沓的随遇而安。一天，他历史性地夹起一只褡裢火烧，放到嘴里咀嚼，吞咽，然后说：

“也是西葫芦馅儿的。”

然后又说：“我倔，她比我还倔。”

“三儿”感叹：“要不她是您的闺女呢。”

“六子”的眼圈儿都红了，他跑到院儿里，对墙那头高呼，仿佛宣布重大喜讯：“我爸爸吃人饭了，我爸爸不当填鸭了——”

未几，墙那头也有呼应，来自“大”和“二”：

“姥爷，您可劲儿造，我们这边儿还有烧饼夹肘子哪——”

何止暗通款曲，甚而隔墙唱和。在唱和声中，“道爷”的灯泡脑袋渐渐亮了起来，虽然瓦数不足，但也足以招来两只投火的飞蚊。“道爷”一巴掌下去，给灯泡脑袋印上了一朵小红花。都能打蚊子了，可见状态日渐改善。于是我略微放下心来，又去对付王大莲。

王大莲既然肯为她爸爸下厨，就说明她的心病的确不在“道爷”身上，而是在苏雅纹身上。然而随着“斯坦利”的退班，苏雅纹已经从“半扇楼”里消失了。昔人已去，又何苦再跟一个消失的人较劲呢？我这么开导王大莲。

我还说："既然你如此看重苏雅纹，也不妨考虑一下苏雅纹的感受。她为什么离开？说是为了'斯坦利'，但我觉得不全是。要为'斯坦利'，刚把小班改大班时她就该离开，可她不是还来了一阵？可见她走，纯是因为待得不自在了。"

王大莲说："这我都想到了。可她说走就走，也太绝情了……"

我又说："你还有没想到的地方。再问你一个道理，人会忌讳什么人？绝不是远不如自己的人，因为那犯不着。人忌讳的都是同等的人，因此你可以把忌讳视为一种认可，一种尊重。苏雅纹心气儿高，当惯了圈子里的核心，那么她因你而走，也说明她其实已经把你看成了她——尽管嘴上不承认，但她觉得，这里有了你这个'她'，也就容不下她这个'她'了。我还得提醒你注意，你想要的到底又是什么？是和苏雅纹的友谊还是和苏雅纹的平等？我记得你说过，你就是想变成'他们'啊。现在恭喜你，你的愿望实现了。"

我担心自己说得有些绕，但王大莲的脑袋跟上了我的思路。同时她又困惑："你的意思是说，在'他们'

之中，一山不容二‘她’？”

我点点头：“很遗憾也很残酷，但正是这样。”

王大莲终止了对我的发问。也许她仍然困惑，但她看出了我的疲惫。我也不知自己是否说服了她，但随后的表现是，她的确担负起了“我们”对她的期许。课外辅导班运转照常，欣欣向荣。没了苏屠户，也不吃带毛猪。通过余勇可贾的口腔劳动，我似乎实现了两个方面的既定目标：鼓励“道爷”振作，让自己的拍摄计划不至于留下太大后患；稳住王大莲的军心，让我女儿有地方上课，从而对我媳妇交差。说到底，这都是为了我自己，所以当王大莲父女对我表示由衷的感谢时，我并未感到丝毫荣幸。

不仅如此，就连我也打算从“半扇楼”里抽身了——当然并不是像苏雅纹那样决绝地一走了之，而是逐渐地、谨慎地拉开距离。我婉拒了“道爷”再度以“飞天”茅台宴请，也谢绝参加妈妈们的茶话会。恰好这时，小张的新项目告一段落，能腾出手来顾家了，我得以把更多的时间放在了工作上。我不光晚上加班，白天也尽量挤出空暇闭门劳作。渐渐地，我留给人们的印象就不是个社会闲杂人员了，而是变成了我们那片爸爸们应有的样子。

对此妈妈们表示理解，但多少又透出一点儿遗憾：她们失去了一个知趣的调笑对象。

这段日子我也见过苏雅纹，是在“换换脑子”去学校接孩子的时候。现在她也从妈妈们之中疏离，总是远远站在人群之外，纤细笔直，像画框外打了根钉子。当王大莲接替了她，她也接替了当初的王大莲。等“斯坦利”和朋友们结伴出来，便会埋头走向她，而后这对母子再踽踽走向商场的停车场。停车场是原来那座商场唯一的营业项目了，还是“三儿”把门，为我们延续着熟人的特权。又有一次，我领着芽芽去王大莲家，恰好看到苏雅纹那辆“沃尔沃”从路边驶过。车身斑驳，后门上还有一条粗大的痕迹，也不知是在哪儿剐的。对于独自带着孩子过活的女人而言，修车无疑是个大工程。

我们隔着车流相望一眼，倏然将目光移开，各走各的。

而也就是在那之后不久，又“出事儿”了。苏雅纹一语成谶。

记得那天，我把芽芽送到家庭教室，然后走出小区，去商场门口开自己的车。课一上就是一晚上，利用这段时间，我正好可以回家干点儿活儿，等芽芽忙活完了再去接她也不迟。王大莲还主动让芽芽和“大”和“二”搭伙吃饭，她的包办又给我提供了方便。但这天回了家，正啃着三明治瞪着电脑，手机响了，是王大莲。她短促地告诉我，课上不了了。

这时我还没把“事儿”太当回事。此类情况以前也发生过：或者是老师临时有事，又或者是某几个孩子要参加别的地方的考级，又不愿意落下这边的进度，所以妈妈们要求王大莲重新协调。王大莲还真就来回来去地打电话与人沟通，争取一个人人满意的解决方案。都是葫芦和瓢的辩证法，她所抱怨的“搞教育难”，多半也是难在这里。而最坏的结果，无非是耽误一两个小时，因此我也帮着王大莲出主意：

“现在是应该上奥数还是‘国学’来着？实在不行就空一节，让芽芽跟‘大’和‘二’看会儿动画片，接着再上后面的英语也可以嘛……”

但王大莲又说：“你快来一趟吧，我不知该怎么办了。”

说完她就挂了，既不知所措又讳莫如深。这就让我感到事态严重起来，进而想到了很多想也不敢想的可能性。出门的时候，我甚至还考虑过要不要带上家庭急救箱，或者从楼道里顺个灭火器。这时当然也来不及去商场停车了，对民国大元帅吼叫了两嗓子，径直开了进去。来到“半扇楼”下，却见湖水依旧，小院儿依旧。上楼时才碰到两个妈妈拉着孩子出来，挂着受惊的神情，逃也似的匆匆离开。

复式房的门半掩着，我推开进去。就见客厅依旧，教室依旧。没别人在，只有王大莲愣愣地坐在沙发上，仿佛入定。

听见我来，她也没抬头：“他们在楼下房间里，自己玩儿呢。”

我反应过来，这时说的“他们”是指芽芽和“大”和“二”。看来“出事儿”的不是孩子，我长嘘一口气，继续等着王大莲说话。

王大莲便又说：“他们来了。”

这个“他们”又是谁？我愈发蒙了。王大莲则停留在半呆滞的状态中，面无表情，嘴唇翕动，诉说了“他们”的构成：一名警察，一名城管，一名工商，一名居委会，一名精神文明办，一名扫黄打非办。“他们”的着装有黑，有蓝，有黄马甲，有红袖标，有大檐帽。不免让人诧异而又感到滑稽：王大莲家再怎么说也不至于涉黄吧。

“他们来干吗呢？”我问。其实已经猜到大概了。

果不其然，王大莲道：“他们不让孩子上课。”

现在彻底明白了：我们的家庭辅导班遭到了“有关部门”取缔。只不过取缔又不知道具体该由哪个部门取缔，以前毕竟缺乏这方面的工作经验；而北京是首善之区，这里又是高尚住宅，凡事讲究个师出有名，总不好像网上流传的视频一样，随便纠集几条壮汉破门而入吧——所以只好由居委会牵头，派出所召集，将可能“有关”的部门一并请来，大家来个联合执法。其实执法也挺客气，一行人等小声敲门，进门之后更不会像法制节目一样搏斗、按倒、控制现场。只是该拍照拍照，该记录记录，倒好像不是来执法的，而是来参观的。上下转了一圈儿，才由一位老片儿警宣布：

“下课啦。各找各妈，各回各家。”

孩子们一哄而散。孩子们不动窝也被妈妈们拉扯着散了。连老师也趁机散了。尽管执法过程很文明，但仍把大家吓得够呛。直到这时，王大莲还喃喃说：

“我爸爸当村长那会儿，家里也没见来过这么多穿官衣的人呀。”

她不仅惊魂甫定，并且又显现出了大型食草动物般的木讷。自从王大莲脱离家里独立，都有多久没见过她的这副神情了？现在倒有点被打回原形的感觉，而这就是形形色色的制服的震撼力了。我忽然想，古时候把政权的行使者称为“牧”还是很有道理的。我也知道，王大莲叫我来，其实是希望有人能帮她拿拿主意。

很可惜，这个人不是“道爷”，不是苏雅纹，只能是我这么块料。

我佯装镇定，试图帮她稳下心绪：“不要慌，慌没有用。你就想，毕竟也没抓人嘛，毕竟也没贴封条嘛，可见没把你这儿真当成什么黑窝点。”

但王大莲说：“可他们还让我交代问题，说必要时会追究我的责任。”

我说："哪种程度的责任？"

王大莲说："刑事责任。"

我也被吓得一哆嗦："怎么就到了这个份儿上？"

王大莲却又陷入了木讷。我几次三番找她说话，她只是不语，一双眼睛黑是黑，白是白，但全没光泽，好像磨砂玻璃做成的。这又让我想起当初在商场顶楼，她被定义成"小偷"时的那一幕。而现在的王大莲又将承担怎样的罪名呢？非法办学？非法经营？非法集会？只不过当初斥责她的只是一名前台小姑娘，现在却换成了红袖箍和大檐帽，因而王大莲就连顶撞和抗辩的资格都没有了——不仅王大莲，谁不是这样呢？"他们"说什么"我们"都得听着，"他们"做什么"我们"都得受着。在如今的形势下，以前的"他们"和"我们"全失效了，取而代之的是另一套"他们"和"我们"之关系。

所以我也充满了无力感，连安慰的话都说不出来了。我坐到沙发斜对面的茶几旁，和她分据房间两角，有如一盘棋局上的残子。天更黑了，窗外树梢摇晃，荡起涛声，我们连灯都忘了开。王大莲早已瘦削下来的轮廓被笼上一团黑影，仿佛一瞬间又膨胀回了原来的体态。不知何时，她的脖子咔吧一响，如同锈迹开裂，抬起头来，像具有了夜视功能一样打量着这套黯淡无光的复式房。依稀辨别着王大莲的表情，我发现她从木讷中浮了出来，又开始感怀了——感怀她的全部心血如梦幻泡影吗？

我还听见王大莲说："可'他们'又是怎么知道的呢？"

她自言自语，我不禁呼应："知道什么？"

她说："知道我们办班呀。谁出卖了我？"

这话好像拽动了老式发动机的摇杆，令我也不得不转起了脑子。但我又一声苦笑。说实话，家庭辅导班的隐蔽工作倒是一直在做，但越到后来，就越有掩耳盗铃的味道了。为了让妈妈、孩子和老师神不知鬼不觉地进到家里，王大莲倒也持续执行着化整为零、乔装打扮、声东击西等策略，然而和课程设置、教育理念一样，上述保密措施仅仅作为苏雅纹时代的旧例发挥着作用，王大莲似乎并不真正懂得它的重要意义。试举两例：她从未像苏雅纹那样要求每位参与者保证，绝不对外提起这些秘密课程的存在，相反，她还很满足于自己在家长的圈子里声名远扬；当又有“朋友的朋友”被介绍到班上来，她还对新来的报名者进行大张旗鼓、挑三拣四的面试呢，就像以前人家在商场顶楼面试她一样。如果说有人走漏了风声，那么这个人首当其冲，很可能是她王大莲。小心驶得万年船，而她这么不小心，却又怀疑别人把船捅漏了。

况且我还想提醒她，船已经漏了，再追究是谁捅的又有什么意义呢？恰如《泰坦尼克号》里的杰克和露丝，水都没脖子了，当务之急也不是研究冰山的物理特性。我看着王大莲，不免愈发觉得无稽，无谓。但这时，王大莲又吐出了三个字。

话如电光石火，划破了屋里的昏暗：“苏雅纹。”

我愣了，那一瞬间的错愕程度甚而超过了听到“刑事责任”。啊，王大莲仍没忘了苏雅纹。但在我看来，这与其说证明了苏雅纹对王大莲影响之深，倒不如说证明了王大莲对苏雅纹的离去有多么不甘。她是如此需要苏雅纹，依赖苏雅纹，以至于现在没有了苏雅纹，精神上就失去了稳固的支点——因此她宁可一厢情愿地将眼前现状归咎于苏雅纹，以证明自己和苏雅纹还存在着联系。千万里我追寻着你，可是你却并不在意。Time and time again，问自己到底恨不恨你。上述心理机制或许可以简化成“疑人偷斧”，但再一细品，又是多么的缠绕，多么的纠结，多么的矛盾。罗曼·波兰斯基和基耶洛夫斯基之类的导演总是热衷于在畸恋中探讨人性的悖论，但我忽然发现，哪儿需要什么同性恋、师生恋、祖孙恋，哪儿需要什么耸人听闻的相爱相杀——人性到处是悖论，就充斥在吃喝拉撒带孩子等这些俗事之中。当然也得承认，假如换作一位嗜畸成癖的欧洲大师，王大莲的确适合被塑造成一位心灵扭曲的女性主人公——这一点，从她此后那神经质的举动中就能看得出来。

简直令人寒毛倒竖。那天晚上，当王大莲恢复了行动能力，便像幽灵一样在家庭教室里游荡起来。她也不开灯，从这个房间转到那个房间，时而走上讲台凝望，时而坐到小课桌旁沉思，仿佛同时扮演着老师和学生双重身份。我只好跟着她游走，又怕惊扰了她。最后她转到了开放式厨房，打开巨大的双开门冰箱，从冷藏室里拽出半只羊来——没错儿，是半只羊，一侧的腿和脑袋都在，剥得赤条条的。她把半只羊放到案板上，手起刀落，大卸八块，又将冰冷坚硬的肉切成条状。进行着这般暴烈又细致的机械操作，王大莲面容板结，却从眼里冒出鬼火似的光泽来。她的嘴里还在嘟嘟囔囔，念念有词。

念叨的话是否仍和苏雅纹有关？我没敢往前凑，也就没听清了。

等切出两大盘子肥亮的肉，她也没坐电梯，从楼梯走了下去。我像被摄了魂魄，仍蹑手蹑脚跟着她，来到小院儿里——被一墙隔开的西边那个院儿。我看见她踮脚，将盘子放在墙头，有如摆放祭祀中的供品。然后她喊了起来，旷野里练就的大嗓门，洪亮而悠长，在“半扇楼”和一面湖上空飘荡：“爸爸哎，您就吃点儿吧——”

喊着喊着，就拖出了哭腔。惊得小区里的狗此起彼伏地吠叫，远近楼上的人家砰砰关窗户。终于，墙那头也有了动静。在这神魂颠倒的夜晚，“道爷”倒保持着人间光明的理性，他哭笑不得地啐了一口：

“大莲子，你爸爸我如今是能吃又能喝。”

然后墙头露出一双手，将那两盘子肉端到了东边去。完成交接，父女仍不见面。王大莲幡然悔悟了吗？她突然想起了自己是从哪儿来的，所以感到愧对她爸爸了吗？我也不知道。我只知道她回不去了，因为那堵墙硬硬地还在。

19

王大莲走向苏雅纹。她的步伐初时迟疑，带有某种审慎的气息，后来就坚定了，恨不得每次脚掌触及地面都在积蓄力量；而后者却像没看见她似的，顺着墙根飘去，状如滑翔。于是在学校的操场旁，两个女人展开了一段无声的追逐。教室、橱窗和不知为了什么活动悬挂的彩旗从她们脸旁掠过，缩略成含混而斑斓的光影。她们的身高相仿，如今体形又都偏瘦，还穿着紧致的黑衣，乍看如同一场集体舞的成员。

因为步态大相径庭，她们的追逐又好像一个在地上，一个在天上。

苏雅纹一开始没回头，但却感知了王大莲的迫近。某一时刻，她蓦然站定，转身，正对着戛然而止的王大莲的脸。她们互视，皮肉像绷紧的橡胶，仿佛划个小口就会自动剥落下来。而她们的目光又是如出一辙的凛然。

上述场景发生在一次家长会后。其张力不仅存在于我这个近距离旁观者的眼中，也存在于远处妈妈们的注视之下。我的老毛病又犯了，哪怕手里没有摄像器材，也情不自禁地考虑着该用怎样一种镜头语言来记录它。我从来不是个称职的导演，总想从生活中提炼真相，但每一次尝试之余又意识到，我所错过的远比捕捉到的多。就像王大莲和苏雅纹，我曾以为自己对她们略知一二，但现在都快不认识她们了。

在此前的日子里，我还见证了王大莲对苏雅纹锲而不舍的寻觅。从执法人员登门的那天晚上起，她就开始打苏雅纹的电话，开了免提，让巴赫、维瓦尔第和勃拉姆斯乐曲的彩铃循环播放，直到冒出一个字正腔圆的电子娘们儿，宣布“无人接听”。如此反复了无数遍，最后干脆是忙音，而我怀疑苏雅纹的手机已经被打没电了。

王大莲便又开始在屋里绕圈儿，不再形同幽灵而是裹挟着罡风。她还猝然问我：“你看见了吧，她是怎么对我的？她到底怕我什么？”

我想说，你这个样子是人都怕。到现在我也搞不明白，她干吗非要找苏雅纹——对质吗？谴责吗？声讨吗？但我噤若寒蝉。正好芽芽上来，睡眼惺忪地说要回家，于是我们趁机遁去。走时我还担心自己的逃脱也会招致王大莲不满，好在她的心思全在苏雅纹身上了，连个招呼都没打。又听屋里啪的一响，大概王大莲的手机也丧失了功能。

等次日，王大莲又开始在学校门口蹲守苏雅纹。她的策略大约是跑得了和尚跑不了庙。然而直到孩子们都被接走了，那条堵塞的道路恢复了畅通，她还立在原地，一手扯着一个肉丸子。“大”和“二”一会儿喊饿，一会儿又要拉屎撒尿，得到的答复不是一声怒吼就是一记巴掌。仿佛一夜之间，王大莲的举止也恢复了原本的风格，甚而更加粗放了。“大”还好，“二”就忍不住呜呜哭了，作势还要瘫倒在地。

我已经从商场开了车，经过学校时看到他们还在，只得摇下窗户，把说过一遍的情况再度告知王大莲：

“芽芽说‘斯坦利’没来上学，不信你问‘二’。”

王大莲执拗地仰起下巴，那副样子仿佛遭受了多大的冤屈。跟这样一个人已经没什么好说的了，我便自作主张，拉开车门让“大”和“二”上来，和我们一起回家吃饭。成日里尽在王大莲家吃喝了，现在也到了投桃报李的时候。而王大莲并不推辞，看来还是信赖我的，她只在撒手时教导俩肉丸子：“还不谢谢你叔。”

谢谢叔。妈继续守株待婶儿。或许王大莲认为“斯坦利”虽然没来上学，苏雅纹也一定会找老师借用教案，亲力亲为地把今天的课重讲一遍。而回到我家，孩子们倒是度过了一段快乐时光：没有了作业，也没有了辅导班，他们看完电视又开始追跑打闹，一点儿不嫌我们的小客厅折腾不开。小张也暂且放弃了和女儿较劲，转而花言巧语地唆使“大”和“二”跟着视频里的“熊大”和“熊二”跳街舞，大家笑得都快岔气儿了。当然，成年人的愉悦总不纯粹，我又想起了自己小时候：放了学就满院子疯跑，钥匙拴在脖子上都能弄丢了，等到炊烟升起，还要和大人展开一场气急败坏的追逐战……童年的模样不是本该如此吗？也没耽误我们成长为坚忍、奋进的一代人。怎么我们的常态反而成了下一辈的奢侈？倘若如此，我们的辛苦究竟是给他们积福还是造孽呢？

我嘘了口气。而等闲下来，我媳妇问明“大”和“二”前来做客的缘由，除了对王大莲报以小白眼儿，却又说：

“这个苏雅纹是怎么回事儿？假都没给孩子请一个。”

她所说的正是我所疑惑的。苏雅纹向来把“斯坦利”的学习看得比天还大，现在倒好，连学都不上了。我也问过芽芽，但芽芽说，头天并没见“斯坦利”有什么不舒服呀。而这时，电话突然响了，我以为是王大莲来接孩子，再看却是个陌生的号码。现在的陌生号码不是卖房就是卖保险，所以我接了也没说话，只等着对方叫声“哥”，打算占个便宜立刻挂掉。不想人家却不急于与我攀亲，而是有条不紊地报出了我的工作、住址等等一系列信息，还说出了我老婆的姓名，还说出了我女儿在哪儿上学。这就比亲人还要亲了。

我正错愕，他又问：“所以你是庄博益吗？我这儿是派出所。”

所以我又想起了派出所平日里四处张贴的反诈广告，脱口而出：“我是庄博益，但你就不要装逼了。”

对方欣慰地呵呵一笑：“你的警惕性很高嘛，可见我们的工作没白做。不过我们还真是派出所，有点事情想请你配合调查。你要是信不过我们也无所谓，我们可以上门出示证件——只是担心街坊的看法，吓着孩子也不好。”

对方的口吻客气下来的同时，又透出了公事公办的腔调，“据我们所知，您除了严于律己，对下一代的培养也很重视。这很好，不过必须得提醒您，此类行为仍然要在合法合规的前提下进行。”

原来他就是那位参与查封辅导班的老片儿警。他说，他是走访了班上的若干妈妈，才掌握了我的行径：从众人那里收钱，再汇总交给王大莲。他还说，这几乎可以被定性为共犯了，起码也是受人利用。他又说，即使我个人没有参与牟利，也要认识到问题的严重性，并且要将王大莲收受钱财的记录提供给他，以供日后作为证据使用。又原来，这就是他专门找到我的目的了，看来那句“刑事责任”真不是闹着玩儿的。而面对“他们”的严正要求，秒㞞可以说是一种本能反应——我都没挂电话，立刻切换到微信，将此前的那些钱款往来截屏，再通过短信一股脑儿地发给了老片儿警。

手机嘀嘟响完，我才又申辩：“以前没料到事儿会闹到这种地步。说到底，不都是为了孩子嘛。我们当然会接受教育，不过也请您体谅……”

老片儿警已经完成了任务，这时却“咳”了一声，既烦躁又无奈：“这么多年我什么案子没见过，唯独没听说过给孩子上课也不允许。可这事儿也是你们自己闹出来的呀，有办班的，就有看人家办班心里不爽的，好多家长给政府热线打电话，还联名给教育部门写信，说你们顶风作案，违反‘减负’精神——其实他们怎么想的我也知道，多半儿是自家孩子没处上课，那就索性谁都别上。群众有意见，我们只好有案必查……所以说白了吧，怪就怪你们犯了众怒，站到群众的对立面上去了。”

我又说：“可我们也是群众啊，我们的需求也是群众的需求。”

老片儿警说：“你们是群众里的一小撮，只能自认倒霉喽。”

敢情是这么个逻辑：群众吃不着酸葡萄，就得替群众把葡萄架连根铲除。而至此，倒是坐实了一件事情，那就是辅导班之所以遭到查封，纯属枪打出头鸟。在我的印象里，过去这种现象只集中在单位评职称、报先进之类的事情上，如今却一发泛滥开来，打鸟的枪从精准射击变成了大规模扫射，也足见我们的生活“卷”到了怎样一个地步。再具体到王大莲这只鸟，她沦为众矢之的，固然是因为不够谨慎，不光飞得高、叫得响，还迷恋于肆无忌惮地开屏——不过同时，我却又感叹于王大莲的全无心计。也许说到底，她还是她，保有着不同于“我们”也不同于“他们”的天真和简单。

所以我又心疼起她来，就像心疼一个孩子。我问老片儿警：“那对王大莲，你们到底要怎么处理？难道还要把她控制起来吗？”

“那倒不至于……要抓早抓了。”老片儿警居然也含糊了，“我跟上面反映，人家毕竟没闹出恶性事件来，再说有家有业，光房子就好几套，还担心她跑了不成？因此暂时还是让她自己交代问题，再征询其他部门的意见，研究出一个处理方法来。毕竟也是新政策下的新情况，我们也得摸着石头过河嘛。当然你也得劝她不要心怀侥幸，假如最后认定行为违法，那还是得该怎么办就怎么办。归了归宗一句话——情有可原，法不容情。”

说完他就挂了电话，还听见派出所里吵吵嚷嚷，大概群众又有诉求了。我却被留在了悬而未决的忐忑中。偏这时，王大莲终于来接孩子了。来了也不上楼，而是像“六子”一样，只在门洞口给我发了条语音。

我便领着俩肉丸子下楼。见了王大莲，又不禁羞惭起来：片刻之前，我刚充当了污点证人，向执法机关提供了她的罪证。这算不算是出卖呢？

再看王大莲，脸还僵着，想必到了儿也没等到苏雅纹。她短促地道了声谢，却让孩子们先等会儿，然后扭身往草坪上的小路走去。

我得令一般跟了上去。几步没还走完，便见王大莲回身：“他们又给我打电话了。”

嗓子压得很低。而我当然知道“他们”是谁，假模假式地关切道：“不是把班都停了吗？难道真要追究……责任？”

王大莲缓缓点头：“他们让我写交代材料，把办班的前因后果解释清楚。庄导，如果有人管你要证据，你就立刻给他们，千万别为我连累了你。”

我的脸一发不可收拾地滚烫起来。真应了那句老话，负心多是读书人。而王大莲不是早已决定脱离屠狗辈了吗，何必仍然这样仗义。在羞惭的作用下，我感到自己必须有所表示，于是提出开车送他们回家。我家不比王大莲家，离学校还有一段路呢。

王大莲说：“不用不用，别麻烦您了。”

我愈发真诚地假模假式：“见外了不是？没劲儿了不是？”

用的恰恰是“他们”的说话方式。王大莲就不响了，拉着孩子随我走向街边的车位。而她的沉默中还包含着踟蹰，与此同时，胡噜俩肉丸子脑袋的动作又变得异常温柔，仿佛流露出难以遏制的悲切。果不其然，等我启动“奥迪”车，就听她的声音从后座传来：“既然这样，我想再麻烦您一趟。”

我说：“先不回家？去哪儿你说。”

王大莲沉声道："去派出所，接'六子'。"

在路上，我听说了今天的另一个插曲："六子"主动上门，向执法机构投案自首了。自首当然是替王大莲去的。辅导班事发，王大莲头悬达摩克利斯之剑——警察那边只说她不能逃脱处罚，偏偏又不说到底将要如何处罚，这就比处罚本身还要令人难以忍耐了——于是她夜不能寐，并且也有患上和"道爷"异曲同工的厌食症的趋势，已经整整一天水米没打牙了。见此情状，"六子"心急如焚，感到自己必须挺身而出。这当然可以理解：王大莲不仅是他的"那口子"，也是他的恩人，当年正是因为王大莲和"道爷"的收留，他才免于像野狗一样流落乡间。此外还有一条，对于接受法律的制裁，他可比谁都有经验。

所以当"六子"踞灭烟头，甩上"奔驰"的车门走向派出所时，其形象是豪迈甚而悲壮的。他那由黑西服与文身组成的扮相，又让人联想到老港片里义薄云天的郑伊健和陈小春。而趁手机还没被没收，他又给王大莲发了条胸腔共鸣的语音：

"我是'上不了台面儿'，可也不是完全没用呀。"

还给“三儿”发了一条：“不知何日再见，替我照顾家里。”

民警一头雾水。而他坦然伸出双手，又轻车熟路地朝派出所里的暖气管子一努嘴：“就把哥们儿铐这儿吧，裤腰带我自己解。”

但很可惜，事态的发展并不像“六子”所设想的那样。老片儿警问他是强奸了还是杀人了，他说，在家办了个辅导班。他还说，地方是他提供的，老师也是他找的，并且他还有前科。他又说，祸不及妻儿，这事儿跟大莲子无关。说完就真要解裤腰带。而老片儿警让“六子”等会儿，先是饶有兴致地研究了一下他脖子上的龙，才道：

“我外孙女也快幼升小了，正好跟你请教请教——‘剑桥少儿英语’分几个级别，什么叫‘启发性阅读’，‘多点划片’又指的是什么？”

“六子”呆若木鸡。老片儿警扑哧笑了：“就你，也配顶这个缸？”

但到底要把“六子”扣下，写检查。就不追究寻衅滋事和妨碍公务了，不过得让直系亲属前去领人。王大莲去我家前，正好接到了电话。当车子靠近派出所，我又听到“二”问，妈，你冷吗？再从后视镜里打量王大莲，只见她的红脸蛋都消失了，变成了一团煞白，搂着俩肉丸子的手臂微微颤抖。她是彻底慌了。

王大莲说：“这些年都老老实实的，怎么就见了官呢？”

还掐自己：“对我要杀要剐都可以，没承想把‘六子’也饶了进去。”

可见面对“他们”，王大莲和我一样，骨子里都再胆怯温良不过，而这就是相当一部分中国人的共性了。进到派出所，她连话都说不清楚，还得我去跟人解释。办事大厅业务繁忙，一个年轻警察只让我们等着，我们就坐在长椅上四处张望。但没过一会儿，这个插曲的事态又升级了：只见外面呼啦拥进一群人来，大多上了岁数，肢体粗壮，黑里透红的肤色，穿着也与我们这片的居民风格迥异——明明都是“牌子货”，但怎么看怎么不协调，走的是“皮尔·卡丹”配“内联升”的蛮横混搭风。还听得院儿外一阵喇叭响，探头看去，一串“凯迪拉克”或“宝马”轿车歪七扭八地横在路边，把门都堵了。

我们固然是呆住了，连年轻警察也呆住了，半晌挤出一句：“你们要干吗？闹事儿吗？”如临大敌，转手拉开抽屉，似乎要找电棍。

而人群呼啦散开，这才把领头的人物露了出来。原来是“道爷”。老头儿魁伟的躯干上顶着一个灯泡脑袋，照得半间屋子都亮了；也许他好久不出门，都不知道该穿什么衣裳了，居然套上了那件明晃晃的黄马褂，手上还戴着绿扳指。这个亮相就很穿越了，好像前朝的王爷策划了一场现代的暴动。

“道爷”不慌不忙，先对身边狼烟滚滚的“三儿”说：“你别抽了，有点儿素质。”

“三儿”应声出门掐烟。“道爷”这才抬起手来，对着身边的人群压了压。那些五大三粗的老爷们儿本来闹闹哄哄，此时令行禁止地静了下去。

然后“道爷”朗声道：“这小伙子，你的话说得不对。这儿是人民的派出所，怎么就不能让人民反映情况呢？哦，人民多了就是闹事儿？”

年轻警察继续发愣，又问：“那你们是哪路人民呀？”

“道爷”说：“我们祖祖辈辈住在这片儿，多少年前，半个北京吃的菜都是我们种的，你说我们是哪路人民？”

听他此言，人群极有气势地发出一声喊。这时便很清楚，来的都是与“道爷”一同种过菜的老伙计，他们现在也还住在方圆几里的各个小区，或散落，或聚居，今天听了召唤就集体出动了。团结就是力量，他们信奉这个真理。好在年轻警察虽然哑口无言，又从里屋走出了一位老片儿警。还是老同志稳得住，他也不慌，反而笑了：

“就是就是，我还没调过来你们就在这儿了，这我知道。不过咱们也别掰扯大词儿了，有事儿说事儿吧。到底什么诉求呀？”

“您是个讲理的人。”“道爷”神色缓和了一些，又指了指长椅上的王大莲，“我原先是村长，还是大莲子的爸爸，如今大莲子犯了事儿，都是我的责任。子不教，父之过嘛。况且办那个什么鸡巴辅导班的房子，虽然登记在大莲子的名下，可寻根溯源还是因为我种的地，这都有案可查。所以你们要抓就抓我好了，与孩子们没关系。”

起初他说一句，“三儿”就在旁边捧一句，“对，老村长”，“是，亲爸爸”。但又听到“道爷”也要自首，“三儿”就急了：

“哥哥，使不得呀，‘六子’已经进去了，咱们不是来……”

“来干吗的？还能真闹事儿？”“道爷”对“三儿”横眼，撇嘴道，“再说也轮不着‘六子’负责任呀，他他妈的上不了台面儿。”

听完“道爷”的诉求，老片儿警又扑哧笑了，但笑完轻叹了口气：“这位爷……哦不，老同志，我也敬您是个讲理的人。既然要讲理，咱们就把道理摆一摆。我们的宗旨是谁的行为谁负责，并不是随便拉个人就完事儿了。再瞧您家，先来一位，又来一位，这固然是大爱无疆，亲情无价，可我们也没法儿拿你们交差啊——就算我们想听您的，上级机关也不答应呀。好比您种菜，一个萝卜一个坑，萝卜没了换白菜，能是一个味儿吗？您还当过村长，按说觉悟应该比一般人高，怎么在这事儿上却犯糊涂了呢？”

这就把“道爷”说愣了，灯泡脑袋更亮了，那是汗淌下来了：“我明白您说的道理，不过我是为孩子们着急呀。”

说时望了眼王大莲。而老片儿警上前拍拍他的肩膀：“我也理解您的心情，不过想帮孩子也有别的办法呀。这不，我们还真有点儿事想请您配合呢……”

说着就领“道爷”往里屋走去。“道爷”言听计从，进门前又对“三儿”甩下一句，“叫大伙儿散了，我就说来这么多人没用”。众人便散去。一场风波消于无形，其结局是“道爷”和“六子”一起写检查。后来又知道，那并不是简单地写检查，而是要将他们所见的办班过程如实描述，也算是从侧面调查取证。办事大厅空了下来，这时我才看向王大莲。她已经不再发抖，而是恢复了木讷的眼神；同时她的嘴唇抿起，轻轻吐气，发出不易察觉的“啵”“啵”的声音，这就使得她不仅如同一只食草动物，也像一只吐泡泡的鱼了。

一坐又是许久。后来老片儿警又把我也叫了进去，赋予我一个任务，那就是校订“道爷”和“六子”所写的材料，“错字连篇的，打字员都看不懂”。直到天快黑了，里屋的两位才被放了出来，让王大莲现场签字，完成了领人的手续。老片儿警却也不再提及案情，只是重申让她耐心等待，又格外看了她两眼：

“亲不亲，一家人。多少人得羡慕你们呢。”

俩肉丸子应景地扑向姥爷和爸爸，上演了一幕激情澎湃的抱大腿。我们一行人便从执法机关的大门走了出去。“道爷”和“六子”都耷拉着脑袋，看了看王大莲又躲着她的眼神，好像自知给她丢了人似的。而王大莲那张木讷的脸终于有了动静：耸动，扭曲，翻涌，眼里流下泪来，顺着平坦的面颊淌了下去。

她满眼是泪，狠掐了一把“六子”的肱二头肌：“你他妈傻呀你。”

六子“嘿嘿”，她又转头看“道爷”。这时才知道，她方才那“啵”“啵”的口型原来是这么两个字：“爸爸——”

“道爷”也不言语，只答应道：“哎。”

两条汉子便护卫着王大莲，在两个肉丸子的簇拥下沿街而走。这时我又想起那堵墙来，却又想，拆不拆也无所谓了。看着这一家人的背影，我的脚步渐渐放慢下来，和他们隔开了越来越远的距离。但没想到，当“六子”打开“奔驰”车门，双手捂裆地伺候着“道爷”钻进后座的时候，王大莲又回身向我走了过来。她的眼泪不断，还在汩汩流着。我们在路边站了一会儿，俩肉丸子远远地喊妈，王大莲也像没听见。我不语，等她说话。王大莲却抬头，仰起下巴，自顾自地远眺了一番街景。这才发现，商场已经重新装修，又开张了，顶楼没了辅导班的招牌，改换成了“盲盒”和抓娃娃机这些时兴玩意儿。我们置身于光影之中，被世界第二大经济体那璀璨的灯海淹没了。王大莲的脸迷离了。

半晌她开口，既不是大嗓门，也不是悠悠的，声音既朦胧又遥远：“一直还有个感觉没跟你说，说给别人也听不懂——你看这街上，多亮堂，直到几年前，我都没想到自己能过上这样的日子……这真像一个梦。可我住着最好的房子，能买得起商场里最贵的东西，怎么又觉得这个梦，哦不，这个世界都与我无关呢？”

我见过愤怒的王大莲，也见过迷惘的王大莲，如今又见到了一个浪漫的王大莲。她的浪漫远超我所能抵达的浪漫的极限。因此我也被王大莲感染得迷离了起来。但我又给了她一个并不浪漫的建议：

“你就别找苏雅纹了……其实她也与你无关。”

又见王大莲摇了摇头，我知道自己劝不动她。所以才有了后来那一幕。

20

说回那一幕。此后的一个礼拜，“斯坦利”都没来学校，苏雅纹当然也没来。这就不仅令人生疑，而且令人担忧了——要知道，苏雅纹可是把“斯坦利”的学习看得比天还大的，难不成她为了培养一个天才，不仅抛弃了辅导班，连法定教育也抛弃了吗？不知为何，我总想起“斯坦利”那沉静的模样，所以担忧愈发沉甸甸的，又没个具体的指向，其感受大概和王大莲面对那场悬而不决的官司相仿。不仅是我，芽芽也在挂念她的朋友，但她用电子手表给“斯坦利”发信息，“斯坦利”全不回。

趁着接孩子，我也向博士班主任打探了一番。看得出来，班主任同样疑惑：“我当然联系过苏雅纹，她倒是接电话了，但只说家里有事。我又问什么事，她却支支吾吾的了……这太不像苏雅纹了。”

我又问：“那您没去她家看看？”

班主任说：“当然去了，可房子空着，邻居说她搬家了。”

又难不成，苏雅纹果真要上演我们时代的孟母三迁？只不过以前听“斯坦利”说过，他们本来就是从别处搬来的，而我们这片已经是北京最为炙手可热的学区房了。我继续问：“搬哪儿去了？要不您告诉我，我再去找找看好了……”

“那就没说了……就是知道，我也不能告诉你了。”班主任吸取了大嘴巴事件的教训，转而又抱怨，“瞧瞧你和王大莲还有苏雅纹，吃官司的吃官司，玩儿消失的玩儿消失，给我们添了多少乱子呀。”

我也感到抱歉，但又想到此前班主任对王大莲和苏雅纹的态度。那时这位博士还苦于学校取消了许多家庭作业和阅读计划什么的，导致她没有施展的空间，便请两位妈妈在辅导班上继续贯彻她的教育理念呢——此刻骤然变脸，可见“减负”运动浩浩荡荡，使得老师也要紧跟形势，坚定立场了。班主任又告诉我说，马上还要召开一次家长会，传达上面的精神，其中就包括了针对私自“攒班”这种乱象的措施：坚决禁止，绝不姑息。她还解释说，这是因为“攒班”不仅扰乱了正常的教学秩序，还存在着更多的隐患，比如人员聚集、消防安全等；假如涉及钱款数额巨大，定性为经济犯罪也不为过。

这又让我继续替王大莲担忧：凡有运动，杀一儆百总是难免——那固然有着惩前毖后的功用，又仿佛把谁抛出去堵了枪眼，其他人也就可以洗脱干系了。这么说来，王大莲该不会已经被列为“反面典型”了吧？

也难怪妈妈们对王大莲的态度再度发生了转变。她们才接纳她没多久，现在却重新疏远了她，并且还多了一种避之唯恐不及的畏惧感。王大莲便又游离于人群之外。但她也不复最初的模样，而是倨傲、冷清，乍看俨然成了苏雅纹。

这个苏雅纹在等待另一个苏雅纹。她的眼里只有苏雅纹。

而我呢，同时为两个非亲非故的女人担忧着。好在没过两天，苏雅纹出现了。

就在班主任所说的家长会上。本来苏雅纹的座位空着，但会议进行到一半，门开了，她走进来。面如秋水。她径直来到桌旁，也没对班主任致歉，也没看向任何人。当班主任继续宣讲政策，她便端庄地坐着，目光笔直而空洞，仿佛穿透了一切障碍，延展到不知多远的地方去。于是，苏雅纹的到来使教室里呈现了某种奇特的间离效果，似乎一切都成了她的背景，但她本人又并不在场——对此，王大莲大概也有同感——当我回头瞥向王大莲，便见她死盯着苏雅纹，又浮现出迷离的神色，倒好像苏雅纹是个亦幻亦真的存在。

等班主任将文件朗读完毕，家长会也就结束了。再没了阐发理念的空间，博士的功用也无非是个肉喇叭。其实那些内容完全可以在微信群里传达，而一定要现场开会，大约只有一个原因，那就是以示郑重。然后众人起身离席，包括王大莲也走出了教室。唯有苏雅纹走向讲台上的班主任。

我们便在门外或站定，或游荡，若无其事地拿眼瞟向她。间或也有人瞟瞟王大莲。苏雅纹低声和班主任说着什么，听不清楚，只感到她的话语绵密而悠长。她还从包里拿出一张纸来交给班主任，我想大概是“斯坦利”的假条吧。

然后班主任“哎”了一声，还想说什么，苏雅纹却兀自走了出来。

她不疾不徐地经过我们，仍然目不转睛，顷刻留下一个娉婷的背影。而人们还在等待着有事发生。王大莲日复一日地守候苏雅纹，大家都看在眼里呢。果不其然，当苏雅纹绕过教学楼走到操场一侧，便见墙角有个身影跟了上去。正是王大莲。她接近苏雅纹的态势无声而迅猛，令人想起缺乏背景音的车祸录像。

然后就是那场追逐。跟踪，迫近，戛然而止。别的妈妈们没动，我却不由自主地靠拢上去。我居然又想拿出手机进行拍摄，但转瞬觉得这个念头实在荒唐。于是只有我全过程、近距离地见证了那一幕。

先开口的是王大莲，她问苏雅纹：“你是不是从一开始就在利用我？”

苏雅纹道：“你觉得是就是吧。”

王大莲又问：“你是不是从来就没看得起过我？”

苏雅纹道：“你觉得是就是吧。”

苏雅纹的回答既凛然又疲倦，还包含了一种无心恋战的坦然。而王大莲竟嘘了口气，倒像一块石头落了地似的。她继续开口，如同喃喃自语：“你承认就好，我不怪你。现在我知道，我做不成你，我只希望我是我，你是你。”

苏雅纹说：“你到底什么意思？把话说清楚点行吗……我忙得很。”

王大莲说：“我想说的是办辅导班的事。虽然你退了班，但也应该去向他们……向警察和那些机关说明情况。毕竟最先想到那个主意的是你，出谋划策的也是你，手把手地教会我的还是你，对吧？对于承担责任，我怕归怕，但并不计较……然而我觉得，既然我们都在事情里面，那我就不能代替你，你也不能让我充当你……”

说来说去，始终无法摆脱“你我之辨”。如今在王大莲的语境里，仿佛一旦涉及“你、我、他”，那些概念就会自行运转，纠缠不清。但苏雅纹干脆地打断了她，吐出三个字：“那、不、行。”

这就轮到王大莲听不懂了，她的眼睛撑大了一圈：

“你说什么？”

苏雅纹还是干脆地说：“我说，那、不、行。”

“凭什么呀？苏雅纹，你不能不讲理啊。”王大莲的嘴唇颤抖，胸膛起伏，仿佛被“苏雅纹不讲理”这一判断深深地震撼到了；她那长久克制的大嗓门也重新高扬了起来，如同一匹野马脱缰，奔向旷野，“看上我家房子的是不是你？挑唆我和我爸爸分家的是不是你？你现在甩手不管，有那么便宜的事儿吗？还有，你敢不敢跟大家说清楚，举报辅导班，把警察招来的是不是你——到底是不是你？”

是不是你是不是你是不是你。说时，王大莲蓦然回身，对着我以及我身后的妈妈们猛烈地挥动着手臂。哦，时至今日，王大莲仍然怀疑——或者说是宁可相信——苏雅纹出卖了她。也许唯有如此，她和苏雅纹的剧本才深受众望，才功德圆满？

而我不敢作一声。而远处的妈妈们持续着沉默的观望。

而苏雅纹呢？她的反应实实在在地把我们吓到了。她沉默了几秒，在憋气，在酝酿，与此同时她的脸涨得通红，她的拳头攥紧，她的头发也不知为何乱了，首如飞蓬。然后她逆着风，发出了声嘶力竭的吼叫：

“王大莲，你别再纠缠我了，你烦死了——我求求你，你爱把我想成什么样就把我想成什么样吧，只要你饶了我，行吗——”

行吗行吗行吗。声音如刀，划过旷野，刚好不远处那棵银杏树又在突如其来的风中摇摇欲折，这就造成了一种错觉，仿佛苏雅纹的威力比起当年的王大莲有过之无不及。而令我们惊骇的，正是苏雅纹居然也会这样暴烈、这样狂乱。那一瞬间，她也具有了某种动物的神形—— 一只被逼上绝路的尖嘴小兽。

好在苏雅纹没咬人，只是扭身就走。行至学校门口，她又转身，这次的喊叫就是朝向所有人的了：

“你们饶了我吧，行吗——”

孤独而豪壮，气势也不输于王大莲在同样的位置同样的场合发出的那句宣言，“你们有什么了不起的”。再看王大莲，她木讷片刻，随后笑了。那笑容凄惨，还有一丝如愿以偿的意味。我的心下荒凉，居然也感到了踏实：当王大莲不再是王大莲，苏雅纹也终于不是苏雅纹了。我不是你，也不是我。这下都该满意了吧？

像得到了解散的许可，妈妈们从我和王大莲之间鱼贯而过。没人留意我，大家只对王大莲报以谨慎的侧目，如同参观一尊随时会裂开的雕像。

从其他人的角度来看，这一幕便正式宣告王大莲和苏雅纹的友谊走到了尽头。吵可以吵，掰可以掰，只可惜吵得那么失态，掰得那么难看，实在不符合我们这片居民的风范。要知道，妈妈们大都去过欧洲也实地学习过欧洲历史，尽管很少有人能搞清楚那些蓝血贵族的近亲通婚家谱，但也大都记得一则关于法国王后玛丽·安托瓦内特的传说。据说她跟随路易十六走上断头台时踩了刽子手的脚，还条件反射地说了句“对不起”呢。这就是骨子里的教养，像近亲通婚的遗传病一样根深蒂固，也是妈妈们教育孩子时最为津津乐道的部分，仿佛大家都要为了走上断头台而未雨绸缪。再以这种高标准反观苏雅纹和王大莲，她们的表现就非常令人遗憾了。尤其是苏雅纹，怎么也跟泼妇骂街似的？

因而没过多久，大家便启动了选择性遗忘的功能，对那天的事绝口不提了。

不仅绝口不提，还不约而同疏远了苏雅纹，和对待王大莲差不大离。这从表面上看，是因为苏雅纹自绝于群众。听听她喊出的那句话，“你们饶了我”，倒好像大家都在折磨她、虐待她似的。那好，谁离了谁不能活呀。但我认为，除此之外也许还有一重原因，就不足为外人道了：“出卖”这一罪名也让妈妈们颇有心理压力，而当她们孤立了苏雅纹，似乎就能把那个罪名摊派到她头上，从而维护了群众的清白。这是一种曲折而隐晦的集体无意识，但原则又很简单：错都在一个人身上，至于“我们”，必须在道德上保持整体性的完美无瑕。六亿神州尽舜尧嘛。于是在微信里，大家又建立了一个既排除王大莲也排除苏雅纹的新群。新群何其多，搞得我都不知该看哪个了。

一天夜里，对着手机越刷越疲惫，我便偷偷把群都退了。

这当然又是一个自绝于群众的举动。我不知道它是否导致我也遭受了孤立，反正我本人已经丧失了和妈妈们没话找话说的兴趣，哪怕她们的口红又涂上了新一季的流行色调。在此后的日子里，学校门口接孩子的队伍也呈现出了奇特的状态：妈妈们簇拥一团，而我和王大莲、苏雅纹分据人群一端，都与大部队保持着若即若离的间距，互相之间又天各一方。我们这些曾经的战友，如今就像星云之外散落的天体。该布局也影响了孩子，当他们结伴出来，便被我们的引力牵扯着，状若流星地四散而去。有时芽芽和“斯坦利”和“大”和“二”还想再嘀咕两句，但又不得不分三个方向打量我和苏雅纹、王大莲，好像怕我们催他们似的。在这个决裂成风的年代，我早习惯了与过去的朋友分道扬镳，还每每为了一点儿小事上升到“道不同不相为谋”的高度，然而目睹着孩子们的为难，我却羞愧得面红耳赤。

对了，“斯坦利”也返校了，就在家长会后。男孩儿还是那副样子，干净、俊俏，脸上无悲无喜。听芽芽说，他只字未提前些天没来上学的原因。但有一天，“斯坦利”从校门口出来，没有走向对角线上的苏雅纹，而是跟着芽芽来到了我面前。

他抬头望我，目光清澈得像一汪水。还没说话，芽芽就先插嘴，说班上开始选干部了，她被委任为文艺委员，不过“斯坦利”落选了学习委员。对此她颇有些愤愤不平，还说“二”也觉得那个荣誉非“斯坦利”莫属呢。

“老师有老师的考虑……没准儿是怕‘斯坦利’的水平太高了，大伙儿赶不上。”我打了个马虎眼，但又想到了苏雅纹。难道真会因为家长殃及孩子？那就与博士的水准太不相符了。同时我还猜测，“斯坦利”找我可不是为了这事儿。

果不其然，“斯坦利”没接芽芽的茬儿，只低声道：“叔叔，我有话想跟你说。”

说完往边上挪了两步，倒连芽芽都躲着了。芽芽撇嘴，翻了个遗传性的小白眼儿。我不由自主地跟上去，问“斯坦利”：“这几天还好吧？”

“斯坦利”连我的问话都像没听见似的，自顾自道：“那件事，不是我妈妈做的。”

我一愣：“你说的是哪件事？”

“我妈妈没出卖过辅导班。”他郑重地说，“请你们不要怀疑她。”

我恍然，但心里又一震。“出卖”这个字眼从孩子嘴里冒出来，异乎寻常地惊心动魄。并且我再次感叹，这孩子的心思得有多细呀。我也不知道“斯坦利”是怎么得知的苏雅纹背负上了那个罪名，王大莲发出质问时，孩子们并不在场。也许是别的孩子回家听了大人的议论，再到班里学舌？而这也说明，大人的确殃及了孩子。

我便蹲下去，和“斯坦利”保持平行：“这我知道。但我也有话想跟你说。”

“斯坦利”抿着嘴等我开口，太阳穴上浮现出浅蓝色的血管。

我直视他的眼睛，尽量轻松地说：“我知道你是个爱想事儿的孩子，这没什么不好的。但有一条，想事儿心里别存事儿。多跟你画的那只鸭子学学……你不是也说过吗，它去过那么多地方，并不是为了找什么，只是因为自己爱旅行。”

“斯坦利”点头，眼睛像水闪了闪。也是没憋住，我相当于对他进行了一次越俎代庖的成长教育。而后我起身，拉着女儿的手，目送他走向苏雅纹。人群稀疏下去，不再有遮挡，我还看到王大莲接了“二”又等来了“大”，正准备离开校门。恰好苏雅纹也领着“斯坦利”走了，她们匆匆而去，一东一西，就像两面镜子里渐行渐远的背影。

但事实很快证明，我向“斯坦利”倾倒的那碗鸡汤是多么寡淡，我本人那循循善诱的样子也像个笑话。还是那句话，谁配教育谁呀。

当天已近半夜，如果我不是还在赶活儿，早就洗洗睡了。小张却还没板过来在剧组养成的恶习，正等着外卖送夜宵。这时她的电话响了，“喂”了两声就推门走进我的房间，惊惶之色像见了鬼一样。

我也像见了鬼一样瞪着她的五彩面膜，听见她说：“苏雅纹想让你去一趟。”

我的第一反应是莫名其妙：“去她那儿？这种要求她干吗要跟你提？”

“当然得先问我，”小张翻白眼儿，“要不你们俩成什么了？”

我旋即道貌岸然地说：“你可千万别瞎想啊……”

“反正我已经把你借给她了，仅限今晚。”小张露出了货真价实的焦躁，也终结了我们夫妻之间以苏雅纹为话题的低级情趣。话说回来，她一直是把苏雅纹当朋友的，这也是因为她忙，从未深入参与妈妈们的事务。随后，她一边打发我出门，一边还把苏雅纹发来的新地址转给了我。用手机查了查路线，离得倒不远，但印象里那地方没有什么像样的住宅，而是盘踞着两三个大型农贸市场。总听说会过日子的人专程去买海鲜。

因为困，我开车时敞着窗子。上了环路又从高架桥下来，果然闻到了浓郁的菜味儿。那是一种既新鲜又腐败的气息，来源于路旁那些外埠牌照的卡车。车队望不到头，每个车斗里都罗列着一座小山，直观地展现了北京人民澎湃的胃口。当我检阅完由数百头猪组成的方阵，手机就提醒到地方了。黑暗中露出一个院子，也就是围墙圈起来的几栋矮楼。下车进入一栋，才发现是那种经典的“筒子楼”——卫生间都是公用的，煤气灶干脆搭在了走廊里。这种形式的建筑出现在北京城区，多少已经有些奇迹的意味了。

当我拐上二楼，四周便充斥着鼎沸的人声，还有衣衫不整的男女奔忙着跑上跑下。经过厕所门口，撞见一个老头夹着手纸，举着一柄撑开的伞钻出来，好像他刚在雨里方便过一样——而这个联想并不夸张，再往上走，只见浑浊的水流顺着楼梯奔涌，浩浩汤汤。我在几块砖头上踩着梅花桩，心里怀疑来错了地方，又打开地图仔细核对。而这时，眼前多了一样东西，让我感到真是见了鬼了。那是一只明黄色的塑料鸭子，从顶楼走廊尽头一扇半掩的门里漂了出来。在“斯坦利”的画中，鸭子游历过世界各地乃至太空；而现在，鸭子漂浮在汩汩的、泛着腥味的污水里，被波浪推向了我。

它还能叫呢：嘎嘎，嘎嘎。我也顾不得脏，俯身将它打捞起来。

随后我就找到了苏雅纹和“斯坦利”，正是在鸭子漂出门的那个房间里。推门只看见背影，一片废墟之中，苏雅纹身上那件英式风衣的面料质地亮得扎眼。十几平米的房间黑乎乎的，充斥着灼烤过的痕迹。床上只剩了半条床单，连窗帘都烧了。一只方桌倒扣，杯具餐具浸在水里。还有几个男人将这对母子团团围住，正在激愤地控诉。

我抱着鸭子听了几句，得知了大概情况：苏雅纹家着火了，虽然扑救及时，但因为筒子楼设施老化，开启消防栓时导致管道迸裂，于是火灾变成了水灾。一个男人又从地上捡起一只电磁炉，质问苏雅纹：

“知不知道我们楼里不能用这个瓦数的电器？”

这也是我第一次看见苏雅纹脸上的妆乱了——她的眼影和唇膏揉成一团糟，额头上还多了两条黑道，让人想起北京山区一种名叫“五道眉”的斑斓的小动物。面对诘难，她解释说自己就想煮个面，也没人对她进行过安全方面的提示。她的说辞更激起了邻居的不满，人们又说，你是做什么的，怎么连这点儿常识都不懂。还说要不是看你一个娘们儿带着个孩子，早就对你不客气了。对，那些南腔北调的汉子使用了“娘们儿”这个词。

于是也该我登场了。我捏着鸭子，让它嘎嘎叫了两声。众人转头，苏雅纹这才露出了真诚的歉意，只是对我一个人的：

“真不好意思……给你添麻烦了。”

我和被她搂在怀里的“斯坦利”对了对眼神。男孩儿转瞬不看我，而是盯向了我手里的鸭子。接下来，我便充当了苏雅纹的代言人，和街坊四邻交涉起来。虽然心里发虚，但我毕竟证明了自身的价值：那些菜贩、装修工和五金店老板认为只有“爷们儿”和“爷们儿”之间才好说话，面对“娘们儿”尤其是苏雅纹这种“娘们儿”就没法掰扯了。交涉的内容无非是认定责任，商议赔偿。众人也都是些粗放的厚道人，只把泡坏了的衣裳和小电器作了个价。我被吵得头昏脑涨，没怎么细算就答应了。比较麻烦的是本栋楼的管理员，他又指出，苏雅纹这间屋子已经不能住了，然而黑灯瞎火地把个“娘们儿”还有孩子轰出去也不落忍，只好另腾一间空屋子给他们；但又然而，必须有人替他们担保才行。这也是吃一堑，长一智，万一再酿出什么悲剧惨剧，他也没法儿向上面交代呀。

该要求合情合理。我又看向苏雅纹，她却躲着我的眼睛。那一瞬间，我明白了自己被找来的原因：苏雅纹大概不想让单位知道她租住在这样的地方，又出了这样的事情。此外也能猜到，她在北京再没什么熟人，起码缺乏在危机状态下可供信赖的朋友。

要是她尚未与王大莲决裂，或许麻烦的就不是我了吧？

我接过纸笔，趴在墙上草草写了个保证书。大意是如果苏雅纹母子造成进一步损失，本人愿意承担连带责任。也就是走个程序，对方询问我的资质，我随口报出了此前合作的经纪公司，又有人问我跟苏雅纹是什么关系，我咂巴了一下牙花子，朝“斯坦利”努了努嘴，“我是他叔”。反正都是无从查对的。签好字，用手机转过一笔钱去，管理员将一把钥匙交给了我。我随手递给“斯坦利”：

“别再惹祸了啊……要不连我也得吃挂落儿。”

说的是句玩笑话，为了缓和一下气氛。不想“斯坦利”嗓子里吭了几声，再看脸上，煞白近乎透明。他还紧握着钥匙，拿拇指肚狠狠挤压着钥匙尖，渴望疼痛一般，指甲都变色了。空气里多了两分异样。

男孩儿嘴唇颤了颤，开口道：“叔叔，我要跟你认个错……”

他又要认个错，让我想起一个寒风乍起的夜晚。那时他告诉我，芽芽被咬出一块肉手表和“二”挨了个大嘴巴都是因为他。我还想起，自己刚对他说过“心里别存事儿”，或许他恰恰是听了我的劝？然而当屋里一静，众人都在下意识地等待“斯坦利”说话时，苏雅纹却从身后紧紧搂住了他。她的臂膀环住“斯坦利”的脖子，一只手拢在“斯坦利”的嘴巴上，因为过分用力，以至于风衣的肩头部位被绷出了一个锐角，那是她骨骼的形状。“斯坦利”被勒得咳嗽起来，在母亲的怀抱中喘息，眼里流出水光。

苏雅纹又俯下身，头在“斯坦利”耳边凑了凑，许久才结束了这番强制性的温存。等她放开，“斯坦利”便闭了嘴，神情恢复漠然。

众人也折腾困了，嘟囔着各回各屋。经过紧急疏通，走廊里的水退去了，遗留下一地污秽的狼藉。苏雅纹的新房间在一楼，我又好事做到底，上下跑了两趟，帮她把行李拎下去。好在他们刚搬来不久，许多细软还没来得及从旅行箱里掏出来，这倒避免了更大的损失。而等收拾停当，我独自上楼去取那只鸭子时，却又想起了“斯坦利”的异样，于是停下来重新审视着这个火灾现场：漆黑的灰烬大多攒聚在紧靠床头的小书桌旁，门口摆放厨具的柜子附近却显得干净了不少。也就是说，火其实并不是从电炉子烧起来的，邻居们的侦破工作出现了失误。我忽然又明白了什么。

再下楼，苏雅纹已经在楼道门口等我了。她把脸弄干净了，脖颈被昏黄的灯泡照出一道弧光，那孑然独立的姿态，仿佛与环境进行着坚韧的抗争。我将塑料鸭子放在地下，点了根烟，她也伸出两指。我敬她一根，给她点上。这时苏雅纹左手托着右肘，带有一种颓丧的艳丽，又有些像《西西里的美丽传说》中的莫妮卡·贝鲁奇了。

无声抽了两口，我说话了："你放心……今天的事儿，我不会告诉别人。"

苏雅纹谢过我，低声道："我都是为了孩子。"

她的话音又变成了悠悠的，我立刻闻出了那股若有若无的嘲讽气息。但此刻的嘲讽就不是指向别人的了，因此竟未激起我的抵触。我还看见火星明灭，纤长的手指挥动着，好像正在蘸着弥漫于眉间的烟雾写字。苏雅纹的面容模糊不清，又仿佛卸妆时把五官都洗掉了。既然如此，那么对于她为什么搬到这个地方，恐怕就不好多问了吧。再看院儿里停着的车，尽是些脏乎乎的"五菱宏光"或者"金杯"，并没有那辆"沃尔沃"的影子。怪不得这些天她接了孩子都没再去商场的停车场。

千塌万塌台面不塌，这就是苏雅纹了。即便真塌了，懂事儿的人也该装看不见。

对我抱有上述信任，可能也是苏雅纹单叫我来的原因之一。不知我是否应该感到荣幸。但我却想和她说点儿别的：

“对了，你刚才那么做……也很有必要。”

苏雅纹挑挑眉毛，似乎不明白我指的是什么。我用脚尖踢了踢地上的塑料鸭子，让它发出嘎嘎、嘎嘎的叫声，以此提醒苏雅纹不必装糊涂。

聪慧如苏雅纹，立刻知道了我知道了什么。她低声承认，“斯坦利”才是那场火灾的肇事者。今天她接了孩子，坐公交车回到出租房已经挺晚了，晚饭只能对付着煮点儿面吃；前两天刚造成过一次跳闸，便没有使用那只电磁炉，而是架起了从批发市场新买的煤油炉。刚点上火，出版社来了个电话，因为不想影响“斯坦利”复习功课，她就出门去接。走前她还特地看了眼炉子，确定火灭了。但在走廊里说了几句，就闻见烟冒出来了。等冲回去，小课桌已经被一团火球笼罩住了，而“斯坦利”握着打火机站在一旁。火光映在男孩儿脸上，像要把他烤化了，但他一动不动。

说到这里，苏雅纹体内有什么东西垮塌了下去。她侧肩靠在砖墙上，也不在意会弄脏那件“巴宝莉”风衣了。但她继续说着，嗓音悠悠的。刚才讲的是“斯坦利”纵火的过程，后面就是纵火的原因了。而我听了，居然并不吃惊，好像那个沉静的男孩儿本来就会干出这种事情似的。三言两语讲完，苏雅纹又补充道，“斯坦利”在大多数时候都是个让人省心的孩子，做出如此危险的举动也是第一次。

我当然懂了她的意思，再次保证：“这事儿我也不会告诉别人。”

苏雅纹凝视我，片刻，清晰地抽泣了一声。夜色有如琉璃，咔然作响，仿佛从内部裂开了。我不知如何面对她的眼泪，于是提出去看看“斯坦利”。新房间连张床都没有，男孩儿已经蜷在地铺一角睡着了。他本就比同龄的孩子瘦弱，此时更显得缩小了一圈儿；他的眼皮还在微微翕动，不知梦到了什么。

我用袖子把那只鸭子擦了擦，放在“斯坦利”枕边。

21

我相当于为苏雅纹和“斯坦利”保守着一个秘密，但又预感承诺必将落空。那滋味不好受，就像在海上遇到一艘小船，擦肩而过才发现它折断了桅杆。我只好望着天际线，希望暴风雨不要来得那么猛烈。

然而到底是来了。这次换作了芽芽把“出事儿”的消息告诉给我。一天，她跟着小张从学校回来，眼神儿恍惚不定，脸上满是惊惧。

我心里一紧，但强笑：“你妈还没做面膜呢，不要像见了鬼一样。”

小张还没翻白眼儿，芽芽就瘪瘪嘴儿，咬着下唇。小张又想起了肉手表，揭开她的袖子，手腕完好无损。而这时我问：“是不是……‘斯坦利’？”

芽芽点头。小张狐疑地对我眨眼，惊叹于我的未卜先知。事实上，这些天苏雅纹在一定程度上恢复了常态，接孩子时还会和她有说有笑地聊上两句呢；然而轮到我去学校时，却总是提心吊胆地窥视着“斯坦利”，生怕他会做出什么匪夷所思的举动。而芽芽接着告诉我，今天“斯坦利”被医生带走了。还不是校医，是坐救护车来的“真正的医生”。

医生也不是说来就来的。按照芽芽结结巴巴的描述，“斯坦利”从前两天就显得不正常了。他先是会拿铅笔戳书，力透纸背，导致课本上的祖冲之李白杜甫纷纷变成了麻子，变成了筛子。此后变本加厉，又开始撕扯教室窗台上的几盆植物。那些金橘、绿萝和月季是大家劳动课的成果，一转眼就被薅秃了，还有的他干脆连根拔。而“斯坦利”这些破坏行为都发生在上课时间，任课老师说他两句，他会立刻背手，坐得比谁都端正。老师就有点儿生气了，说你是不是仗着学习好就成心折腾呀？“斯坦利”则说他也不知道自己刚才做了什么。说得懵懵懂懂，好像刚从梦中醒来似的。当然总的来说，这也不算什么，男孩儿都有“狗都嫌”的时候，哪怕他是学霸。但今天，问题就严重了。

“斯坦利”不知从哪儿带来了一柄刀子。还不是学生用的裁纸刀，而是工地上的锉刀，大概是加工玻璃用的。正在上课，他就把这东西拿出来，开始划桌子。不只划，甚而半蹲着握住刀柄，将全身的分量压上去，非要将桌面捅个窟窿似的。他干得满头大汗，制造出了刺耳的噪声，让人直起鸡皮疙瘩。

老师喊道，停下停下。但这次“斯坦利”置若罔闻，旁若无人。老师就拍桌子：“这还有点儿规矩没有？”

偏这时，“二”就来帮忙了。又听芽芽说，他明面儿上是帮老师，其实是在帮“斯坦利”。这几天“斯坦利”受到的批评太多了，每次过后都会消沉很久，“二”就对芽芽说，看来“斯坦利”是管不住自己了，所以他要帮助“斯坦利”管住自己。

于是“二”跳起来，伸手去抢“斯坦利”的锉刀。四只小手握住那柄利器，颤颤巍巍地悬停着。还有同学给“二”加油，说上嘴咬呀，用你的绝招。然后“斯坦利”尖厉地鸣叫了一声，振臂一甩，挣开了“二”，手中的锉刀却顺势划了条弧线，从“二”面前掠过。

“二”也没出声，未几再看脸上，一汪鲜血喷了出来。

事件的性质就从破坏公物变成了持械伤人。又如博士班主任此前所介绍的，老师们随即启动了应急预案，层层上报。等班上报到年级，年级报到学校，“二”已经在医务室包扎完毕了。幸亏没伤到眼睛，也没破相，然而嘴唇上裂了个不大不小的口子，裹上几层纱布，就将“二”的嘴封了个严严实实。

芽芽问“二”疼吗，“二”摇头，但又指嘴，奋笔疾书：

者（堵）住了，我就吃不了反（饭）啦。

错字率如此之高，令博士班主任汗颜。可见此前的辅导班也白上了。然而当务之急不是反省教学质量，也不是解决“二”的进食问题，而是要商议如何处理罪魁祸首“斯坦利”。在应急会议上，班主任拿出了一张诊断证明，是前一阵子苏雅纹交给她的。那上面写着，“斯坦利”被怀疑患有轻度的躁郁症，建议家长和学校加以观察。

也就是说，身为一名知识女性，苏雅纹早就注意到了她儿子的精神问题，她及时安排就医并与老师沟通，也是科学的处置方式。此后学校的对策就更加科学了，校方指派心理咨询老师做出了进一步评估，结论是“斯坦利”的病情有了加重的迹象。又因为已经去过医院，这件事情也就可以顺利地甩出去了，校方干脆联系了急救中心。医生到后，本来还奔着“二”去呢，校方的人指着完好无损的“斯坦利”说，不是那个，是这个。来都来了，也不能白跑一趟，医生就把“斯坦利”拉走了。好在“斯坦利”已经度过了发作期，变得言听计从，也就不必打针了，也就不必使用专门的约束装置了。

那么“斯坦利”应该还没回家吧。我打了苏雅纹的电话，果然也没人接。

而我担忧的还包括如下事实——此前的那个夜晚，苏雅纹在筒子楼门口向我透露了“斯坦利”的病情，当时无非是你知我知，连博士班主任都在保护孩子的隐私；可现在呢，你知我知变成了尽人皆知。这事儿就大了。我已经退了家长群，但还没吃晚饭，小张就告诉我，妈妈们炸了锅。天哪，班上居然有一个神经病孩子，还是个“武疯子”——她们虽然不至于公开使用此类词汇进行讨论，而是代之以“精神障碍”“思觉失调”等，但其恐惧是不言自明的。关键的问题在于，这才二年级，就已经拿刀子捅人了，那以后还了得，谁知道会用上什么凶器，谁知道会不会哪天一把火把学校烧了？她们的联想让我回忆起一段儿歌：你们不知道，我去炸学校，一拉线儿，没跑了，我和学校一起完蛋了。然而不得不承认，这些联想也并非空穴来风。“斯坦利”的锉刀是从哪儿来的？在筒子楼那种环境里不是俯首皆是吗？还有放火，别人也就是一说，我可是目睹过的。

因此我还必须想到自己的孩子。其实我早想到了，只是心存侥幸，还有些不忍说；而现在，小张却替我说了。这也来自妈妈们之间的互相提醒。

她叮嘱芽芽：“以后别跟‘斯坦利’玩儿。等他从医院出来也离他远点儿。”

芽芽不响。她又用力摇着女儿的肩膀：“我是为你好，听见没有？”

她那母兽般的决绝把我也吓了一跳。但当芽芽求助地看向我，我只好说："你大了，要懂得保护自己。"这么说完，我又想到了"斯坦利"那沉静的模样和水一样的眼睛。秘密不是我败露的，但我感到自己也是一个出卖者了。

而随着时间推移，事态还在升级。"斯坦利"又有几天没来上学，却同样令妈妈们惶惶不可终日。去接孩子时，她们会充满警觉地四下侦察，仿佛牧羊犬在羊群里寻找着狼的踪迹。她们还会对那些保安抗议，喂喂喂，你们在干什么，怎么都跟没事儿人似的？于是保安们也只好重装上阵，又披挂上了他们的钢盔、盾牌和鱼叉状兵器，好像随时要跟谁拼了。当妈妈们护卫着孩子离开校门，还会在某个街角聚集，你一言我一语地嘀咕很久。群里说话自然不如当面沟通畅快，现在也的确到了必须集思广益、统一意见的时候。

实话说，这一切都是可以理解的。看看"二"吧，那副模样着实让人后怕。现在他的纱布还没拆呢，乍看像个裹了一半的木乃伊。而木乃伊又要怎么吃饭？"二"倒是解开了这个千古之谜：有时在学校门口，他的哥哥“大”会帮他把纱布掀开一角，然后掏出一根黑乎乎、软塌塌的条状物，顺着那个小口塞进去。原来正是“道爷”享用过的能量棒。怪不得“二”虽然满脸的生无可恋，体重倒是没见减少。

一根，两根，三根。等帮“二”缓解了饥饿，王大莲便携着肉丸子们离开。她的神色又定格在了木讷之中，此时，她倒成了唯一对苏雅纹漠不关心的人。然而没有了苏雅纹，我们之间的天体结构也像缺了一角似的，陷入了岌岌可危的不稳定状态。是啊，身为集体之外的零余者，我们就算互相疏离，骨子里也唇亡齿寒。

于是有一天，我走向了王大莲。我走向王大莲，是因为看到了妈妈们的倡议书。

那份文件也不知是谁起草的，很可能来自群策群力，兼之我们这片的居民文化水平都很高，所以措辞考究，有礼有节，不失为一篇精彩的檄文。有幸读到它，是在学校旁边的路口，我被几位妈妈堵了个正着。她们首先问我，怎么群里看不见你了，有事儿想跟你说都找不着人。我便以万能的“忙”字诀来搪塞。妈妈们将信将疑，又递给我一张打印纸，说忙也得分时候，这么大的事儿，不能装看不见哪。

我低头拜读。她们却像担心我是个文盲似的，七嘴八舌地在一旁讲解起来。按照她们的说法，这封倡议书有着紧迫的必要性，那就是“斯坦利”即将结束一个周期的检查和治疗，快要回到学校了。之所以能回学校，又是因为苏雅纹找医生开具了新的诊断，证明“斯坦利”具有接受正常教育的心智条件。现在诊断已经被提前送交班主任了。她们还说：

“甭管她的诊断是怎么弄来的吧，就算真是医院开的，是不是也有误诊的可能？而这种事情一旦出错，后果可是极其严重，甚至是无法挽回的。你就想想吧……”

我还没“想想”，她们又向我灌输了几种可能，当然都是极其骇人的。所以她们也要向全体家长发出倡议，号召众人一起向学校施压，要求保障孩子们的安全。至于如何保障，当然是把狼和羊分开，不要再让“斯坦利”和其他学生待在一起了。只不过那样的话，又让“斯坦利”去哪儿呢？是单独一个教室，还是索性别来上学？索性别来上学的话，是要关在家里还是关进精神病院？但这就不是她们考虑的问题了。

“总之，必须维护大多数人的权益，这和我们切身相关。”妈妈们苦口婆心地说，“所以这份倡议，每个人都要签字。”

而我听了，便有些含糊。我清楚，一旦听从她们的要求，在那张纸上签了字，就相当于我同意将“斯坦利”从班上驱逐出去了。然而不签，则相当于我再一次自绝于群众，站到了大多数人的对立面。含糊的表现则是虚与委蛇，则是王顾左右而言他，这也是我这种货色惯常的反应。但妈妈们早看透了我——“知道你们家和苏雅纹关系不错，当初她办辅导班，就先带上了你们嘛；不过现在可不是讲交情的时候，在原则问题上你可得站稳立场。”她们开导着我，做着我的工作，焕发了巨大的坚定性和策略性，仿佛变成了一群苏雅纹，正在对我步步紧逼——当然，是以前的苏雅纹而非现在的苏雅纹。

一时间，我无路可逃，迸出一句：“这不是我一人的事儿，我们得商量商量。”

她们说：“跟谁商量，你太太吗？她就在群里，已经同意……”

而我居然说：“不，我说的是王大莲。”

她们错愕了：“这么重要的事情，你怎么能听她的？”

我却反问：“你们以前不是很听她的吗？”

说完抛下面面相觑的妈妈们，就去接孩子了。站在学校门口，我又感到一些人蜻蜓点水般地打量着我，那是审视的目光。这提醒我不能再首鼠两端，却也令我感到，自己那下意识的搪塞其实是很有道理的：王大莲家的“二”才是“斯坦利”事件的最大受害者，被划了嘴的又不是别人家的孩子。于是我领着女儿走向王大莲。王大莲也拉着两个肉丸子迎向了我。我们在众目睽睽之下会师。当芽芽从“大”手里接过能量棒，饶有兴致地对“二”进行着填喂，我向王大莲说起了倡议书的事。

刚开了个头，王大莲却道：“她们早就问过我了。”

是呀，如果能让王大莲以“血的教训”现身说法，那么对于学校的压力就毋庸置疑了。所以我想到了王大莲，人家也早想到了王大莲。在辅导班被查封之后，王大莲又一次变成了重要人物。而我继续问：

“那对这事儿，你又怎么看？”

说实话，在问的时候，我是悬着心的。不要说“斯坦利”划了“二”的嘴，就是王大莲和苏雅纹之间的那些恩怨，到现在也还远没了结呢。这就要说回到另一串事儿上：前些天，派出所的老片儿警又给我打过电话，让我在群众的立场上补录一份关于“道爷”和“六子”的口供，只说他们经过批评教育，觉悟有所提高，这事儿就算了了。嗯，我又代表了群众。而我趁机问，那王大莲呢，她的事儿了了吗？老警察却沉吟道，她那事儿的性质不同，已经在上面挂了号，就不是派出所能解决的了。然而上面又不说怎么解决，什么时候解决，只是告知她不准离京，不准关电话，此外还让片儿警和居委会又去了一趟王大莲家，在家庭教室也即那套复式房门口贴了封条，以保护“案发现场”。如此兴师动众又如此漫不经心，也不知到底是个什么用意，似乎只在提醒王大莲记住，她还是戴罪之身。

老片儿警也向我转述了王大莲的抱怨。她说：“不如给我个痛快的算了。”

对于这种渴望，警察也爱莫能助。他们还是那句话，你又没偷没抢，抓你干吗。他们还安慰王大莲，幸亏你没有公职，所以不光国法，党纪也暂时惩处不到你头上；作为小老百姓，偷着乐吧。但又哪儿乐得出来。恰因是老百姓，在意的正是个名分，更何况是王大莲这种人——她本来就为“我”到底属于“谁”的问题而钻进了牛角尖。现在可好，她更陷入了一种不确定的临界状态，非对非错，非牛非马，非生非死。这种状态还类似于宗教意义上的“灵薄狱”，或者量子物理领域中的“薛定谔的猫”，王大莲当然不会联想到那些稀奇古怪的概念，但我完全能理解王大莲那无望的焦虑。

所以我猜，王大莲的木讷里，饱含着百爪挠心的苦楚。

所以我猜，王大莲就算把她的苦楚归咎于苏雅纹，也是理直气壮的。

然而我猜错了。对于我的问话，王大莲简洁地回答：“我呀——没签字儿。”

那一刻，我甚至又以为王大莲心里多绕了一圈儿——她没有趁机报复苏雅纹，是为了亲自报复苏雅纹。当面锣对面鼓，气壮山河地吼出一句“你们有什么了不起的”，那才符合王大莲对于“痛快”的标准。所以我又问：

“你是不是怕‘斯坦利’不来了，你和苏雅纹的那笔账也就……”

“算账？”不想，王大莲的嘴角翘了翘，好像对我的说法颇感新奇；但她又沿用了我的说法，“她就算来，我跟她的账也已经了了。”

措手不及之下，我却承袭了王大莲那经典的“你我之辨”，追问道：“可那样的话，你也不是你了……我是说，你不是一直想让她证明你还是你吗？否则……”

王大莲摇头，中止了我的语无伦次。她双臂一展，将身边的两个肉丸子搂了过来，让他们旋转着、碰撞着，簇拥在自己怀里。随后她的嘴角又翘了翘，终于生长成了一个完整的微笑，也使得她那张木讷的脸形同破壳，又从底下涌出一股发光的暖流。啊，那是一个多么慈祥、多么宽厚的笑。而她的笑也具有着大型食草动物般的安之若素。

我被那笑熏得一软，听见王大莲说：“有的事儿啊，还是得听孩子的。我爸爸做不了我的主，我也不能做了他们的主。”

说完又搂了搂“大”和“二”。说的是孩子，却又道：“庄导，谢谢你们。”

那天我目瞪口呆，只觉得王大莲又不是王大莲了。王大莲是如此善于脱胎换骨，而这一次，她给我带来的惊异甚至远胜于和“道爷”分家。我就这么浑浑噩噩地望着王大莲远去了，但已经遵从了她的示范，决意不在倡议书上签字。我仍然不明就里，但身后有了个王大莲，倒像有了主心骨，也就无惧于面对那些妈妈了。

回到家，小张也在为那天的失态而后悔。不光是后悔吓着了女儿，她还觉得苏雅纹求助于我们，如果我们落井下石，那就太不够朋友了。“苏雅纹也不容易。”她叹道，眼皮子又晃了晃，但却伤感地垂了下去。

这个半途而废的白眼儿让我欣慰。我也看出她还有些犹豫，于是破天荒地在媳妇面前焕发出男人的豪气：“怕什么，难道我们做错了吗？”

而等弄清王大莲是在何种契机下“想通了”，则是又过了一段日子。

那段日子可不太平，不过话说回来，自有人类伊始，哪段日子太平过？基于这般觉悟，我们也只好坐等山雨欲来，坐等天下大乱。果不其然，“斯坦利”刚一回到班里，妈妈们便刻不容缓，将倡议书递交给了学校。名为倡议书，实为抗议书，甚而可以称为“哀的美敦书”——她们声称，“斯坦利”有暴力倾向在先，这样一个孩子的存在，令大家感受到了实实在在的威胁，所以学校应该也必须拿出措施来。学校呢，一方面承认妈妈们的担心是很有必要的，另一方面又吃不准什么措施才是妥当的，于是便又使出了个“甩”字诀，将倡议书转给了苏雅纹。这其实也怪不得他们，一边是公共安全，一边是义务教育，都是重中之重。或许他们还有个心眼儿，就是指望苏雅纹先妥协，也就把他们从两难的困境中解脱出去了。

那么就看苏雅纹的了。苏雅纹自然不肯退让，她立刻向学校递交了一份抗辩书，指出既然涉及医学问题，那么一切决定应以医院的诊断作为基础，而那上面分明说过，“斯坦利”的病情可以遏制并且正在减轻，所以必须将他当作一个正常的孩子看待。

学校只好反手一甩，又将材料甩给了妈妈们。针对苏雅纹的上述理由，妈妈们这一次也将论点聚焦在了医学范围之内。谁还找不着几个专业人士呀？妈妈们中就有医学院的高才生呢。她们又拿出了一份口径相反的医学文献，内容是经过临床统计，精神病患都有一定概率的复发可能，而对这样的孩子，更应该早治疗，早干预，绝不能掩耳盗铃。这次她们又提出了一个具体的方案，建议把“斯坦利”转到某个寄宿制的特殊学校去。她们还说，过去苏雅纹不总是话里话外地显摆“斯坦利”与众不同吗？那好，这个方案也是因材施教。苏雅纹，你要说到做到呀。

好一招请君入瓮。而说到这个份儿上，学校也没法儿居间传话了，博士班主任索性单开了一个群，又将所有家长都拉进去，让大家直接交涉。局面更加针锋相对。我曾领教过苏雅纹的精力与口才，但从未想到她的意志能强硬到这个地步——即使沦为众矢之的，她也始终从容不迫地舌战群儒。来不及打字就发语音，那声音还是悠悠的：如果妈妈们想说大词儿，她就陪她们辨析“公权力的界限”；如果妈妈们诉诸感情，她也反问她们，逼迫人家母子分离，你们想出那个主意于心何忍；

如果妈妈们指责她“自私”，她也请她们扪心自问，你们就无私吗？你们无私你们只想自己？告诉你们，当妈的都自私。

苏雅纹跟她们杠上了。苏雅纹是一个孤勇者。但很惭愧，即使我没在倡议书上签字，在此期间却也一直没替苏雅纹说话。又有妈妈们发来私信，做我的工作，我只能报之以沉默。我也私信问王大莲：你呢，她们又找你了吗？

王大莲的回答仍然简洁：找了，但也没用呀，反正我不签。

我却想说，我们也够没用的。我还想问王大莲：你发现没有，苏雅纹变得越来越像你了——以前的你？昨天的王大莲无法让“二”在城市的空中游泳，今天的苏雅纹则在为“斯坦利”上学的权利而抗争。

只不过当初孩子们还小，所以妈妈是主角，而现在，连孩子也被卷了进来。

正如妈妈们孤立了苏雅纹，班上的同学也孤立了“斯坦利”。孩子嘛，都是狗鼻子，他们很快就能嗅出谁是异己分子。平心而论，在学校里，以博士班主任为代表的老师们还是保持了一视同仁，从没对“斯坦利”另眼相看，但随着矛盾越来越公开化，这种中立态度的作用终究有限。在上学和下学的路上，妈妈们对苏雅纹母子指指戳戳，孩子们也都看在眼里呢；在路口的小集会上，妈妈们争相发言，义愤填膺，孩子们也都听懂了大概。于是异样的气氛被带进了班级——渐渐地，大家都不理“斯坦利”了，又渐渐地，还有些孩子开始抱团儿欺负“斯坦利”了。又不同于成人，孩子的世界里没有冷暴力，什么都摊在明面儿上，所以他们管“斯坦利”叫“神经病”就是公开的了。

老师不让他们叫，他们就趁老师不在的时候叫。还学会了一个游戏，下了课间操或体育课，人群里忽然发一声喊，“神经病”，然后四散而逃。记得过去，受到这种待遇的还是“二”的哥哥“大”，他被冠以的污名是“乡巴佬”或者“暴发户”。而面对恶童们的侵扰，“斯坦利”无动于衷。男孩儿一脸沉静，默默走回教室，坐到座位上。他的反应倒是证明了苏雅纹的论点：经过两轮治疗和不间断的服药，病情的确得到了控制。然而那些孩子可不管这个，在初具雏形的丛林法则中，逆来顺受只会招致变本加厉的欺凌。

但“斯坦利”不说话，有人替他出头了。那天的经过是这样的——

在课间休息时，“斯坦利”又被叫了一声“神经病”，贴着墙根低头走开。按说叫一声也就完了，不过恰好博士班主任不在教室，孩子们兴致高涨，不仅没有跑开，反而把“斯坦利”团团围住了。“神经病”不绝于耳，他们还像审判一样质问：

“你怎么还没走？你不是被开除了吗？”

“你带没带着刀子呀？我们要搜查你。”

“你的病会传染吗？要不我妈干吗让我躲着你？”

话语交加之下，“斯坦利”仍不作声，却抱着膝盖蹲了下去。这时就有一人冲了过来，原来是“二”。后来听芽芽说，“二”在行动之前两手握拳，咚咚捶着肚皮，好像电影里的金刚，那是在给自己鼓劲儿呢。他一头撞进人堆儿，横在“斯坦利”身前，脸上的纱布也弄掉了，露出他那张多灾多难的嘴——嘴里少了一颗牙，嘴唇上还结着疤——祭出这个大杀器，孩子们就一愣，说你怎么也疯啦，你又要咬人吗？“二”还没答话，说时迟，那时快，外面又跑进来一个人，原来是“大”——也可见“二”其实有勇有谋，不打无准备之仗，看见哥哥来找他，这才主动出击。同为肉丸子，“大”的体积和威慑力可比“二”大多了，唬得孩子们一时噤了声。“二”就指着“斯坦利”，喊道：

“我看谁敢欺负他——”

这也是嘴唇负伤之后，“二”说出的第一句话。此前他连请求上厕所都要依靠错字连篇的书面表达，“老帅（师），我要拉大更（便）”之类。只可惜出师未捷，自损八百，因为吼叫得过于投入，造成伤口崩裂，又流了一下巴的血。

见“二”受伤，“大”就急了，也吼叫：“我看谁敢欺负我弟——”

而在“大”和“二”的激励下，芽芽也来了劲儿，她几步跳过来，发出的呐喊来自一部日本动画片：“代表月亮消灭你——”

我女儿是唯一把威胁变成行动的人，她还顺手推了对方阵营中的一个眼镜一把。眼镜色厉内荏，坐了个屁股蹲儿，哇地哭了。幸亏博士班主任急匆匆地跑进来，这才制止了局面发展成大乱战。但一怒之下，就把这些肇事者统统罚了站。而在芽芽和“大”和“二”走出教室前，还做了一件事——他们一同来到墙角，把仍然抱着脑袋蹲在地上的“斯坦利”扶了起来。“二”自己鼻涕血迹一团糟，却啪啪拍着“斯坦利”的肩膀，倒像替他掸灰似的。看到“斯坦利”还在瑟瑟发抖，芽芽安慰他说：“没事没事。”

“斯坦利”也跟着他们走了出去。几个孩子在走廊里并排站好，阳光将格子状的窗影投在地上，使得他们如同一盘跳棋。不知是谁，咯咯笑了一声。

22

那场群架没打起来，但也使得矛盾愈演愈烈。回家以后，孩子们免不了添油加醋，尤其那个眼镜，他不好意思说自己被女孩儿教训了，反说是“斯坦利”唆使芽芽和“大”和“二”一起欺负了他。紧扣主题，妈妈们便又将账算到了苏雅纹头上——“斯坦利”不仅自己动手，还拉帮结伙了，还带坏别人了，足可见这个问题儿童的暴力性格已经对班风校风造成了多么恶劣的影响。她们痛心疾首地指出，长此以往，永无宁日啊。

班主任也给我打了电话，请我去面谈一下。同时被“请家长”的还有王大莲和苏雅纹。这个古老的教育仪式让我想起小时候遭受过的荼毒——哪次父母从学校回来，不是一场热火朝天的男女双打。我便先让芽芽认个错，借以争取主动。芽芽还不肯，一副大义凛然的样子。我又说：

“你还是文艺委员呢，以后不想当啦？”

芽芽说：“不当就不当。反正我们都商量好了……”

幸亏没开视频，否则连老师都会遭了她的小白眼儿。而博士班主任却不以为意，转而又对我诉起苦来：“你不知道我们的压力——这几天我和几个老师都接到了陌生电话，有说是报纸的，有说是教育公众号的，问的全是和‘斯坦利’相关的事情。为此学校还得统一口径，唯恐被人断章取义——没想到这样更招骂，网上的人又指责我们念通稿，说套话……你是导演，比我们有媒体经验，你说我们该怎么办？”

她说的事儿其实我也有所耳闻。不知谁把学校里的这场纷争捅了出去，让它变成了新闻热点。这年头的媒体在有些事情上特别不敏感，在有些事情上又特别敏感，这回总算找着了能安全下嘴的地方，一时间不管沾不沾边，都要议论两句。其立场又分成两派，一派同情妈妈们，一派同情苏雅纹，不过甭管同情谁，标准动作则是谴责学校——帖子下面的评论就更热闹了，有说老师不负责的，有说领导不作为的，间或又冒出两个当代鲁迅要“救救孩子”。而对这位博士的不耻下问，我却实在不敢多嘴。“道爷”的前车之鉴才过去多久呀，我的“吃播”计划已经导致老头儿臭名昭著了，现在就别再给人支着儿了。我成了网上两起轩然大波的参与者和见证者，真他妈的与有荣焉。

我的嗫嚅含混也让班主任相当失望，她忽而叹了口气，说出一句很不符合教育理念的话：“当了两年老师，反而觉得自己学的东西越来越没用了。”

而我又想起芽芽那句无心之言。挂了电话，我问芽芽：“你刚才说，你们商量好了——和谁商量，商量了些什么？”

芽芽继续大义凛然，并经受住了我以“仔细你的皮”对她的威胁。

我却笑了，给女儿剥了一颗糖：“别绷块儿了——你那点儿事儿，瞒得住谁呀。”

真被我说中了。没过两天，便有人向我讲述了“那点儿事儿”的来龙去脉。而那人是王大莲。不过在此之前，还得再介绍一下妈妈们和苏雅纹的动向。经过老师的警告，班上的孩子们倒是不再围攻“斯坦利”了，但妈妈们却受到了那一战术的启发，又开始在学校门口围攻苏雅纹。事情发生在我和王大莲、苏雅纹去找班主任的那天，也许她们专门挑了这个日子口儿，以向学校施压。这一举动也使对抗上升到了一个新高度，终于演化成了小规模群体事件。但要知道，我们那片的居民都是体面人，平常最看不上非要靠吵靠闹才能解决问题的思路；他们觉得那种做派不仅很丢人，而且是缺乏社会资源的弱者的习性。而现在不得不放下最后一丝矜持，也可见妈妈们实在是被逼得走投无路了。平心而论，她们虽然是主动出击的那一方，但受到的伤害同样深刻——对于她们而言，那意味着某种操守、某种信仰的塌陷。还是那句话，现在就连“她们”也变成“他们”了。

所以妈妈们在清晨的学校门口摆开阵势之时，脸上的表情与其说是激昂的，倒不如说是苍凉的。她们没有打出耸人听闻的标语横幅，也没有喊出此起彼伏的口号宣言，只是肃穆地组成人墙。但当苏雅纹带着“斯坦利”从公交站走向学校，那堵人墙便在一瞬间七零八落。妈妈们一拥而上，将苏雅纹团团围住。

她们在声讨：“你管不好孩子，就放任他祸害别人吗？”

她们在质问：“人心都是肉长的，你也是母亲，不懂得做母亲的心吗？”

她们还说到了更加现实也更加本质的问题：“我们买这儿的房子不就为了上学吗，被你这么一搞，学也没法安心上……那钱不就白花了吗？”

哪怕对于貌似不缺钱的人，钱的数目只要达到一定量级，也意味着无穷辛酸。于是声讨和质问汇聚成哀声一片，听起来倒像妈妈们正在恳求苏雅纹，只想让苏雅纹可怜可怜她们了。而苏雅纹呢，一声不吭，木然地试图从人群之中突围。这就是铁石心肠了，还透着一股死猪不怕开水烫的浑不论，因此妈妈们益发激动，又从各个方向拦截着她，阻挡着她。她们的战术执行得非常坚决，以至于那些全副武装的保安也无法拦截她们的拦截，无法阻挡她们的阻挡。虽然没有实质意义上的肢体接触，但在左冲右突之间，苏雅纹就变得气喘吁吁了。她拖着“斯坦利”，被四面八方的人墙反复弹回，终于打起了踉跄。而“斯坦利”一脸漠然，只在苏雅纹险些跌倒的时候才扶住他的妈妈。这一幕让过往行人无不驻足——群众又看了一场好戏，或许还以为哪个豪门正在上演当代版的宫斗风云、夺嫡大战呢。

终于，我又听到苏雅纹嘶喊了起来。苏雅纹又被逼到了极限。

“你们瞎了吗？”她拽过“斯坦利”，像对人群展示一只木偶，“看看他呀，他像有病的样子吗？像有病的样子吗？”

正是那时，一位妈妈从皮包里掏出一只信封，递给苏雅纹。苏雅纹没接，她径直将信封揣进了自己那件发黄起皱的英式风衣的口袋。而也正是那时，人群之外响起了一声尖厉的刹车声，一辆黑色鲸鱼般的“奔驰”杵在了校门口。车上下来一人，不是“六子”又是谁？他的装束仍然是黑西服、金链子，脖子上露出半条龙。他双手捂裆，小跑两步，打开轿车后门，又探出小臂护着门框，把王大莲和俩肉丸子接了下来。

这也是王大莲第一次坐着汽车来学校。“六子”又一反身，走进人群左扒拉右扒拉，轻易迫使那些妈妈往两旁退去，在学校门口开出一条通路来。犹如摩西分开红海，王大莲便牵着俩肉丸子，不紧不慢地走向大门。

经过苏雅纹时，“二”又拉住了“斯坦利”，而王大莲低声说了句：“跟我走。”

苏雅纹痴痴愣愣地跟她往里走去。妈妈们慑于“六子”的气势，目瞪口呆，半晌才又提心吊胆地抗议，“关你们什么事呀”，“打人还有理了”。她们方才对保安视若无睹，现在却求助地看向保安。而“六子”便以胸腔共鸣，瓮声道：

“早先的‘顽主’还讲规矩呢，天大的仇不能堵门。再瞧你们，都堵了学校的门了，这合哪条规矩呀？”

妈妈们哑口无言。身为一名刑满释放人员和黑车司机，“六子”三言两语教育了她们。看到上学的道路畅通，我也赶紧拉着芽芽小跑过去，追赶王大莲和苏雅纹。“六子”见了我，却立刻恢复了在派出所写检查时的谦逊，屁颠屁颠地跟上来叫了声“哥”。他小声解释：“本来不想再牛逼了，可大莲子既然发了话，只好破例。”

他还说：“这么多年都牛逼得不是地方——今儿个感觉还行。”

对于他的人生感悟，我只好附和：“还行还行。”

然后留下“六子”断后，几步追上了王大莲和苏雅纹。行走之间，孩子们自然而然地混同一处，王大莲和苏雅纹却不约而同往两边分了分，好像中间有了个我就能缓解尴尬似的。尴尬便转移到了我头上。我没话找话，又像给王大莲打预防针，说一会儿老师难免会告状，但你可别再大嘴巴抽孩子了——我还替芽芽仗义了一把，说既然是她推了人，“大”和“二”就不算主犯。

令我没想到，王大莲既没表示同意，也没表示不同意，她反而说起了另一件事。

王大莲说，事情发生在前些天的一个晚上，当时“大”和“二”闷在房里，夜宵也不吃了。她推开门缝一看，就见俩肉丸子正举着电话手表，像煞有介事地开视频会议呢。听不到两句，又知道与会者还有芽芽和“斯坦利”。他们正在讨论学校里的事情。“二”嘴伤未愈，不能说话，只好书面表达，再由“大”替他朗读。

虽然错字连篇，可是兄弟连心；会议纪要如下——

“斯坦利”首先对“二”道了歉，问“二”嘴还疼吗。“二”说还疼，可我不怪你，你又不是故意的。芽芽又问“斯坦利”，你怎么变成这样了呢？你以前多乖呀。“斯坦利”说他心里憋得慌，一憋就想破坏东西，光用手破坏还不过瘾，就逮着什么使什么了。“二”又问，那你现在还憋得慌吗？“斯坦利”说还憋，不过他正学着管住自己，管不住也得管，另外大家也不用害怕，以后他再也不会带着危险物品上学了，这是因为每天出门前，他妈妈都会搜查他的书包，到了学校老师再搜一遍，双保险。

然后芽芽说：“那‘斯坦利’就是能上学呀，别人为什么不让他上学了呢？”

“斯坦利”说：“别人还怕我砸玻璃，浇开水，捅电门。我的身边都是凶器嘛。不过我妈妈说，人家也有人家的理由，让我别记恨人家。”

“二”说：“可他们欺负你，这就不对了。过去我哥老挨欺负，越欺负越憋得慌，那毛病能好吗？看见你被欺负我们再不管，那还叫朋友吗？”

“斯坦利”不语。“大”朗读完“二”的意见，触及伤心往事，也表态：“我听我弟的，欺负你就是欺负他。”

于是在“二”的提议下，几个朋友决定，要为“斯坦利”出头。这就是打架的缘起了，可见“二”不仅是主犯，而且是预谋作案。王大莲边走边说，复述孩子们的话时还掐着嗓子学舌，如同表演了一出儿童剧。然而等表演告一段落，她又说，旁听会议本来也让她提心吊胆——就为孩子打架，她当过多久的学校公敌啊，他们还嫌她的名声不够坏是怎么着——不过又琢磨了一下，她却感到虽然都是打架，但这时的打架和过去的打架不太一样。过去她能大嘴巴抽“二”，现在却觉得想管孩子但又无从开口。琢磨来琢磨去，王大莲就想通了：过去的打架是为了自己，现在的打架是为了别人。为了自己是本能，为了别人就是仁义了。再往远了想，她爸爸“道爷”当村长时为什么能服众，不就是因为“仁义”吗？还有“六子”，自个儿没家却在她掏火炕时替她护法，这不也是“仁义”吗？所以她才看上了他。对，就是这么点儿区别。也正因为这么点儿区别，王大莲就决意不在妈妈们的倡议书上签字了。她后来还对我说，关于“斯坦利”的事情，她听孩子们的。

她只对“大”和“二”提前布置好了战术：与人交

锋不能先动手，更不能下狠手。她还替他们分析了对手的底细：越是仗着人多势众的主儿，其实骨子里就越㞞，没准儿一吓唬就软了。不过她又对我检讨：

“我光顾着俩小子了，没想到你们家丫头比他们还横。”

说到这里，王大莲便闭了嘴，咕咚咽了口唾沫。喋喋不休一路，她好像说累了。

“也是百密一疏……你的工作已经很到位了。”我恍然，但又继续着疑惑，将头转向另一侧的苏雅纹，“对了，她们刚才给你的东西是什么？”

方才王大莲说话时，苏雅纹一直保持着木然，这时打了个哆嗦，以机械的动作将手插进衣兜，掏出那只信封。我们暂且驻足，凑着头观看。信封上印有一家律师事务所的名称，这就让我也哆嗦了一下。掏出里面的纸张，果然是封律师函，内容是假如苏雅纹拒不理会妈妈们的诉求，她们只好对她提起联名诉讼。而这意味着妈妈们和苏雅纹之间的矛盾又上升了一个层级，眼瞅着就要对簿公堂了。三人看完，苏雅纹仔细地将律师函叠好，塞回信封。她神经质地笑了一声。

然后我也笑了，那当然是苦笑。我想对王大莲和苏雅纹说，看看，你们俩不光一起被请了家长，还都吃上官司啦。在这方面，你们真是不分你我。

然后王大莲也笑了，但却笑得灿烂、没心没肺。这笑很像她第一次在学校里向我和苏雅纹进行自我介绍时的笑，不过又好像笑底下还藏着什么似的。我一转头，就见孩子们走向了教学楼，而班主任已经在门口迎着了。她看到我们，反而先紧张起来："保卫科打电话，说你们在学校门口被拦住了……她们又有什么说道？"

苏雅纹便将那封律师函展示给班主任，向她知会了事态的新动向。

这又让班主任露出了烦躁："我再去向领导汇报一下吧。现在成天应付的全是跟教学无关的事情，就连备课都快没时间了。"

我们同情地看着班主任，却不作声，等她说话。班主任就说了下去——她让我们不要生气，情况她已经了解了，孩子们并不能算做错了什么——在这个前提下，才说到了芽芽推人，不过又说推人也是表象，重要的是孩子们为何会壁垒分明；又说孩子们壁垒分明其实也是表象，重要的还是家长之间的矛盾不可调和。归根结底，就又说到了因“斯坦利”而起的那场纷争。这时她的口吻不仅烦躁，而且是疲惫的了。她说之所以请你们来，是因为你们都站在了其他妈妈的对立面；现在事情闹得这么大，我也恳请你们再想一想，如果这样下去，对所有人不是都没好处吗?

听到这里，我不禁插嘴：“可我们也不是一伙儿的，我们……”

班主任则说：“苏雅纹就不说了，就说你和王大莲——无论是倡议书还是律师函，不是只有你们两位没签字吗？”

她打断了我的撇清，又看向苏雅纹。我则揣度起了班主任——也可能是上级的用意——或许她试图再做一下苏雅纹的工作，劝说苏雅纹放弃抗争？这当然是可以理解的，妈妈们毕竟是大多数，站在学校的立场，要想正常教学，也只能维护大多数人的利益。至于非要叫上我和王大莲，或许是因为她希望在做工作时有个缓冲，此外我和王大莲如果转变了态度，苏雅纹也就彻底孤立无援，不得不重新“掂量掂量”了吧。

但如果是那样的话，博士班主任明显高估了她自己和我们的面子，也小看了苏雅纹的决心。苏雅纹果然冷笑道："照你这么说，她们人多就得听她们的，就得把'斯坦利'撵走？这不是多数人的暴政吗？我不接受。"

博士班主任又焦急起来："现在不是暴政不暴政的问题，而是应该怎么办的问题。"

"怎么办？"苏雅纹轻巧地说，"大不了我也找律师，告她们。"

听得我又一哆嗦。围攻与反围攻，诉讼与反诉讼，这还是学校吗？但我又知道，苏雅纹绝对能说到做到。而苏雅纹的说法就让班主任愈发焦急了："苏雅纹，你不用跟我讲道理，道理我都懂；你也不用跟我辩是非，这件事里没是没非。我请你暂时不要把我看成老师，而是当成……一个同样关心孩子的人吧，现在我只劝你站在孩子的角度想一想。'斯坦利'是班上最聪明的孩子，我也很喜欢他，可如果这么下去对他公平吗？今天闹一场明天闹一场，他这几年将要怎么度过？永远看着妈妈们为他打官司吗？他和身边人又是什么关系？大家都是敌人，不共戴天吗？不好意思，我又要说到教育理念了，弗洛伊德就曾指出，人生只有一次童年，童年对于成长的作用难以估量……”

说到后来，班主任就不只是焦急了，看起来还真切地动了感情。恰因动感情，苏雅纹就愣了。她克制着自己，身子颤了一颤。而我想要说点儿什么，竟也开不了口。和她们一样，我也被情绪扼住了喉咙，沉浸在怜惜与悲悯之中。我想着“斯坦利”，又从“斯坦利”想到了自己的女儿，还想到了和他们年纪相仿的所有孩子。他们是如此天真，如此纤弱，值得我们不顾一切去保护，但我们经常不顾一切也无能为力。我的眼睛没出息地潮湿了，又扫了扫身边的几个女人，却见王大莲是唯一神色轻松的。

何止神色轻松，她甚而可以说是满不在乎——只见她“啪”地拍了下巴掌，扬起大嗓门：“多大点儿事呀，犯得着吗？”

那一瞬间，我如同听了句禅机：山河大地本是微尘，又何况尘中的尘。但我又提醒自己，我的联想已有过度阐释之嫌。而能够阐释王大莲的，只有王大莲本人的行动——还没反应过来，她就从我们之中离开，胡噜着几个孩子的脑袋，让他们走进教学楼。这时不仅我和苏雅纹，连博士班主任都亦步亦趋地跟在了她的身后，好像我们都是傀儡，她才是我们的领头羊。一干人上楼梯，顺着走廊行不几步，却见王大莲拍了下“大”，打发他去自己的班级，然后跟着芽芽和“二”和“斯坦利”走进了教室。快上课了，班里坐满孩子，她一边在课桌间穿梭，一边打开她那只特大号的“爱马仕”挎包，从里面掏出一样东西来。那是个木头做的小马扎，王大莲将它摆放在“斯坦利”的座位旁边，一屁股坐了上去。

班上多了个大人，这就让孩子们交头接耳，还有捂着嘴嘻嘻笑的。而王大莲紧挨着“斯坦利”，又带头喊：“老师好。”

大家更觉新鲜，也喊老师好。清脆的召唤令班主任也不得不走了进去，站上讲台。然后王大莲说：“关于‘斯坦利’，我有个主意。大家的妈妈们不就是担心他留在班上会造成危险吗？那好，我来看着他上课。他一个孩子又有多大能耐？就算他管不住自己，我也能管住他，所以谁也不用再怕了。也别替我心疼时间，别人都忙，但我不忙，我还闲得没事儿干呢，正好受受教育。这么一来，班上的同学也不用分开了，好不好？”

班主任还没说话，孩子们就齐声喊“好”，就连那个眼镜也包括在内。孩子嘛，没有真记仇的。然后大家一起看向班主任。

班主任似在思索，又似呆若木鸡，半晌说：“先试试吧。”

于是那天早上，我旁听了一节别开生面的小学语文课。坐在小马扎上的王大莲对课程内容产生了巨大的兴趣，她腰背笔直，两眼发亮，有时我觉得她还想积极举手，在“清明时节雨纷纷”后面接上一句“路上行人欲断魂”呢。有了她的比学赶超，孩子们专心致志，“斯坦利”对这位新同学的存在也很适应，神色比之以往松弛了许多。身边多了个大人，他似乎感到了安全。当老师带领大家读唐诗，琅琅的书声飞旋到天上去，我才看了眼同样站在教室门口的苏雅纹。她的侧影单薄，隔着窗户望向屋里，也不知是在看“斯坦利”，还是看“斯坦利”身边的王大莲。她的脸上仍无表情，但她的目光竟似陷入了梦幻。

一会儿我又犯了老毛病，掏出手机想要进行拍摄。但还没调好焦距，就听对面“嘘”了一声。苏雅纹半笑半嗔，指了指走廊天花板上的一只摄像头。摄像头正对着我，使我也被记录了下来。通过这种记录，我仿佛前所未有地投入了生活。我再次面露羞惭，这时却见苏雅纹也用手机拨了个电话。她在向出版社请假，顺便交代两件工作上的事。苏雅纹那悠悠的声音和缓了许多，两眼半弯，好像做了场梦又活了过来。

当然不能光让王大莲一个人充当伴读，那天的语文课结束后，苏雅纹又陪“斯坦利”上了一节数学，我又陪了一节美术。美术课的内容是画水彩画，“斯坦利”又画了那只鸭子，而这次鸭子结束了旅行，正坐在教室里上课呢。但快到中午时，班主任制止了我们的回炉再教育，她说你们该忙忙去吧，谁还没有一堆事儿；她还说你们再这么耗下去影响也不好，让外人看见不知又有什么说道呢。

我们不说话，一起看着她。班主任又叹了口气：

“不过你们……哦不，‘二’的妈妈的主意也不是不可行。趁着刚才，我和几位老师又商议了一下，大家决定，干脆哪个老师没课，哪个老师陪着‘斯坦利’算了。我们都相信‘斯坦利’已经不是个危险的孩子，但就像您说的，这么做不是为了让别的家长放心嘛。麻烦也是应该的，谁让你们把孩子交给了我们呢。”

说时面朝我们三人，目光却定在王大莲脸上。但随后，她又被自己“煽”了起来，转入了做报告的腔调：“一个都不能少——要让孩子上学啊。”

说得好像这里不是北京的学区，而是哪个希望工程尚未普照的穷乡僻壤。我们便一起谢谢老师，然后又一起下楼，往学校大门走去。我仍走在王大莲和苏雅纹之间，一会儿瞟瞟这边，一会儿瞟瞟那边。王大莲与苏雅纹呢，目不斜视，彼此不看一眼。学校门口空了，妈妈们早已散去，只有“六子”和他的“奔驰”还在，但也停进了路边的车位。“六子”敞着车门，躺在宽大的真皮沙发上，跷着脚从窗户里伸出来。

苏雅纹拐了个弯，走向公交车站。走前对我说：“再见。”

王大莲也拐了个弯，走向“奔驰”。走前也对我说：“再见。”

我像一截儿导体，被遗落在正负两极电源之间。我本还想着是否应该尽职地将王大莲的“再见”传达给苏雅纹，再将苏雅纹的“再见”传达给王大莲，但这个机会转瞬即逝，她们都不见了。因此我又想：算了吧，何必呢。

相比于我辈浊物，女人之间的决裂往往更加彻底。不过平心而论，目前似乎是苏雅纹亏欠了王大莲——王大莲到底帮了“斯坦利”。事实也证明她的法子的确有效，有了老师们的轮班陪读，妈妈们便对孩子的安全渐渐放下心来，又渐渐地，她们也开始过意不去了。是啊，都是为人父母，怎么以前就那么不容人，乃至于闹到了围追堵截和法律诉讼的地步呢？可见人就怕“杠”上，“杠”上了就乱了方寸。此外为了让大家放心，老师们主动承担了繁重的额外工作，除了给一群孩子上课还要专门看着一个孩子上课，这又是怎样的奉献与牺牲？如果她们再不依不饶，那也太不知道好歹了，以后还要怎么相处呢？

于是，集体无意识中弥漫着隐隐的悔意，不仅微信群里消停了下去，倡议书和律师函也变成了两份过期文件，再也无人问津了。

还渐渐地，又有人在私下里对苏雅纹表示了敬佩——试想一位柔弱的母亲带着一个“特殊”的孩子，这是多么艰辛，又是多么悲壮啊。那些感人至深的公众号里，成天推送的不正是这样的故事吗？因此当苏雅纹出现在学校门口，也开始有人若无其事地对她点点头了呢。而苏雅纹也对她们点点头，那不是既往不咎，而是敬而远之。

不仅对苏雅纹，妈妈们也对王大莲再一次另眼相看。对王大莲的另眼相看来自这样一个事实：她的办法，大家怎么早没想到呢？瞧这一大圈儿绕的，又是医学又是法律，又是心理分析又是举证责任，又是公序良俗又是媒体立场，恨不得涉及人类自然科学与社会科学的诸多前沿领域，结果都不如一只小马扎管用。但再一细想，除了王大莲，似乎别人也很难想到这个办法，因为那还关乎到了“思维习惯”和“底层逻辑”——不仅需要闲暇，需要行动先于思考的本能，还需要一种别的说不清道不明的东西……一种什么东西呢？

她们试图总结：“逆向思维，四两拨千斤，用朴素的方法解决复杂问题的能力。”

还类比了一个教育领域的经典案例：话说20世纪60年代，美国航天局为了研制一支能在太空的失重状态下出水的钢笔而耗费巨资，一筹莫展时，结果有个小学生写信给科学家们，说直接用铅笔不就得了嘛。她们还借此与我搭话：

“你跟王大莲熟，你也说说看……她的脑回路是不是和我们都不一样？”

我的脑回路里却滑过两个字儿，心想或许那才是王大莲的不同之处。但我到底闭了嘴：和睦的气氛来之不易，还是少说话吧，免得再打了谁的脸。此外，当妈妈们满足于“皆大欢喜”的结局，我倒有一丝失落未能消解。这又来自我和王大莲、苏雅纹之间的关系。再去接孩子时，我们仍维持着原来的格局：各据人群一端，就像星云之外散落的天体。此后的很长一段时间，我都没有机会问问苏雅纹是否搬离了那栋筒子楼，也没打听过王大莲因为辅导班而摊上的官司是否有了个新的说法。比起众人和我们之间的讪讪着，我们更加长久、更加根深蒂固地讪讪着。我们迎面相见不相识，我们眼中有景道不得。

孩子们倒是快乐得很。现在芽芽他们的小团伙又扩大了，他们还接纳了很多新朋友。“减负”以后，学校开办了很多课外小组，芽芽报了舞蹈班，“斯坦利”报了画画，“大”和“二”都去了足球队，每天活动结束，他们又把各自的队友叫到一起，你来我往地比画一番。于是放学以后，他们就不再如流星四散了，而是在大星云之外形成了小星云，以加倍的活跃转动不休。在新集体里，“斯坦利”仍然是最受瞩目的那个，他对什么事情都有兴趣，而且对什么话题都能说得头头是道，在他身边总是围拢着听众。男孩儿的话比过去多了，与人追逐时还会忘乎所以地大呼小叫，但那已经不再令人感到紧张——经过一段陪读，老师们渐渐放松了对他的监管，几乎不再需要在他周围安插一个成人了。如果不是我们班上的家长，恐怕没人记得“斯坦利”还是一个特殊的孩子。

这才是值得欣慰的。毕竟孩子度过了一段快乐的日子。

而又没过多久，“斯坦利”便离开了学校。

23

那消息是一个陌生男人带来的，时候在初冬。满街的树木又黄了，重新开张的商场正在举行儿童商品促销。女儿现在主意大了，逛街时她妈妈挑的衣裳一概看不上，非要穿在孩子们中新近流行起来的“国潮”品牌，觉得那才酷。路过数码商店，她还指定要买一个新款的电子手表，这又给我添了麻烦——这玩意儿的功能太过繁多，远非我那块老旧的“卡西欧”能比，所以我还得对照着说明书替她完成各种设置、下载各种App。我忙活得抓耳挠腮的，连手头即将收尾的工作都顾不得了。

等女儿欢天喜地地去更新她的通信录，天也黑了。我们才想弄点儿东西吃，门铃却响了。我开门，看见外面站着两人，都和我差不多岁数。前面的足比我高了半个头，后面的那位则腆着个肚子，拎着一只皮质公文包。俩人都穿着一丝不苟的西装，好像刚出席完什么重要场合似的。

当然，这种打扮也可能是房产中介。我说：“走错门了吧？我不卖房。”

前面那男人却问我：“您是庄……是芽芽的爸爸吧？”

我说是。女儿上了两年学，我几乎没怎么见过她同学的男性直系亲属，这就让我陡然紧张起来——人家爸爸都出面了，谁知道芽芽惹出了什么祸端。我回头吆喝了两声，“又招猫递狗了没有？”

对面那男人赶紧摆手，热忱地笑了：“不不，我是来找您的。”

又说别打搅孩子，挪步去了电梯口。他一动，后面的男人也立刻跟上，全不看我，好像只担心同伴跑了似的。我便也愣头愣脑地出来，仨人站在走廊里。走廊的灯是声控的，照明持续时间又很短，我们必须轮流狠跺一下脚才能看清对方。忽明忽暗之间，几个大男人好像在排练赵本山和范伟的小品《卖拐》。

我跺脚："那您又是……"

高个儿男人跺脚："我是'斯坦利'的爸爸。"

腆着肚子的男人跺脚，不说话。在稍纵即逝的光明中，我打量高个儿男人，并以苏雅纹为参照评估了一下：别说，这对夫妻年轻时真称得上金童玉女。而"斯坦利"明显长得更像苏雅纹，继承了母亲的秀气而非父亲的英气。又想起"斯坦利"说过他爸爸是从事互联网行业的，那么我面前的就是一个非典型理工男了——他没被代码熬成秃顶和近视眼，反而保持着我们这个年纪少有的茁壮气息。我猜他上大学时还是个运动健将。

我又跺脚，说片儿汤话："久仰久仰，'斯坦利'和芽芽是好朋友。"

"斯坦利"的爸爸又跺脚："我来是想谢谢您。这么长时间，您不光照顾了我儿子，还照顾了我媳妇，您受累了。"

腆着肚子的男人又跺脚，抽搐着笑了一下，大概听出了什么低级联想。我也想起我和小张以苏雅纹为题开过的玩笑，不免在这个温和的爸爸面前惭愧了一下。而"斯坦利"的爸爸又掏出手机，要把我上次在筒子楼替苏雅纹缴纳的赔偿和押金转给我。我收了款，顺嘴说既然你回了北京，以后送“斯坦利”上学就方便了。“斯坦利”的爸爸说是，不过他们已经不住那片筒子楼了，先在宾馆对付几天，找好房子就搬过去。我心里嘘了口气，又顺嘴问他们搬去哪儿。这时就听他说：“搬到外地去，离开北京了。”

我一愣，又问去哪儿。他说去江苏，离苏雅纹老家不远。

灯又灭了，这次谁也没顾上跺脚，大概是后脚跟子都有些发麻。“斯坦利”的爸爸便在黑暗里说起了他们近年几次搬家的来龙去脉。他早先在“大厂”工作，那时收入还行，在昌平买了房子，后来又换到了我们这片学区。都是为了孩子嘛。但到“斯坦利”快上学时，“大厂”业务收缩，收入不那么行了，买学区房又背上了不小的亏空，索性一咬牙，拉了笔投资去深圳创业。都是为了孩子嘛。原想着项目不错，很快就能把估值做上去，但没想到风口突然又变了，上游的几家巨头在美股市场哀鸿遍野，公司转眼黄了，这时的亏空就不只家里的，还多了投资方和底下员工的。在此期间，苏雅纹一个人在北京带着“斯坦利”，钱最紧时把房子也卖了，租房子又都嫌贵，只好在筒子楼里凑合着。都是为了孩子嘛。好在“斯坦利”的爸爸手里毕竟有专利，长远看来前景还不错，所以最近总算又找到了新的投资。而这回的投资方很在意成本，提出的附加条件是公司要下沉到地县一级去。那些地方到处都是半荒废的科技园，租金也比一线城市便宜多了。

“一家人总得团聚，再考虑到‘斯坦利’的情况……还是一起去吧。”“斯坦利”的爸爸说，“都是为了孩子嘛。”

他又说：“讲这么多，也是想替‘斯坦利’解释一下。孩子舍不得他的朋友。”

看来“斯坦利”是怕朋友们担心他，不想让朋友们以为他又被医生带走了。他可真是个心重的孩子。我便请他爸爸转告他，我会对芽芽说明情况。小小年纪，已经要面对离别了，而这也是他们必须学会的一课。但说到这儿，“斯坦利”的爸爸又侧身挥了挥手，向我介绍了身后那个腆着肚子的男人，说这是法律顾问。我对法律顾问致意，当然就不久仰了。我还纳闷他为什么到哪儿都随身带着这么个角色，吃官司吃怕了吗？

“斯坦利”的爸爸则继续说：“既然要走，该了的事情还是得了。听苏雅纹说，她们以前为了给孩子补课，给另一个同学的家长造成了麻烦……”

说的就是王大莲了。王大莲家门口的封条还贴着呢吧，不过那想必就是个形式上的封条，并不妨碍他们进出。说实在的，这种办事风格也有其智慧之处：没有定论就维持原状，拖一天是一天，没准儿拖着拖着就都忘了，事儿也就过去了。但我知道王大莲忘不了，因为王大莲是王大莲。处于“等待宣判”的心态中，王大莲没法儿让生活回到它该有的样子。所以她孤悬于人群之外，心里一定还惶然着，拧巴着。

她轻松地帮助过“斯坦利”，但到自己身上，事儿就过不去了。

而那位“法顾”这才腆着肚子发言，口气就事论事，又有点儿感到滑稽似的。他首先进行了补充性说明，说他是“斯坦利”爸爸投资方的法律顾问，职责是解决该项目过程中的一切法律问题，如果被投资方的配偶涉及什么纠纷，宽泛地说也可以列入他的工作范围之内。说白了，投资方是指望“斯坦利”的爸爸干活儿呢，总得替人家解决后顾之忧。而这位“法顾”的专长是经济法，分析辅导班一案的思路也是经济层面的——他让我把从妈妈们那儿收钱的转账记录发过来。那东西以前就曾提供给了警察，我很快就在手机里找到了；“法顾”的手里则有苏雅纹留存的聘请各门任课老师的价格，他又像个会计，按着计算器将两笔款项的总额分别加了出来，然后一摊手：

“收入远远小于支出，这是个赔本买卖呀。我们甚至可以说，这压根儿就不是个买卖，因为它无法被证明以营利为目的的主观意图。”

怕我听不懂，他又详尽地解释了一遍：辅导班的创办者有可能面临的最大指控是“非法经营”，但按照相应概念以及相关规定，只有证实了“牟取巨额利润”才能追究责任。而反观此案，请老师花的钱多，从妈妈们那里收的钱少，要想挣钱，哪有这么蠢的？说是做了个教育慈善还差不多。可见那顶帽子并不适用。他又说，“有关部门”想来也是很清楚这一点的，所以才一直没有对谁采取实质性的处罚；不过“减负”是个重要精神，再加上的确也有一些机构因为顶风作案被查了，所以谁也不敢轻易把相关的案子放过去，干脆就再拉上个陪跑的，对于普通的妈妈们也有惩前毖后的效果。既要依法执法，也要强调教育意义，这也是中国式运动的特点。而陪跑已经陪了这么久，要想不再陪下去，则可以由这位法律顾问代表当事人发一份律师函，向相关机构提起名义上的申诉。吃官司谁都怕，单位也一样，如此反戈一击，也能敦促对方主动把事情了结。方法其实非常简单，只不过一般人想不到罢了，而这也就是专业人士的作用了。

这么说完，法律顾问便从皮包里掏出一张纸给我。我跺脚，低头一看，果然是封律师函的复印件，格式与苏雅纹曾经收到的那封差不大离，只不过她的名字从被告方转移到了原告方。苏雅纹还签上了她的名字，笔迹娟秀。法律顾问还说，有了苏雅纹担任申诉的委托人，其他当事人愿不愿意出面也都无所谓了。

这时我诧异："就是说，苏雅纹把事情揽到她自己身上了？"

"斯坦利"的爸爸又开口："她说她早有这个意

思，还说事情因她而起，不该连累别人……不过那时家里事多，我在外地又焦头烂额的，她实在不敢再吃官司，怕会耽误照顾‘斯坦利’。现在我回来了，总算也能帮上忙。”

才说完，灯又灭了。我们在黑暗中静立。法律顾问反手按了电梯，未几门开，他们走了进去。“斯坦利”的爸爸大幅弓腰，向我客气地点头。我问：“什么时候去外地？”

“就这两天。苏雅纹今天到学校给‘斯坦利’办了手续。”他又想起什么似的说，“对了，那份材料您看了就行了，不必告诉其他家长……这也是苏雅纹的意思。”

电梯门关上了，将他的话截断。我转身回家，看见芽芽正用新手表给“斯坦利”和“大”和“二”发信息，众人又探索出许多新的功能。在手表里，“斯坦利”有问有答，声音沉静。他到底没有亲口把搬家的消息告诉朋友们。

而我也没让王大莲看到那封律师函。这么做，仿佛是为了让苏雅纹还是苏雅纹。在此后的几天，我在学校门口只看到王大莲木讷地站着，但已经从惶然的木讷转入了安稳的木讷，就像一只食草动物摆脱了群敌环伺，走进了丰美的草场。还有些妈妈对她招手点头，她也对人招手点头，然而转瞬便将眼睛挪开，在人群之外的某个位置寻觅着什么。那个位置已经空了。当芽芽他们出来，队列里也少了一人。现在轮到孩子们惶然了，芽芽必须习惯再没人给她讲数学作业，“大”和“二”也必须习惯再没人偷偷分享他们那些重口味的零食。他们会徘徊在学校门口不愿离去，但彼此又不说话，好像学会了某个人的沉静。

我会过去把他们领出来，拉着芽芽的手，看着“大”和“二”走向王大莲。那一刻，我和王大莲遥遥对视，但也就那么互看一眼，随后便各自孤独地散了。

知道王大莲家后来的事，则是通过“道爷”。一直忘了说，我和那老头儿还保持着有一搭没一搭的联系。“吃播”计划虽然黯然收场，但我们的合作却不曾就此完结，因此我还得不时请教他的意见，比如“二八酱”的配比成分、烤鸭里的黄瓜丝应不应该卷到饼里等。“道爷”顺道也告诉我，有一天，警察又登了王大莲的门。上次来时乌泱乌泱一堆人，这次来的就只有一位了，那位老片儿警的态度很好，当“三儿”和“六子”又忙不迭地想要认错，人家却摆了摆手，说他是受了上级领导之托，专门来给王大莲落实政策的。落实政策这词儿用得有点儿大，其实就连一份文书都没有，老片儿警只说，经过其他当事人的申诉和相关部门的调研，他们的辅导班虽然具有一定规模，“引起了重视”，但并不能认定为违法牟利行为。特此通告。老片儿警又教育了两句，说关心孩子学习也要在国家政策的指导下进行，不要被社会上的风气带偏了，然后就扯了复式房门上的封条。封条早干了，轻轻一摘就掉，这时老片儿警又好奇道：“这屋子你们真没再进去过？”

“那当然。”王大莲说，“贴是你们贴的，摘也得你们摘。”

不知是顺从还是赌气。而她的后一句话也不知是大度还是炫耀：“反正我们家房子多，不指着这一套住。”

老片儿警则说：“甭管怎么着，这就把心放踏实了吧。”

但当老片警坐着观景电梯下楼，却又见王大莲从楼梯追了下来。她问："还有个事儿。您说提起申诉的是其他当事人——谁？"

老片儿警说他也不知道，申诉是其他机关收到的，而派出所只是代为执行。王大莲唔了一声。这时"道爷"站在小院儿的栅栏外，看见王大莲呆立于那堵墙的暗影之下，脸上的表情尽是模糊的。警察走了她都没动弹。又过了片刻，她扭头看向"道爷"，叫了声"爸"，又说："这墙，要不咱们——"

"道爷"道："隔开也有隔开的道理，或者给它开个门也行。"

不过那墙后来是留着，还是拆了，还是掏了个洞，我也没有亲眼看到了。再去找"道爷"，去的就是另外一个所在。转眼过了冬天，天气渐渐暖和了起来，这段时间，我手头那个以网络主播为主题，以"道爷"为拍摄对象的片子正式剪辑完毕，又经过好几轮送审、修改、转着圈儿地盖章，终于拿到了公映许可。作为一部小成本的纪录片，发行公司当然没信心把它推向院线，只在网上进行了试播，此后的目标就是几个不大不小的电影节了。业内评价褒贬不一，有人说我终于“沉淀了下来”，也有人认为我那个“二重客体”的套拍结构存在着内在矛盾，“吃播”导演和纪录片导演之间的张力无法调和，就好像人格分裂患者的双重人格正在打架。这期间，我对“道爷”发出过不止一次邀请——走红毯虽然没机会，但参加各种见面会还是名正言顺的——但对各种公开亮相，“道爷”一概拒绝。他只是说忙。这么拖到开春，我说就算您的热乎劲儿过去了，好歹也尊重一下我的劳动成果呀，“道爷”这才让我过去一趟。他给我发了个地址，还说让我把孩子也带上。

我便开上车，沿着一条高速公路前行近百公里，出了北京地界才拐下去。放眼已经没有楼宇，所见皆是华北平原的苍凉、空旷。又从省道转入县道，导航都快找不着北了，这才在一座山下看见了人烟。那是个不大的村子，也就几排瓦房，多有凋零之相，唯独路口的一个院落收拾得簇新，就是“道爷”所说的地方了。

停车进门，不光“道爷”在，他们一家包括“三儿”都在。堂屋里已经支好了火锅等着我们，还有几张不认识的面孔走进走出，一看就是村里的老乡。“道爷”也不穿马褂了，“六子”也不穿黑西服了，就连王大莲也不穿“露露柠檬”了，都换上了或灰或蓝的劳动布工装，大约是网上新买的，已经沾了不少泥土。领着我四下参观时，“道爷”说这是他当村长的那些年结过“对子”的一个村子，过去帮人家培育过菜种，现在他又来租下了一个院子。他又说这附近搞旅游，有段野长城还有个马场，孩子们来玩儿也不寂寞。

然后指指院后的一片田地，那里面已经搭好了几个塑料大棚，此外还有一些机器，大约是喷水或者通风装置，我就看不大懂了。“道爷”说：“现在人家这边儿也不种菜了。他们不种我种——走时候您拿点儿黄瓜西红柿，比买的强。”

而这才是“道爷”搬过来的目的。他还说：“一辈子想找个乐儿，最爱的还是种菜。”

但他又说：“都说独乐乐不如众乐乐，不过我觉得正相反，众乐乐不如独乐乐。什么叫众乐乐？那就是拿你的乐儿也当了别人的乐儿，这就难免强迫别人了，不公道，倒不如各自乐和各自的。所以大莲子他们来不来都随意。”

又转上词儿了。我说透辟，我还说您在这儿，他们怎么可能不来呢？说完提议回屋看片子。堂屋里有新装的巨屏电视，我播放了高清数码版，那部片子名为《“地道”战》，其内容不光有“道爷”在吃播里那些单臂大回环的“地道”，还有网民们对于“地道”的观感，自然也包括了关于“北京无美食”的论争以及那场网暴事件的记录。拍摄那些素材时，我曾叮嘱摄像师，不加溢美，不带偏见，如实记录。这时看见画面上的“道爷”，“三儿”和“六子”都很激动，因为那也是他们的劳动成果——剧组的烟酒盒饭全是他们送的。不过“道爷”只眯着眼，在氤氲的水汽中打量着另一个自己，没看一会儿竟睡着了，拐着弯儿打起了呼噜。

老头儿的热乎劲儿看来真过去了，新乐乐不如旧乐乐。我不免索然，感觉这趟白来了，于是踱到厨房去看王大莲。王大莲正带领村里的几个妇女烙褡裢火烧，一边干活儿，人家就问，你们家孩子上几年级了？学校作业多吗？北京的课外阅读指定哪些篇目？另外也学乐器吗？大家都在县里有房，孩子也都送到城里去上学，因此也需要研究这些问题。

等人问完，王大莲才开口，腔调悠悠的：“先从什么叫弦乐，什么叫管乐说起吧……”

说时抬眼看见我，有些羞涩地一笑，又有些慌张地拿手拽衣角。我也笑了，觉得自己在这儿也碍事，便又转出院子去找芽芽。她和“大”和“二”到猪圈看了猪，到地里捉过了瓢虫。“大”和“二”很快便对桑麻之乐丧失了兴趣，又掏出电子手表摆弄起来。他们在与远方的朋友视频通话，那一头正是“斯坦利”。我凑到几个小脑袋中间，看见了“斯坦利”那张灿烂的笑脸。这才没几个月，男孩儿突然长开了，眉眼间有了大小伙子的模样；不过他和芽芽他们一样咋咋呼呼的，原先的沉静都不知丢到哪儿去了。他把镜头拉开，露出精赤的上半身，再往身后看，原来是在一片游泳池旁边。他说新家这边什么都有，泳池还是五十米的标准池呢，而他妈妈换到这边上班，好像是做公司外宣什么的，反正工作比原来闲多了，每天都能带他过来训练，他还在当地的少儿游泳比赛里刚拿了名次。“斯坦利”边说边走，我们又在游泳池一角看见了个明晃晃的黄色漂浮物，好像还在嘎嘎叫，正是那只鸭子。

芽芽和“大”和“二”便叫，鸭子鸭子。“斯坦利”说：“鸭子现在是我的陪练。我还画了一部关于它的漫画，回头发给你们看。”

我起身，插兜走上田埂。因为没人搭理我，我似乎成了个多余的人，只好在旷野上漫步。还记得出门之前，小张让芽芽仔细观察，回去写篇题为《充实的一天》的作文，而我却想把题目改一改，就叫《平常的一天》算了。在这平常的一天，我掏出手机，拍了一段乡间景色的视频。空镜无人，时间好像静止了，凝滞成不变的画面。

图书在版编目（CIP）数据

逍遥仙儿 / 石一枫著. — 北京 : 北京十月文艺出版社，2023. 6
ISBN 978-7-5302-2289-8

Ⅰ. ①逍… Ⅱ. ①石… Ⅲ. ①长篇小说—中国—当代
Ⅳ. ① I247.5

中国国家版本馆 CIP 数据核字（2023）第032366号

逍遥仙儿
XIAOYAO XIANR
石一枫 著

出　　版　北 京 出 版 集 团
　　　　　北京十月文艺出版社
地　　址　北京北三环中路 6 号
邮　　编　100120
网　　址　www.bph.com.cn
发　　行　新经典发行有限公司
　　　　　电话 010-68423599
经　　销　新华书店
印　　刷　北京盛通印刷股份有限公司
版　　次　2023 年 6 月第 1 版
印　　次　2023 年 6 月第 1 次印刷
开　　本　787 毫米 ×1092 毫米 1/32
印　　张　12.75
字　　数　190 千字
书　　号　ISBN 978-7-5302-2289-8
定　　价　55.00 元
如有印装质量问题，由本社负责调换
质量监督电话　010-58572393